中国古典文学
读本丛书典藏

谢榛诗选

李庆立 选注

人民文学出版社

图书在版编目（CIP）数据

谢榛诗选/李庆立选注. —北京；人民文学出版社，2021
（中国古典文学读本丛书典藏）
ISBN 978-7-02-016226-0

I.①谢… II.①李… III.①古典诗歌—诗集—中国—明代 IV.①I222.748

中国版本图书馆 CIP 数据核字（2020）第 070188 号

责任编辑　胡文骏
装帧设计　陶　雷
责任印制　王重艺

出版发行　人民文学出版社
社　　址　北京市朝内大街 166 号
邮政编码　100705
网　　址　http：//www. rw-cn. com

印　　刷　三河市鑫金马印装有限公司
经　　销　全国新华书店等

字　　数　218 千字
开　　本　880 毫米×1230 毫米　1/32
印　　张　12.125　插页 3
印　　数　1—6000
版　　次　2009 年 1 月北京第 1 版
印　　次　2021 年 3 月第 1 次印刷

书　　号　978-7-02-016226-0
定　　价　43.00 元

如有印装质量问题，请与本社图书销售中心调换。电话：010-65233595

目 录

14

前　言

崛起于明代嘉靖、隆庆和万历初年的文学社团"后七子"之元老[1]、著名的诗人和诗学理论家谢榛(1499—1579)[2]，字茂秦，号四溟[3]，又有人呼为脱屣老人[4]。临清(今属山东)人，嘉靖十三年(1534)移家客居安阳(今属河南)[5]，卒于安阳[6]，葬于安阳城南[7]。

谢榛出身寒微[8]，自幼右目失明[9]，加之佛禅、老庄思想的影响，因而早早地绝了科举仕宦之念，流落江湖，布衣而终身。他倾毕生精力于诗歌创作和研究，"惟诗是乐"(《诗家直说》二九九则)。15周岁师从乡丈苏东皋学诗，至80周岁辞世，驰骋诗坛60馀年，写下了大量的诗歌和诗话。虽其晚年曾叹惋"诗草经年只半存"(《晓起》)，仍有诗2553首、曲1阕、句7则、尺牍2通、诗话450则、自序1篇、评明诗80则流传至今。这是一笔宝贵的文化遗产，就质量而论，虽不免"应酬"、"干谒"之嫌，但此乃古代诗人常事，无关大体。卢涑西所谓"一代诗人出吾山东矣"(朱厚煜《四溟旅人诗叙》引)，虽不无溢美，但"诗之工，则有目咸识之"(胡曾《四溟诗话序》)。钱谦益《列朝诗集》丁集"录嘉靖七子之咏，仍以茂秦为首"，并非故意推崇。正如四库馆臣所言："其诗亦不失为作者"，"诗足以传"(《四库全书总目》卷一百七十二)。

相对于古代诸多贫困潦倒的布衣诗人，谢榛应是较为幸运的。他在世时，即有嘉靖二十五年(1546)前后曹嘉为其刻印的五言诗集(早佚，书名未详)、嘉靖二十六年赵康王朱厚煜为其刊行的《四溟旅人集》(二帙，四卷，早佚)、嘉靖三十二年前后梓行的《游燕集》(六卷，刊刻者不详，已佚)、嘉靖三十五年王世贞编选并刊刻的《谢茂秦集》(二卷，与

《卢次楗集》《俞仲蔚集》合刻,今存)、嘉靖四十二年之前陈文烛选刊的《谢山人集选》(已佚)、嘉靖四十五年冯惟讷和孔天胤批点授梓的《适晋稿》(六卷,今存)、隆庆五年(1571)俞宪选刊的《谢茂秦集》(一卷,入《盛明百家诗》,今存)、朱观𤏳选刊的《谢榛诗》(一卷,入《海岳灵秀集》,今存)及隆庆六年之前丽泽馆梓行《诗家直说》(一卷,今存)、万历二年(1574)谢榛亲自操持梓行于汾阳的《诗家直说》(四卷,今佚);他去世之后,则有万历二十二年郑云竹宗文书舍刊刻李廷机考正《谢榛诗注解》(一卷,入《国朝七子诗集注解》,今存)、万历二十四年赵府冰玉堂刊刻赵穆王朱常清指令苏潢和陈养才等汇总的《四溟山人全集》(二十四卷,前二十卷为诗,后四卷为《诗家直说》,今存。万历三十六年又剞劂丁子裕和程兆相重新修订本,今存。二十世纪初缪荃孙得重修赵府本之残本并据高翰生本抄补本,今存)、万历四十年临清知州盛以进编刻《四溟集》(诗十卷,卷首附《诗家直说》二卷,今存。清乾隆年间抄录其诗十卷入《四库全书》,今存。宣统元年胡思敬又翻印其诗十卷为《四溟山人诗集》,入《问影楼丛书》,今存)、清顺治九年(1652)毛氏汲古阁刊刻钱谦益编选《谢山人榛诗》(入《列朝诗集》丁集,今存)、顺治澄怀阁刻陈允衡编选《四溟山人集》(一卷,入《诗慰初集》,今存)、康熙四十三年(1704)刊赵彦复选汪元范校《谢四溟诗》(五卷,入《梁园风雅》,今存)、乾隆三十六年(1771)刊宋弼编选《谢榛诗选》(一卷,入《山左明诗抄》,今存)、清抄本胡德琳选邓汝功校《四溟诗抄》(五卷,今存)、1990年北京古籍出版社出版李庆立校注《谢榛诗集校注》(二十一卷,其中辑佚一卷)、2000年齐鲁书社出版朱其铠等校点《谢榛全集》、2003年江苏古籍出版社出版李庆立校笺《谢榛全集校笺》以及清代迄今《诗家直说》(又名《四溟诗话》)的8个版本和2个选本。此外,还有许多诗载于明清以来的50余种诗选、诗话、别集、总集、方志、杂记等著述中。本书所选谢榛594首诗,即参照上述著作反复进行了筛选,其中24首不见于《四溟山人全集》者,皆于诗后注明出处。

从历时性的角度审视谢榛的诗歌创作,大体可分为三个阶段:

第一阶段,才华初露期。指嘉靖十三年(1534)前,计20年。周复俊《谢山人诗叙》称谢榛"自少不群,天然跃秀,诗宗玄旨,独炳于心"。这期间,他生活在故乡临清,初学填词作曲,多写男女之情,格调凄怆哀怨,已广泛流传,为"少年争歌之"(《明史》卷二百八十七);继而随乡丈苏东皋学诗,折节读书,冥搜苦索,有语不惊人死不休之志,"遂以声律有闻于时"(钱谦益《列朝诗集小传》丁集上《谢山人榛》),"诗奕奕称于人"(王世贞《明诗评》卷一)。对此,谢榛亦自言:"予自正德甲戌(1514),年甫十六(按,应为虚岁),学作乐府商调,以写春怨。……统录若干曲,请正于乡丈苏东皋。东皋曰:'尔童年爱作艳曲,声口似诗,殆非词家本色。初养精华而别役心机,孤此一代风雅,何邪?'因教之作诗。"嘉靖五年(1526)秋,27岁的谢榛,年轻气盛,怀着"孤此一代风雅"的志向,赴京师拜谒了"才情敏给,汲引士类,海内争趋其门"(《列朝诗集小传》丙集《杨少师一清》)的内阁首辅杨一清。后来,谢榛在《怀杨邃庵阁老》一诗中回忆当时受到赏识的情景:"忆昔杨元老,燕都识鲁生。扶筇还再拜,下榻见高情。"仍颇为振奋、自豪。嘉靖九年前,谢榛又去安阳拜见了赵康王朱厚煜,萌生了"留赵"的念头〔10〕。他此时的诗作,虽隽才藻思,便妥秀发,时露锋芒,但较专注于声调高亮、属对精工、章法严密,限于生活阅历,尚乏深厚的思想和社会底蕴。大概诗人亦悔其少作,今存已寥寥无几。

第二阶段,诗名远播期。从谢榛于嘉靖十三年举家移居安阳至嘉靖三十九年(1560)十月赵康王朱厚煜去世,计26年。谢榛移居安阳,主要是因为赵康王朱厚煜崇文尚雅,招引四方文人学士,"有淮南梁孝之遗风"(焦竑《献征录》卷二《赵康王厚煜》);安阳是"故建安才子之地"(苏漅《谢山人全集跋》)。这有助于他冲出临清,走向全国,实现步武汉魏、盛唐诸君而"孤此一代风雅"的抱负。谢榛至安阳，即被赵康王延为上客，"馆谷山人甚殷，不啻邺下之曹、刘云"（同上）。从此，他便开始了以安阳为中心的漫游生涯：嘉靖二十一年、嘉靖二十六年至三十一年、嘉靖三十三年，谢榛又接连三次赴京师，前后客居七年之久；嘉靖二十二年冬至次年暮春客游大梁（今开封）、杞县、仪封（今河南兰考东）等地；嘉靖三十七年夏第一次游历嵩山、洛阳；等等。黄河、嵩山、塞北等大好河山开阔了诗人的视野，京师、开封、洛阳等深厚的文化积淀熏陶了诗人的情怀，内乱外患接连不断的严峻现实和复杂的人际关系深化了诗人的思考，上自驸马、藩王、内阁首辅、六部尚书，下至平民百姓、僧侣道徒等高朋挚友激励了诗人的创作豪情……此时他诗歌创作成就斐然。其诗多宫商协度，格高气畅，意象衡当，神简健发；且爽朗隽逸，昂奋悲壮，勃勃然有古豪侠气；即使关注现实充满忧患意识的篇什，也都蕴含着某种期待、希望和追求。尤其是嘉靖二十六年至三十一年，谢榛义心侠骨赴京师为卢楠申冤，不仅誉声勃勃，为缙绅、名流、士子所重，"河朔少年争传说矣"（王世贞《谢茂秦集序》）；更主要的是遍游河北和京津地区，深入塞北，经历了俺答掳掠京畿之难；与吴维岳、王宗沐、靳学颜、袁福征、李攀龙、李先芳、殷士儋等"结社赋诗，相推第也"（于慎行《尚宝司少卿北山李公先芳墓志铭》）；与李攀龙、王世贞、梁有誉、徐中行、宗臣、吴国伦诸青云之士结"后七子"社，迭唱互吟，扬榷风雅，互相标榜，视当世无人。其时的诗歌结集《游燕集》，奠定了他在当时诗坛上的地位，名播天下。李攀龙《五子诗·谢山人榛》评曰："遂令清庙音，乃在褐衣客。一出游燕篇，流俗忽复易。"宗臣《五子诗·谢山人榛》亦评曰："兴词日百篇，一一作者则。嗟彼雕虫子，不得施颜色。"

第三阶段，诗风嬗变期。从嘉靖三十九年赵康王朱厚煜作古至万历七年（1579）谢榛仙逝，计19年。谢榛诗风的转变，早在嘉靖二十九年俺答掳掠京畿之后已微露端倪;加以这一时期,由于李攀龙、王世贞等将其从"五子"、"七子"之列除名,赵康王去世使其失去了事业和生活的靠山而日益窘迫,内乱外患、民不聊生的现实对其心灵的冲击,使其诗显得凄怆、清苦、婉曲、工细,气格大不如以前高畅,发生了由追慕盛唐而跌落中唐和晚唐乃至宋调的微妙变化。对此,李攀龙最为警觉,他一再指出:"日茂秦寄诗见怀,及伯承所贻新刻,并多出入,叛我族类!"(《又与徐子与》)"先是,得寄许殿卿者盈箧,如五台山辈,不下数十首,并与《游燕集》一语不较。"(《又与王元美》)"即论太行诸篇,吾见其胆破,无复向时倔强气为可喜。"(《又与王元美》)这种变化,本是十分正常的,钱锺书先生《谈艺录·诗分唐宋》即曰:"一集之内,一生之中,少年才气发扬,遂为唐体,晚节思虑深沉,乃染宋调。……心光既异,心声亦以先后不侔。"但这在固守格调者看来,却是今不如昔了。

其实,谢榛这期间游道口广:嘉靖四十年秋回到了阔别的故乡临清,并借机经平阴、游灵岩寺,登泰山,会友济南;嘉靖四十二年(1563)至隆庆元年(1567)、隆庆六年两次漫游山西;隆庆二年秋冬又重游洛阳、嵩山。加之颠沛流离,阅历更多更深,其诗忧患意识较前更加深沉,而超然世外的愿望则更加强烈了。诗人关注国家、民族的命运和人民的苦难,却无回天之力;向往悠然自在的平静生活,却找不到理想的安身之地;幻想寻仙得道,却无缘于升天之路……从而流露了封建社会末期穷困潦倒的下层知识分子的那种孤寂、苦闷而又矛盾重重的复杂心态。如谢榛第一次到山西,滞留四年之久,一度深入代北,经历了俺答疯狂侵掠岢岚等地,写了大量的边塞诗,感叹边防不力和战争带来的严重破坏,并对统治者的腐败无能提出了委婉的批评。如将其与前两个阶段留下的边塞诗相比照,这一变化就更清楚了。

就诗体而论,茅坤《七才子诗集序》谓谢榛"为七言,为古风、近体,累牍连篇,靡不崇雅",未免笼统。从谢榛今存诗作看,他四言、歌谣、乐府、古体、近体兼营并罗，但艺术成就并不一致。具体说：其四言诗，从内容到形式都有点佛禅偈语的味道。其歌谣体，生动形象、明白如话，富有民歌情调。其乐府诗，多为短章，声韵流畅，得益于汉魏乐府的熏陶。汪端评曰："谢茂秦小乐府最为擅场，闺情、边塞不减王少伯、李君虞之作……自当为乐府正宗。"（《明三十家诗选·凡例》）其古体诗，多局守规格，非其所长。五言古，师法汉魏及杜甫，词格求古健，章法多平正舒徐。七言古中长篇歌行学乐府者，如《哀哉行四首》、《拟裁衣行》、《痴儿叹》等，叙事中多真情，托兴甚远，自然流畅，不失乐府本色；而立志比肩李杜者，除《客居篇呈孔丈》、《秋风歌呈孔方伯汝锡》等面对挚友，披怀纵情，凄婉悲壮者外，多为应酬答谢之辞，加之他气质又不属于豪放型，大都有丽词硬语而乏李白飘逸旷达之气和杜甫沉郁顿挫之情，难出风卷江河、浑灏流转、变幻莫测之妙。七言古中短章，则托寓寄兴，多情意深婉、含蓄味永。谢榛倾注全力的则是近体，其现存诗篇中百分之九十二以上是近体诗。王世贞《艺苑卮言》卷七评谢榛诗："其七言不如五言，绝句不如律，古体不如绝句。"是较为冷静、客观、不离大谱的。详察细品，其近体各种样式，排律之七言多"应酬牵率排比支缀者"（《列朝诗集小传》丁集上《谢山人榛》），不如五言思畅语工、精严整栗。限于气质，对于长律，谢榛并不那么得心应手，常有运气不齐、敷演露骨之处。而绝句，尤其五绝，有真情，擅长从眼前景、身边事、常人情中发掘诗美，声调流畅，略胜一筹。最叫绝的是律诗，所谓"茂秦今体，工力深厚，句响而字稳"（同上）、"茂秦沉雄，法度森然，真节制之师也"（曹溶《明人小传》引陈子龙语），即就律诗而言。而赞誉又多集中于五言律，普遍认为谢榛"律诗尤工五言"（朱庭珍《筱园诗话》卷二）、"专长五律"（陈田《明诗纪事·己签序》），"有明五律推谢茂秦、徐迪功"（延君寿《老生常谈》）。可以说，五言律诗是谢榛的看家之作。

囿于历史的成见，很久以来，论者大都把谢榛视为纯粹着眼于声律调格的形式主义者,这不符合谢榛诗歌创作的实际。为拂去蒙在谢榛身上的迷尘,本书筛选谢榛诗歌,在坚持内容与形式、思想与艺术完美统一和风格、艺术多样化的同时,特别注意以下两点:1.真情实感。江进之曰:"求真诗于七子中,则谢茂秦者。"(曹溶《明人小传》引)与各种文体样式相比,诗是最具抒情性的。谢榛诗之"真",就在于其"天性豪旷,自能发其真情"(陈允衡《诗慰初集·四溟山人集》),较好地实践了他在《诗家直说》中反复强调的"诗贵乎真"(一〇九则)、"出己意"(六四则)、"直写性情"(一则)、出"性情之真"(一八八则)的主张。无论兄弟之情、亲子之情、夫妻之情、友情、乡情、旅情,还是忧国忧民、愤世嫉俗、吊古伤今、感念身世、寄情山水、比物连类,等等,皆能应感而发,"吐出心肺"(《诗家直说》三七则)、"发自然之妙"(《诗家直说》一七五则)。2.意境融彻。稍早于谢榛的朱承爵于《存馀堂诗话》中强调:"作诗之妙,全在意境融彻。"谢榛虽未明确拈出"意境"二字,但其创作,却是始终追求意境的。陈允衡说有人"诵法"谢榛的诗,"止知其声格之高,而不知其意境之细"(《〈列朝诗集〉载谢山人榛诗跋》)。对意境的诠释莫衷一是,笔者以为,说到底意境就是诗人充分发挥主体性所创造的一种具体可感、启发人想象和联想的艺术境界。谢榛为创造这种境界,进行了多方探索,尤其是坚持情景交融,情为胚景为媒;处理虚实相生,以兴为主,在似与不似间寻找美的至味;运用蒙太奇式手法,展示富有流动性和立体感的艺术境界;强调不隔、自然,审美指向明晰,等等方面,提供了有益的启示。我想,侧重于录选有真情实感和意境融彻之作,或许会有裨于读者了解谢榛诗歌的真实面貌。

最后需要说明的是,本书的选注和出版,得到了聊城大学领导的关注和聊城大学出版基金的资助,人民文学出版社周绚隆副总编辑给予了多方指教和帮助,责任编辑胡文骏先生对拙书稿多所匡补、指正,在此谨致谢忱。

〔1〕流行的谢榛是"后七子"前期的领袖说,根本不符合事实。据考:隆庆四年(1570)秋李攀龙去世前,"后七子"的核心和领袖是李攀龙;李攀龙去世后,谢榛早已被除名于"七子"、"五子"之列,王世贞则独操文柄二十馀年。谢榛嘉靖二十六年(1547)与先后加入吴维岳诗社的李攀龙、王世贞取得共识,成为"后七子"的中坚和元老,但从来都不是领袖。所谓诸人作《五子诗》皆以谢榛为首,是因为《五子诗》以年龄由大而小依次排列。谢榛曾一度受到"后七子"诸成员的尊重,也只是由于他年龄最长、义心侠胆拯救卢楠、诗名早著,等等。

〔2〕谢榛生于1495年、卒于1575年之说,肇端于潘之恒《亘史》,因被钱谦益《列朝诗集小传》丁集上《谢山人榛》和张廷玉等《明史》卷二百八十七《谢榛传》征引并确认,几成定论。实际上,谢榛生于弘治十二年三月九日(1499.4.18),卒于万历七年(1579)。其主要内证是谢榛《诗家直说》第二九九则:"予自正德甲戌(1514),年甫十六(按,应为虚岁),学作乐府商调,以写春怨……"及谢榛《老怀咏》:"梁园相士果如神,道我狂吟超八旬。"其主要外证是谢榛的挚友孔天胤写于"戊辰"(1568)的《寿四溟行年七十》和写于"乙丑"(1565)的《三月初九日寿四溟赋》二诗。

〔3〕取漫游四海、"论交天地间"(李攀龙《初春元美席上赠茂秦得关字》)之意。这体现了谢榛的志趣和抱负。

〔4〕王世贞有《谢生歌,七夕送脱屣老人谢榛》一诗。谢榛生性豪爽不羁,傲睨千古,在公卿面前亦放达自若,诗友常以"脱屣"一词赞扬他。如王世贞《赠谢茂秦》:"脱屣平原客,振衣燕昭台。"李攀龙《谢山人榛》:"脱屣公卿前,捋须坐前席。"

〔5〕主要由谢榛作于嘉靖三十三年(1554)的《送盛明府启元赴安阳二首》之一:"漳南二十秋,淳俗故相留。"写于嘉靖四十三年(1564)的

《宿山店值雨二首》之二："邺中三十秋,未识太行路。"等推知。

〔6〕潘之恒《亘史》谓谢榛卒于大名(今属河北)说似成定论。但潘之恒治学"大抵以多为胜,而考证之学与著述之体则非所讲也"(《四库全书总目》卷七十六《黄海》提要)。其《亘史》则"体例杂糅,编次错乱"(《四库全书总目》卷一百三十八《亘史钞》提要),不足为凭。笔者所据为王世贞《闻谢茂秦客死魏郡(按,指安阳),寄诗挽之》、徐中行《哭于鳞墓甫三载,闻谢茂秦死于赵(按,指赵王府所在地安阳),而诸子生计甚微,乃出囊中装遗之》等。

〔7〕马国桢修、唐凤翔撰《安阳县志》卷七引《卢府志·流寓》:"明谢榛……卒葬城南。"查为仁《莲坡诗话》:"吴江计甫草孝廉(东)……后客邺城(按,指安阳),遍询茂秦葬地,得之南门外二十里。见小冢颓堕荒草中,求其子孙不得,固请邺中当事,为封土三尺馀,禁里人樵牧。立碣志之曰:'明诗人谢榛墓。'"赵希璜主修、贵泰总修《安阳县志》卷十五:"谢山人榛墓,在县南尤侗艮斋。"

〔8〕谢榛诗《勉嫡孙堪并述旅怀》:"双亲早逝重凄怆。"《过故居有感二首》题下自注:"予故宅久属王氏(按,指王南村)。"《过故居留别王南村先生》:"尔居吾旧业,吾弟久相依。"

〔9〕王世贞《明诗评》卷一:"山人名榛……貌丑,一目。"王世贞致"李于鳞"书:"老谢此来何名……遇虬髯生,当更剜去左目耳。"查继佐《罪惟录》列传卷十八:"谢榛……右目眇。"

〔10〕谢榛《赵王枕易殿下寿歌四首》其二:"老臣随拜殿庭间,三十年前睹睿颜。自信虞卿愿留赵,著书长许一身闲。"赵康王朱厚煜(号枕易)于嘉靖三十九年十月自缢而死,上推三十年,谢榛则应在嘉靖九年前首次拜见他。

儿元炜从游沁阳，途中值雪有感，兼示元辉[1]

邺台衡漳湄[2]，太行何间之[3]。东西共雨雪，当春复凄其[4]。纷然皓盈目[5]，宁不兴汝思[6]？北堂汝亲老[7]，况汝两娇儿。重轻俱在心[8]，应念寒与饥。汝父尚行迈[9]，驱马远相随。野水亦有波，独树亦有枝。慎勿虚盛年，人生须有为。广云自广阴，片雨惟片滋。绿发稍变白，临镜悔已迟。此言告汝兄，使汝弟兄知。谁能箕裘业[10]，慰我桑榆时[11]！

〔1〕此诗隆庆三年（1568）初春作于沁阳（今属河南），表达了诗人对诸子的关怀、勉励和期待，其情殷殷，至真至诚。陈允衡评曰："章法舒徐，深于古人之神情者。"（《诗慰初集·谢茂秦诗选》）

〔2〕邺（yè业）台：指曹操所建铜雀台、金虎台（又名金凤台）、冰井台。在今河北临漳西南邺镇西。衡漳：古水名，即漳水。有二水，出今山西昔阳大黾谷者为清漳，出今山西长子鹿谷山者为浊漳。二水东南流至今河北、河南两省边境合为漳河。孔颖达疏《尚书·禹贡》："衡，即古横字。漳水横流入河，故云横漳。"湄（méi眉）：水边、岸边。

〔3〕太行：山名。绵亘于山西、河南、河北三省边界。间（jiàn箭）：阻隔。

〔4〕其：虚词。相当于然。

〔5〕皓：白。盈目：满眼。

1

〔6〕兴:引发。即由于事物的触动,引起感情。

〔7〕北堂:母亲的居室。语出《诗经·卫风·伯兮》:"焉得谖草?言树之背。"毛传:"背,北堂也。"

〔8〕重轻:指父母和儿女的大大小小的事情。

〔9〕行迈:行游、远行。《诗经·王风·黍离》:"行迈靡靡,中心摇摇。"

〔10〕箕裘(qiú 求)业:继承父祖的事业。典出《礼记·学记》:"良冶之子,必学为裘;良弓之子,必学为箕。"

〔11〕桑榆时:比喻晚年、老年。

佛光寺〔1〕

旧游多凋残,独幸老无恙。西来穷胜迹,山色资幽况〔2〕。林麓闻钟声,寻彼远公行〔3〕。殿前罗群松,殿后起叠嶂。阇黎指顾间〔4〕,顿悟默相向〔5〕。万佛具一心〔6〕,空然了无相〔7〕。岂待入定时〔8〕,而能断诸妄〔9〕!须弥在咫尺〔10〕,焉用飞锡杖〔11〕。明发勿复言〔12〕,千崖从兹上〔13〕。

〔1〕此诗作于嘉靖四十三年(1564)冬,抒写游览山西五台古寺院所见所感,境界清幽,感悟遥深,颇得"顿悟"三昧。孔天胤评"万佛"、"空然"二句曰:"殆为佛光开出正相。"冯惟讷亦评曰:"名理入妙。"(引文俱见《适晋稿》卷四)佛光寺,在山西五台东北佛光山山腰,北魏建。

〔2〕资:通"至",极,最。《礼记·缁衣》:"资冬祁寒。"郑玄注:"资,当为至,齐鲁之语,声之误也。"

〔3〕远公:即慧远(334—416)。东晋高僧。本姓贾,雁门楼烦(今山西宁武附近)人。东晋太元六年(381)入庐山,倡导弥陀净土法门,并与十八高贤结莲社,同修净业,因被后世净土宗人推为初祖。著有《法性论》等。

〔4〕阇(shé 舌)黎:梵语。即高僧,可为僧众轨范者。指顾:一指一瞥之间。形容时间的短暂、迅速。班固《东都赋》:"指顾倏忽,获车已实。"

〔5〕顿悟:佛家语。即顿然破除杂念、觉悟真理之意。南朝宋名僧道生首立顿悟义;后来禅宗的南宗更竭力鼓吹顿悟说,认为人人自心本有佛性,不须诵经坐禅和累世修行,倡言"一闻言下大悟,顿见真如本性"(《坛经·般若品》)。

〔6〕佛:此指佛法。一心:即佛家所谓万有之实体真如(永恒常在的宇宙实体)。大乘禅认为:万法之相如波,波之性即水;万法之性即真如,水随缘而生波之象,真如之体应缘而现万法之相。

〔7〕无相:佛家语。隋净影寺之惠远撰《大乘义章》卷二:"言无相者,释有两义:一就理彰名,理绝众相,故名无相;二就涅槃法相解释,涅槃之法,舍离十相,故曰无相。"此即包括真理之绝众相和涅槃所谓善男子无"色相、声相、香相、味相、触相、生住坏相、男相、女相"等十相。

〔8〕入定:佛家语。谓僧人静坐敛心,不起杂念,使心定于一处。

〔9〕诸妄:佛家语。谓各种烦恼。

〔10〕须弥:梵语。佛教传说的山名。佛经说南赡部洲等四大洲之中心,有须弥山,处大海之中,上高336万里,顶上为帝释天所居,半腹为四天王所居。

〔11〕锡杖:僧人的禅杖。杖头有一铁卷,中段用木,下安铁纂,振时作声。

〔12〕明发:黎明。

〔13〕千崖:谓崖多。

哀老营堡〔1〕

严冬胡马来,不意破高垒〔2〕。纵有飞将军〔3〕,仓皇那可恃〔4〕?杀气与人烟,相侵惨如此。树寒啼老鸱〔5〕,月黑乱新鬼。亲戚一闻变,竞走霜风里。宁言积血腥,各认骸骨是〔6〕。群号振山巅〔7〕,万泪迸湍水〔8〕。俯身不回顾,忽复虏尘起。潜伏林谷中,狡黠殊无比。部落入空壁〔9〕,屠戮甚羊豕。劫掳又北驱,哽咽苦千里。男女不两存,去留见生死。生者讵得归〔10〕,死者长已矣。嗟哉仗钺人〔11〕,奋烈向朔鄙〔12〕。

〔1〕此诗作于嘉靖四十三年(1564)冬游山西代北之时。《山西通志》卷二十二:"明嘉靖四十三年,俺答由马鞍入老营,游击梁平、守备祁谟御之,伏发,七百馀人胥没。"诗人极言边塞战患,字字血,声声泪,惨不忍睹,表达了对边塞人民的深切关怀和同情。孔天胤评曰:"特为老营堡作一画图,看之伤意。"(《适晋稿》卷四)老营堡(bǔ 补),在山西偏关东北。明嘉靖十七年置千户所。

〔2〕高垒:高大的壁垒。

〔3〕飞将军:指西汉李广。《史记·李广传》:"飞将军广,陇西成纪人。武帝时……召拜广为右北平太守,匈奴闻之,号曰飞将军。"

〔4〕仓皇:匆忙而又慌张。恃(shì 式):依赖、倚仗。

〔5〕鸱(chī 吃):鸱鸺,猫头鹰的一种。

4

〔6〕是：与“此”相通。郑珍《说文通训定声》：“是，假借为此。”

〔7〕号：大声哭。

〔8〕迸：涌流。湍水：急流的水。

〔9〕部落：聚居的部族。此指北方少数民族，因其分部屯居。

〔10〕讵（jù拒）：岂。

〔11〕仗钺（yuè月）：喻握有兵权或镇守一方。仗，凭倚。钺，圆刃大斧，指兵器。

〔12〕奋烈：奋发威武貌。朔鄙（bǐ比）：北方的边邑。鄙，边邑。

至汾州会孔方伯汝锡园亭同赋^{〔1〕}

神交太宇间^{〔2〕}，万里犹咫尺。道在无贵贱^{〔3〕}，杖藜随所适^{〔4〕}。天风吹高云，关山讵相隔^{〔5〕}？良晤惬平生^{〔6〕}，论心在松柏^{〔7〕}。著述谁更劳，各为残年惜。嗟哉齐孟尝^{〔8〕}，兼有不文客^{〔9〕}。命酒催我赋，佳辰肯虚掷？候鸟鸣闲园，幽芳亦可摘。中怀顿披豁^{〔10〕}，胜游宁知夕？辛苦塞门来^{〔11〕}，留兹孔融宅^{〔12〕}。

〔1〕此诗嘉靖四十四年（1565）寒食作于山西汾阳（汾州）。谢榛与孔天胤神交已久，饱蘸感情之笔，抒写了二人深厚的友谊及初次相见的欢欣。冯惟讷评曰：“二君胜会可传，况词格古健，足标矣。”（《适晋稿》卷五）孔汝锡，即孔天胤。字汝锡，号文谷，又号管涔山人。汾阳人。嘉靖十一年（1532）进士，因藩戚而外补陕西按察佥事，历官祁州知州、河南按察佥事、浙江参议、陕西按察使和右布政使，迁河南左布政使谢政归。

有《孔文谷诗文集》。《孔文谷诗集》有《寒食喜四溟至率尔赋呈》一诗。方伯,原为一方诸侯之长,后泛指地方长官。此指布政使。

〔2〕神交:此言彼此仰慕而未谋面,仅以精神相交。太宇:宇宙。

〔3〕"道在"句:语本《庄子·秋水》:"以道观之,物无贵贱;以物观之,自贵而相贱;以俗观之,贵贱不在己。"道,此指宇宙万物的本源。

〔4〕杖藜(lí 黎):执持藜杖。杖,通"仗"。藜,一年生草本植物,茎直立,老可为杖。适:去、往。

〔5〕讵:岂,难道。

〔6〕良晤:欢愉的会晤。惬(qiè 怯):满意、快心。

〔7〕"松柏"句:喻心志坚贞,友情常青。

〔8〕孟尝:即孟尝君。战国齐人田文,相齐,封于薛,号孟尝君。曾养贤士食客数千人。入秦,秦昭王欲杀之,赖其客有鸡鸣狗盗之徒,得免于难。此喻孔天胤好客。

〔9〕不文客:此为自谦之词,犹"不才"。

〔10〕中怀:内心。披豁:开心见诚。

〔11〕塞门:边关。此指山西北部代州一带。谢榛嘉靖四十三年(1564)冬游代北,在代州(今山西代县)过春节后返回太原,寒食至汾州。

〔12〕孔融(153—208):"建安七子"之一。字文举。东汉末年鲁人。何进辟为侍御史,后为虎贲中郎将,献帝时为北海相,与曹操多乖忤,被杀。好士善文。有《孔北海集》。此喻指孔天胤。

百花叹〔1〕

胜游郭外园,簇簇多芳树。花似去年花,春来又春暮。先后

6

总成尘,宁复论新故！荣枯皆有时,非关风雨妒。黄鸟亦可悲[2],浮生谁自悟？抚景聊醉歌,百年一流寓[3]。

〔1〕此诗嘉靖四十四年春作于汾阳。诗人由"百花"起兴,咏叹荣枯有时、任命随缘之感。冯惟讷评曰:"似感似达。"(《适晋稿》卷五)叹,古诗的一体,多用来抒发感伤情绪。胡震亨《唐音癸签·体凡》:"吟以呻其郁,叹以抒其伤。"

〔2〕"黄鸟"句:化用《左传·文公六年》秦穆公以三良殉葬、"国人哀之,为之赋《黄鸟》"之典。曹植《三良诗》:"黄鸟为悲鸣,哀哉伤肺肝。"王粲《咏史》:"黄鸟作悲诗,至今声不亏。"

〔3〕流寓:指客居他乡之人。

除夕过东林寺同晓公谈禅[1]

林磬何悠悠,庭雪复灿灿。冲寒过支公[2],相围地炉炭。一谈得真蕴[3],贝叶徒满案[4]。学禅若栽松,老有万枝干。谁能顿悟间[5],森然俱斩断[6]。见心是道侣,寂寂坐夜半。慧灯无际光,照破几梦幻[7]。生死譬朝夕,岁尽岂嗟叹？处世各有缘,焉得不聚散？明春杖锡行[8],孤云渺天畔。

〔1〕此诗嘉靖四十四年除夕作于山西长治。谢榛一生飘游四方,常入寺院道观,广交僧侣道友,素嗜谈禅论道,于"顿悟"颇有心得。冯惟讷评曰:"世故空谛俱澈。"孔天胤评曰:"公不谈空而有禅悟,岂支顿是其前身乎?"(引文俱见《适晋稿》卷六)东林寺,即庐山西北麓东林

寺。晋建。此泛指寺院。晓公,长治某寺僧人,嘉靖间在世。

〔2〕支公:即支遁(314—366)。字道林,关姓。晋高僧,陈留(今河南开封东)人,一说林虑(今河南林县)人。尝隐修于支硎山(在今江苏吴县西),别称支硎。善清言,当时有盛名,世称支公,又称林公。后因以支公泛称高僧。

〔3〕真蕴:最真实的道理。

〔4〕贝叶:即贝叶书。指佛经,因西域用贝多罗叶书写经文。

〔5〕顿悟:佛家语。即顿然破除杂念、觉悟真理之意。

〔6〕森然:众多貌。此指杂念而言。

〔7〕"慧灯"二句:语本《华严经》:"慧灯破诸暗。"慧灯,佛家语,智慧之灯炬。

〔8〕杖锡:执持锡杖。杖,动词,执持。

杂感寄都门旧知〔1〕

瞻彼终南山〔2〕,松萝幽且邃。中有一真人〔3〕,超然远朝市。手握神龙珠〔4〕,照夜光自秘〔5〕。石苔积古色,斗室廓天地〔6〕。涧泉为谁清?蕙花为谁媚〔7〕?西望徒迟思,书札何由寄?嗟哉处流俗,冥心可无醉〔8〕?鸥鹡为家祥,凤鸾非世瑞〔9〕。奈何君子交,中道两弃置?不见针与石〔10〕,相合似同类。文字生瑕疵,邓林叶纷坠〔11〕。有家早归欤,独歌以卒岁。岁寒元气塞〔12〕,偃仰待春事〔13〕。

〔1〕此诗约作于嘉靖三十六年(1557)冬。钱谦益认为:"此诗为李

8

于鳞隙末而作。"(《列朝诗集》丁集上"题下注")都门,京都城门。此代指京师。旧知,指李攀龙。此时他正在陕西按察司提学副使任上。

〔2〕终南山:又名中南山。即今陕西秦岭山脉。

〔3〕真人:道教所称修真得道者。此指李攀龙。

〔4〕神龙珠:即骊珠。《庄子·列御寇》:"千金之珠,必在九重之渊而骊龙颔下。"

〔5〕秘:稀奇,新奇。

〔6〕斗室:狭小的房间。廓:开拓。《荀子·修身》:"狭隘褊小,则廓之以广大。"

〔7〕蕙:香草名。此指蕙兰,暮春开花,一茎开八九朵。

〔8〕冥心:泯灭俗念,使心境宁静。

〔9〕"鸱鸮(xiāo 消)"二句:比喻是非颠倒、黑白不分的现实。鸱鸮,猫头鹰的一种,世俗视为"恶鸟"。《诗经·豳风·鸱鸮》:"鸱鸮鸱鸮,既取我子,无毁我室!"凤鸾,传说中的神鸟,一般被视为祥瑞。

〔10〕针与石:即钢针与磁石,常喻两相契合。

〔11〕"文字"二句:言诗文风格和主张的差异,导致谢榛与李攀龙间的矛盾,使诗社深受影响。瑕(xiá 侠)疵,谓指摘毛病。邓林,神话中的树林。《山海经·海外北经》谓夸父逐日,"道渴而死,弃其杖,化为邓林"。此喻诗文荟萃之处。钟嵘《诗品·总论》:"陈思赠弟,仲宣《七哀》……斯皆五言之警策者也。所谓篇章之珠泽,文彩之邓林。"

〔12〕元气:此指精神、生气。

〔13〕偃(yǎn 演)仰:安居。

有感二首(选一)[1]

其一

白云起西山,悠悠上无极[2]。鸿鹄从之飞[3],终朝殊不息。浮云安可长?羽毛自珍惜。倦来栖中林[4],回头顾矰弋[5]。谁能测忧心?孤鸣日将夕。

〔1〕此诗作于嘉靖三十七年(1558)诗人第一次游洛阳、嵩山途经河南济源之时,以象征性手法,抒写了对奸邪当道、现实险恶的无限感慨。

〔2〕无极:无边际、无穷尽。

〔3〕鸿鹄(hú 胡):天鹅。

〔4〕中林:林野,林中。《诗经·周南·兔罝》:"肃肃兔罝,施于中林。"《毛传》:"中林,林中。"

〔5〕矰(zēng 增)弋:用来射鸟的带有丝绳的短箭。《庄子·应帝王》:"鸟高飞以避矰弋之害。"

自拙叹[1]

出门何所营,萧条掩柴荆。中除不洒扫[2],积雨莓苔生。感时倚孤杖，屋角鸠正鸣[3]。千拙养气根[4]，一巧丧心萌[5]。巢由亦偶尔[6]，焉知身后名？不尽太古色，天末青山横。

〔1〕谢榛《诗家直说》四一四则曰："作诗有相因之法，出于偶然。因所见而得句，转其思而为文。先作而后命题，乃笔下之权衡也。一夕，读《道德经》：'大巧若拙。''巧'、'拙'二字，触其心思，遂成《自拙叹》云……《漫书野语》云：'太古之气浑而厚，中古之风纯而朴。'夫因朴生文，因拙生巧，相因相生，以至今日，其大也无垠，其深也叵测。孰能返朴复拙，以全其真，而老于一丘也邪？"冯惟讷评曰："辞冲意远。"（《适晋稿》卷二）孔天胤评曰："古调新意。"（同上）拙，钝劣、无智巧。

〔2〕中除：庭除之中。

〔3〕鸠(jiū究)：斑鸠、雉鸠等的总称。此指鸤鸠（布谷）。《方言》云："蜀谓之拙鸟，不善营巢，取鸟巢居之，虽拙而安处也。"

〔4〕养气：此指道家的一种修炼方法。根：根本。

〔5〕丧心：心理反常，失去理智。萌：开始、发生。

〔6〕巢由：即尧时隐士巢父、许由。相传尧让位于二人，皆不受。诗文中多用为隐居不仕的典故。

雨中宿榆林店有感[1]

凉雨何冥冥[2]，黑云复浩浩[3]。山行夜不休，崄巇犹蜀道[4]。我非王程迫[5]，胡为役衰老？数口远相将，未必常温饱。投彼敝屋间，芜秽不及扫。园荒无主人，马散啮秋草。席地即吾庐,馀生聊自保。隔林乞火回,酌酒慰怀抱。愚者昧所适〔6〕,哲人见机早〔7〕。反为细君嗤〔8〕,宁如在家好!

〔1〕此诗嘉靖四十三年(1564)秋由山西长治至太原途中作,抒写了旅途的艰辛和无限的感慨。冯惟讷评曰:“似杜。”(《适晋稿》卷三)陈允衡评曰:“君五言古亦只平平写怀,不复好奇角胜。亦信此道自有身份,自有地步,彼眼高手生者何为哉!”(《诗慰初集·谢茂秦诗选》)榆林店,在山西襄桓。

〔2〕冥冥:迷漫。

〔3〕浩浩:广大浩瀚貌。

〔4〕崄巇(xiǎn xī 险西):形容山路艰险。蜀道:蜀中的道路。李白《蜀道难》:“噫吁巇,危乎高哉!蜀道之难,难于上青天!”

〔5〕王程:奉公命差遣的旅程。

〔6〕昧:胡涂、不了解。

〔7〕哲人:才能见识超越寻常的人。见机:识机微,辨情势。语出《世说新语·识鉴》,张季鹰在洛阳为齐王东曹椽,见秋风起,弃官而归,俄而齐王败,时人皆谓其“见机”。

〔8〕细君:古称诸侯之妻,后为妻子的通称。

夜会逊轩昆季,因忆懒云上人,得鸡字〔1〕

客居此城市,胜游祇招提〔2〕。中有一缁流〔3〕,名与惠远齐〔4〕。坐谈每深夕,道味甘盐齑〔5〕。雨花积床前〔6〕,法云落松西〔7〕。石龛出慧灯〔8〕,一光破万迷。嗟哉寂灭后,斜月空禅栖〔9〕。不闻诵偈声〔10〕,零露悲莎鸡〔11〕。诸天绕杰阁〔12〕,谁复同攀跻?

〔1〕此诗嘉靖四十四年(1565)冬作于遍游山西太原、代北、汾州等地重返长治之时,悼念懒云上人,颇为动情。冯惟讷评曰:"写情自然,哀而不伤。"(《适晋稿》卷六)逊轩昆季,即朱胤梢、朱胤床。程之珝辑《潞安诗抄》前集卷二:"朱胤梢,号逊轩。陵川宗室。有诗集十七卷、后集八卷、文集五卷。""朱胤床,字巽甫,号敏轩。陵川宗室。著有《敏轩集》,诗文共二十卷。"懒云,即明周。号懒云。黎城(今属山西)人。居长治法住寺。得鸡字:用"鸡"字韵作诗。

〔2〕秖(zhī 支):用作助词。只、单。招提:梵语。原意为四方,自北魏太武帝名伽蓝为招提,遂为寺院的异名。

〔3〕缁(zī 资)流:佛家语。僧徒。因僧徒多穿黑衣,故称。缁,黑色。

〔4〕惠远:即东晋高僧慧远。详见《佛光寺》注释〔3〕。

〔5〕盐薤(jī 机):素食。此指清苦的生活。

〔6〕雨(yù 玉)花:典出佛教故事:佛祖说法,天雨诸花。《续高僧传》谓胜光寺道宗讲《大论》,天雨众花,旋绕讲堂,飞流户内。

〔7〕法云:佛家语。谓佛法如云涵盖一切。

〔8〕龛(kān 刊):供奉神佛的小阁子。

〔9〕禅栖:即禅床。坐禅之床。

〔10〕偈(jì 季):偈佗之省称。又译作颂。佛经中的唱词。

〔11〕莎鸡:虫名。即纺织娘。

〔12〕诸天:佛家语。指护法众天神。佛经言欲界有六天,色界之四禅有十八天,无色界之四处有四天,其他尚有日天、月天、韦驮天等诸天

神,总称之曰诸天。杰阁:高阁。

北行示弟[1]

初日城乌啼,出门霜浩浩。羸马停高原[2],送别千里道。人事有离合,兄弟易衰老。浮生若游丝,相爱不相保。踟蹰重我忧[3],安得赠萱草[4]?

驱车出寒城,目极川原平。北风吹古木,动我连枝情。与汝竟何为?白首俱飘零。鸿雁起河渚[5],分飞各悲鸣。去去勿复道,泪落沾我缨[6]。(见王世贞编《谢茂秦集》卷下,以下简称"王本")

〔1〕此二诗约嘉靖二十六年(1547)冬作于河南安阳。当时谢榛赴京师为卢楠申冤,兄弟分手,痛贯五内。

〔2〕羸(léi 雷)马:瘦马。

〔3〕踟蹰(chí chú 持厨):徘徊不进。

〔4〕萱(xuān 宣)草:植物名。古人以为种植此草,可以使人忘忧,因此又名忘忧草。

〔5〕河渚(zhǔ 主):河中的小洲。渚,小洲、水中的小陆地。

〔6〕"去去"二句:李白《太守良宰》:"临当欲去时,慷慨泪沾缨。"沾缨,谓泪水浸湿冠缨。指痛哭、悲伤。

示内〔1〕

黄鹄栖中林,雄飞顾其雌〔2〕。吾将去千里,执手言归期。糟糠念终身〔3〕,兹别良可悲。行行岁云暮,雨雪沾裳衣。悠悠两地心,旦夕不相违。闺中忧我寒,道上忧汝饥。白头复行迈,怅望浮云驰。(见王本卷下)

〔1〕此诗与上二诗作于同时。夫妻难割难舍,句句是肺腑之言。

〔2〕"黄鹄"二句:兴起下文。黄鹄,鸟名。《商君书·画策》:"黄鹄之飞,一举千里。"

〔3〕糟糠:指共患难的妻子。典出《后汉书·宋弘传》:"贫贱之知不可忘,糟糠之妻不下堂。"

狼儿涧歌在香山东四里许〔1〕

狼儿涧东扶杖行,石工斧凿无停声。太古栖身秖巢穴〔2〕,轩皇之后多有营〔3〕。渐伤元气非今日〔4〕,三代相因栋宇成〔5〕。石工死,石工生,天地不老青山平!

〔1〕此诗写于客游京师之时,诗人感叹人工对大自然的破坏,颇具环保意识。歌,古诗的一体。或解释为合乐的曲子,或解释为纵情歌唱,或说是曲的总名。香山,在今北京西北。

〔2〕秖(zhī 支):同“秖”。用作助词,只、单。

〔3〕轩皇:即黄帝轩辕。少典之子,姓公孙,名曰轩辕。诸侯尊为天子,后人以之为中华民族的祖先。营:建作。

〔4〕元气:指宇宙自然之气。

〔5〕三代:谓夏、商、周三朝。

吊古战场〔1〕

行行路何长,驱马来穷荒〔2〕。征伐几兴替,空馀古战场。连天白草动寒色〔3〕,拂地皂雕盘夕阳〔4〕。漠漠黄沙埋枯骨,终宵无定鬼火光。四野征旗但云雾,千年杀气馀风霜。裂土封侯殊有志〔5〕,力平北虏更西羌〔6〕。将军失律万夫死〔7〕,惜哉秖饱虎与狼。生男胡为事戎行,爷娘不见增悲伤。深闺恸哭罢刀尺,为谁灯下缝衣裳?托心梦寐恍一见,安得招魂还故乡?薄伐太原自中策〔8〕,秦皇汉武开边疆〔9〕。至今烽燧尚多警〔10〕,长城万里徒周防。翻然挽辔独归去〔11〕,浩歌倚剑天苍凉。

〔1〕此诗感情强烈,境界开阔,由古战场触目惊心的凄惨景象,写到战争给人民带来的巨大伤害,矛头直指历代统治者的穷兵黩武政策。谢榛第三次客游京师时,曾于嘉靖二十六年(1547)至二十九年秋漫游长城内外,诗当作于其时。

〔2〕穷荒:荒远之地。

〔3〕白草:一种牧草,似莠而细,无芒,干熟时呈白色,牛马喜食。

〔4〕皂雕:鹰之一种,似雕而大,黑色,俗呼为皂雕。

〔5〕裂土:分封土地。

〔6〕西羌:泛指我国西北少数民族羌族。

〔7〕"失律"句:语本《周易·师》:"师出以律,失律凶也。"失律,军行无纪律。

〔8〕薄伐太原:《诗经·小雅·六月》:"薄伐狁,至于太原。"薄伐,征伐。薄,发语词。太原,古地名。此指今宁夏固原及甘肃平凉一带。中策:中等计策。《汉书·匈奴传》:"周得中策,汉得下策,秦无策焉。"

〔9〕秦皇:即秦始皇(前259—前210)。嬴姓,名政。先后灭六国。称皇帝,自为始皇帝。在位37年,卒于沙丘。汉武:即汉武帝刘彻(前156—前87)。承文景之业,对内实行政治经济改革;对外用兵,开拓疆土。在位54年崩,谥武。

〔10〕烽燧(suì 岁):即烽火。古代边防报警的两种信号,白天放烟叫烽,夜间举火叫燧。

〔11〕辔(pèi 佩):马缰绳。

七夕行饯别王安州〔1〕

三春不见王子猷〔2〕,隔林黄鸟声相求〔3〕。停云怅望心悠悠〔4〕,诇期千里会燕州〔5〕。樽前罗绮多名讴〔6〕,晚来新月低帘钩。白榆花发银河秋〔7〕,灵鹊架桥天女游〔8〕。鸾舆拂曙终难留〔9〕,归时锦机鸣不休〔10〕。千丝万丝萦别愁,盈盈一水长西流。离合定期惟女牛〔11〕,人生相忆恒阻修〔12〕。

五马明朝易水头〔13〕，我亦驱车还故丘。年年今夕怀朋俦，坐转玉衡空倚楼〔14〕。

〔1〕此诗嘉靖二十八年（1549）前后作于京师，抒写与友人惜别之情，以牛郎、织女"离合"有"定期"反衬人生难得一会，情深意浓，别出心裁。行，古诗的一体，即歌行的别称。王安州，名不详，谢榛友人，安州（治所在今河北安新西南）太守。

〔2〕王子猷（yóu 游）：即王徽之。字子猷。晋会稽（今浙江绍兴）人。曾为桓温和桓冲的参军，官至黄门侍郎。性卓异不羁。此喻指王安州。

〔3〕"隔林"句：比喻思念友人。黄鸟，黄莺。

〔4〕停云：陶潜《停云》诗四首自序："停云，思亲友也。"此用其意。

〔5〕燕州：北魏太和中置，治所在今河北涿鹿。此指京师。

〔6〕名讴：有名的歌手。

〔7〕白榆：星名。《乐府诗集》卷三十七《陇西行》："天上何所有，历历种白榆。"

〔8〕"灵鹊"句：神话传说每年农历七月七日夜晚，牛郎织女定期相会，群鹊衔接为桥，以渡银河。灵鹊，即喜鹊。

〔9〕鸾舆：此指仙人之车。

〔10〕锦机：织锦的机器。

〔11〕女牛：星名。即织女和牛郎二星。

〔12〕阻修：路遥远而多险阻。

〔13〕五马：指太守。《潘子真诗话》："太守驷马而已，其有加秩，中二千石乃右骖，故以五马为太守美称。"易水：水名。有北易、南易、中易之分，皆源于河北易县，战国时荆轲入秦行刺秦王，燕太子丹饯别于易水。头：边、畔。

〔14〕玉衡:北斗第五星。此代指北斗。

哀哉行四首庚戌岁八月十六日虏犯京师〔1〕

燕京老人鬓若丝〔2〕,生长富贵无人欺。少年慷慨结豪侠,弯弓气压幽并儿〔3〕。自嗟迩来筋力衰,动须僮仆相扶持。忽惊杂虏到门巷,黄金如山难解危。馀息独存剑锋下,子孙散尽生何为?厩马北驱嘶故主,劲风吹断枯桑枝。哀哉行,天何知!

燕京小儿眉目青,出门嬉戏娘叮咛。一蹙容颜问所欲,恨不上摘月与星。岂意今秋值丧乱,兄妹散失身伶俜〔4〕。北去伤心涕泪零,风沙满面餐膻腥。长成被发能跃马,阴山射猎无时停〔5〕。回首宁不念乡国,长城日落天冥冥〔6〕。哀哉行,谁堪听!

燕京少妇殊可怜,自嫁北里无婵娟〔7〕。临镜妆成数顾影,日换罗绮何新鲜。正尔相欢鼓瑟琴〔8〕,愿如并蒂池中莲。中秋月好宁长圆,烽烟散落高梁川〔9〕。铦锋逼人动寒色〔10〕,不忍阿夫死眼前。一去龙沙断归路〔11〕,吁嗟此身犹独全。哀哉行,天胡然!

燕京女儿何盈盈〔12〕,隔花娇语如春莺。邻姬盛妆失光彩,

19

颜色信是倾人城〔13〕。许嫁城中羽林将〔14〕,千金奁具犹言
轻。门前一朝胡马鸣,晓眠未足心魂惊。颠倒衣裳科鬓
发〔15〕,驱之北去悲吞声。独恨跣足走荆棘〔16〕,不与爷娘同
死生。哀哉行,难为情!

〔1〕嘉靖二十九年(庚戌,1550)八月,俺答侵犯宣府,入古北口,达
密云,转掠怀柔,围攻顺义,至通州,杀掠不可胜计,京师戒严。谢榛客游
京师,亲历其变,即选取四个侧面,以鲜明对比的手法,反映这场灾难,写
下了此组哀婉悲慨的诗作。陈允衡评曰:"终不能仿佛老杜万一,然已无
七子气,盖其志向在杜以前也。"(《诗慰初集·谢茂秦诗选》)《诗慰初
集》民国董氏刻本眉批:"尚近张王乐府,正不必屑屑拟杜也。"(同上)

〔2〕燕京:北京的别称。

〔3〕幽并儿:喻豪侠之士。语出曹植《白马篇》:"白马饰金羁,连翩
西北驰。借问谁家子,幽并游侠儿。"幽并,两州名。在今河北、山西和陕
北的一部分地方。

〔4〕伶俜(líng pīng 灵乒):孤单的样子。

〔5〕阴山:即今内蒙古境内的阴山山脉。

〔6〕冥冥:昏暗貌。

〔7〕北里:唐长安平康里,因在城北,也称北里。唐孙棨《北里志》
记当时妓女的生活情况,后因称妓院所在地为北里。婵(chán 蝉)娟:美
好。形容女子。

〔8〕瑟琴:比喻夫妇和好。《诗经·周南·关雎》:"窈窕淑女,琴瑟
友之。"

〔9〕高梁川:即高梁河。在北京西直门外,为玉河上游。

〔10〕铦(xiān 先)锋:武器锐利。

〔11〕龙沙:荒漠。泛指塞外漠北的荒凉地区。

〔12〕盈盈:仪态美好的样子。

〔13〕倾人城:即倾城。《汉书·外戚传上·李夫人》:"延年侍上起舞,歌曰:'北方有佳人,绝世而独立。一顾倾人城,再顾倾人国。……'"后因以"倾国倾城"形容女子极其美丽。

〔14〕羽林将:又称羽林郎、羽林监。皇帝卫军的将官。

〔15〕科鬓(zhěn 诊)发:黑发散露,指未加梳理。科,裸露。鬓,头发稠黑貌。

〔16〕跣(xiǎn 险)足:光着脚。

王主簿乐三归自昌平,赋此志感〔1〕

嗟哉宁阳簿,东北惊鼙鼓〔2〕。一身乱后回,眼见苍生苦。伏尸满地下乌鸢〔3〕,谁复盖棺归黄土〔4〕?高秋鸡犬静千家,落日桑榆空万户。万户荒凉谁复存,昌平道上易销魂。有时空林一秣马〔5〕,野风萧飒吹蓬根。金城晏安不可恃〔6〕,长星堕地兵戈繁是秋八月朔日,予同应驾部夜过三河,西北星落如雨〔7〕。烟尘欻起天改色〔8〕,虏骑杂遝当人门〔9〕。杀气遥连碣石馆〔10〕,愁云更失燕丹村〔11〕。村墟四顾豺虎乱,龙荒戍卒各星散〔12〕。羌童隔河霜月中,芦管横吹夜漫漫〔13〕。狐奴山下鬼火明〔14〕,车箱渠上人烟断〔15〕。大旗风动亚夫营〔16〕,天意冥冥终在汉〔17〕。送君东去勿复叹,对酒且歌白石烂〔18〕。

21

〔1〕此诗嘉靖二十九年八月"庚戌之变"后作于京师,抒写俺答掳掠杀戮过后的凄凉景象,极尽苍生之苦,慨叹世道衰微。王乐三,疑为河南濮阳人。山东宁阳主簿。主簿,此为知县的助理。昌平,今属北京。

〔2〕鼙(pí 啤)鼓:即鞞鼓,古代军用的小鼓和大鼓。此喻战乱。白居易《长恨歌》:"渔阳鼙鼓动地来,惊破《霓裳羽衣曲》。"

〔3〕乌鸢(yuān 冤):乌鸦和鸢鹰。鸢,鸷鸟,俗名老鹰、鹞鹰。

〔4〕盖棺:身故。

〔5〕秣(mò 末)马:饲马。

〔6〕金城:言城之坚,如金铸成。语出《韩非子·守道》:"人臣垂拱于金城之内,而无扼腕聚唇嗟唶之祸。"晏安:安逸。

〔7〕朔日:农历每月初一。应驾部:即应云鹫(yuè 月)。字瑞伯,号东塘。浙江象山人。嘉靖辛丑(1541)进士,知临川县,官终武库司郎中。有《临川集》《象川杂稿》等。三河:县名。今属河北。

〔8〕歘(xū 需):忽然。

〔9〕杂遝(tà 蹋):众多纷杂貌。

〔10〕碣(jié 洁)石馆:又名碣石宫,在今天津蓟州区西三十里宁台之东。

〔11〕燕丹村:在今北京西。

〔12〕龙荒:泛指我国北部荒漠地区。龙,谓匈奴祭天处龙城。荒,谓荒服。

〔13〕芦管:即芦笳。古代一种管乐器。曾慥《类说·集韵》:"胡人卷芦叶而吹,谓之芦笳。"

〔14〕狐奴山:亦名呼奴山。在今河北顺义东北。

〔15〕车箱渠:沟渠名。《明一统志》:"车箱渠在顺天府蓟州城西北,自遵化抵昌平。"

〔16〕亚夫营:即细柳营。西汉周亚夫为将军,屯兵细柳以备匈奴,

军纪严明,受到汉文帝称赞,后因称军纪严明者为细柳营。

〔17〕"天意"句:言上天终究会保佑明朝。冥冥,玄深莫测。汉,此指明朝。

〔18〕白石烂:语出《宁戚饭牛歌》:"南山粲,白石烂,生不遭尧与舜禅。"

元夕,同李员外于鳞登西北城楼望郭外人家,时经虏后,慨然有赋〔1〕

仙郎邀我元夜游,联镳驰向都城陬〔2〕。凭高北望馀杀气,初春惨澹翻如秋。银花无光火树死〔3〕,月明空作金波流。忆昔华灯乱星斗,天教陆海通瀛洲〔4〕。美人盛服散香霭,侠少相随簇锦裘。万家歌舞帝王州〔5〕,广衢深巷连崇楼。杨枝插门春不见,膏粥祠户今何由〔6〕?燕京女儿去朔漠,紫姑寥落亦含愁〔7〕。城中箫鼓太平象,城外风烟边戍头。御宴黄柑存故事〔8〕,浊醪不解骚人忧〔9〕,洞庭佳酿醉方休〔10〕。来岁今宵复何处,客踪宦辙如云浮〔11〕。

〔1〕此诗嘉靖三十年(1551)正月十五日作于京师。元宵佳节,诗人登城楼远眺,由俺答侵掠后的萧条惨淡,联想起昔日的热闹繁华,由城外人民的沉重灾难,写到城中的"太平象",对比鲜明,表达了强烈的忧患意识。李于鳞,即李攀龙(1514—1570)。字于鳞。山东济南人。明"后七子"前期的领袖。嘉靖甲辰(1544)进士,授刑部广东司主事,历郎中,出知顺天府,擢陕西提学副使、浙江参政,官至河南按察使。有《沧溟

集》、《唐诗选》、《古今诗删》等。员外,即员外郎。明朝各部均设,位于郎中之次。

〔2〕联镳(biāo 标):马衔相连,指并骑而行。镳,马嚼子的两端露出嘴外的部分。陬(zōu 邹):隅、角落。

〔3〕银花、火树:比喻辉煌的灯火。唐苏味道《正月十五夜》:"火树银花合,星桥铁锁开。"

〔4〕陆海:物产富饶之地。旧指关中一带,此指燕京一带。《汉书·地理志》:"(秦地)号称陆海,为九州膏腴。"颜师古注:"言其地高陆而饶物产,如海之无所不出,故云陆海。"瀛洲:传说中的海中仙山。

〔5〕帝王州:帝王所居之地,此指京师。

〔6〕"杨枝"二句:写正月十五元宵节的习俗。杨枝插门,宗懔《荆楚岁时记》:"正月十五日作豆糜,加油膏其上,以祠门户。先以杨枝插门,随杨枝所指,仍以酒脯、饮食及粥,插箸而祭之。"膏粥,上浮油脂的白粥。吴均《续齐谐记》:"吴县张成夜起,忽见一妇人立于宅上南角,举手招呼成……曰:'此地是君家蚕室,我即是此地之神,明年正月半,宜作白粥泛膏于上祭我也,必当令君蚕桑百倍。'……成如言作膏粥,自此后大得蚕。今正月半作白膏粥,自此始也。"

〔7〕紫姑:传说中的厕神,俗称坑三姑娘。相传姓何,名媚,字丽卿。莱阳人。唐寿阳刺史李景纳为妾,为景妻所妒,常役以秽事,于正月十五日夜被杀死于厕中。上天怜悯,命为厕神。自唐以来即有祭奠紫姑之俗。于此日图其形,夜于厕间或猪栏边迎之,以问祸福。

〔8〕"御宴"句:祝穆《古今事文类聚》前集卷七《贵戚传柑》:"上元夜登楼,贵戚例有黄柑相遗,谓之传柑。"御宴,天子赐宴群臣。黄柑,果名,橘之一种。

〔9〕浊醪(láo 劳):浊酒。

〔10〕洞庭佳酿:即"洞庭春色",以黄柑所酿之酒。苏轼《洞庭春色

24

赋序》:"安定郡王以黄柑酿酒,谓之洞庭春色。"

〔11〕客踪:客游之行踪。此自谓。宦辙:为官之踪迹。此谓李攀龙。

哀少妇〔1〕

谁家少妇啼道傍,自言离乱摧肝肠。身无完衣科鬓发〔2〕,向人颜色殊凄凉。去秋胡马犯京甸〔3〕,兵戈森然夺目光。胡儿驱我到沙漠,吞声不敢呼穹苍〔4〕。毳幕为庐地为榻〔5〕,敲火炙牛斟酪浆〔6〕。芦笳鸣咽动愁思〔7〕,欲随征雁俱南翔。日落黑山木惨惨〔8〕,风吹白草沙茫茫。隆冬冰雪亘千里,苦寒堕指难禁当〔9〕。半载拘留今始脱,独窜荆棘何仓皇。夜乘星月认归路,空林那避豺与狼。塞门初入心稍定〔10〕,万死一生还故乡。夫婿丧亡旧业破,但闻候鸟鸣枯桑。纵填沟壑无复恨,犹胜骸骨遗穷荒。回头更指潮河水〔11〕,不及妾心哀怨长。

〔1〕此诗嘉靖三十年(1551)初春作于京师,通过一位被掳掠而侥幸逃归的少妇的泣诉,具体形象地反映了俺答入犯给人民带来的沉重灾难,寄托了诗人的深切同情。

〔2〕科鬓发:见《哀哉行四首》注释〔15〕。

〔3〕京甸:京城郊外。甸,古代指京城郊外的地方。《礼记·王制》:"千里之内曰甸,京邑在其中央。"孙希旦集解:"甸,田也。千里之内,其田赋入于天子,故谓之甸。"

〔4〕穹(qióng 穷)苍:苍天。

〔5〕毳(cuì 翠)幕:游牧民族居住的毡帐。

〔6〕酪(lào 涝)浆:牲口乳汁。

〔7〕芦笳:古代的一种管乐器,以芦叶为管,管口有哨簧,管面有音孔。军营巡哨常用之。

〔8〕黑山:有诸处:一在今内蒙古包头西北;一为今内蒙古巴林右旗北罕山;一在今陕西榆林西北,有黑水流其下。此泛指塞外诸山。

〔9〕堕指:谓冻掉手指。

〔10〕塞门:边关。此指燕北长城一带。

〔11〕潮河:《大清一统志》卷五:"潮河源出口外,自古北口流入密云县界,西南流至县东,南合白河。"

少女词〔1〕

妾家住近都城下,今日何辜来朔野。不随姊妹并乘龙〔2〕,翻与胡儿同跃马。马上归心数向南,故园桑叶废春蚕。长颦翠黛愁无那〔3〕,暗落铅华瘦不堪〔4〕。不堪对月空凄切,屈指清光几圆缺〔5〕。道路空迷古塞云,衣裳犹带阴山雪〔6〕。雪后惊看鸿雁回,隔河羌笛使人哀〔7〕。龙沙三月无青草,莫向春风怨落梅〔8〕。

〔1〕此诗嘉靖三十年春作于京师,通过一少女的心灵诉讼,反映了被掳掠人民思乡念亲的无限哀怨。词,亦作"辞",古诗的一体。张表臣《珊瑚钩诗话》卷三:"感触事物,托于文章,谓之辞。"胡震亨《唐音癸

签·体凡》："进乎文为辞。"说明此体必须有较好的文采。

〔2〕乘龙：喻佳婿。典出张方《楚国先贤传》："孙俊，字文英，与李元礼俱娶太尉桓焉女，时人谓桓叔元两女俱乘龙，言得婿如龙也。"（《艺文类聚》卷四十引）

〔3〕颦（pín 频）：皱眉。翠黛（dài 代）：眉的别称。无那：即无奈、奈何。

〔4〕铅华：指美丽容颜，青春年华。

〔5〕清光：此指月亮。

〔6〕阴山：今河套以北大漠以南诸山的总称。

〔7〕羌笛：乐器，原出古羌族。王之涣《凉州词》之一："羌笛何须怨杨柳，春风不度玉门关。"

〔8〕落梅：即《落梅花》。羌族乐曲名，又名《梅花落》。为乐府横吹曲。

宫词题画四首（选一）〔1〕

夏

风静帘垂花竹里，银床冰簟净于水〔2〕。夕阳犹照长信宫〔3〕，太液池东片云起〔4〕。禁门深锁夜如何，秖恐芭蕉风雨多。

〔1〕此诗锺惺评曰："写得景物动荡，想见伤心人，心眼撩乱。"谭元春评曰："'初（犹）照'妙，已有不能终照意。"（引文俱见《明诗归》卷三）

宫词,以宫廷生活为题材的诗。唐大历中王建著《宫词》百首,始以宫词为题。

〔2〕冰簟(diàn 店):凉席。

〔3〕长信宫:宫殿名。在长乐宫中,汉太后所居。汉班况女,成帝时入宫为婕妤,后为赵飞燕所谮,退侍太后于长信宫,作赋自伤,辞极哀婉。王昌龄《长信怨》:"奉帚平明金殿开,且将团扇共徘徊。玉颜不及寒鸦色,犹带昭阳日影来。"

〔4〕太液池:指汉太液池。在今陕西长安西,汉武帝时于建章宫北兴建。

橘 树〔1〕

忆昔园中摘霜橘,重来正值橘花日。满丛皛皛当残春〔2〕,池台雨后游蜂出。独把一枝春可怜,匡床把酒非吾室〔3〕。去秋此地纷干戈,胡风吹树奈尔何〔4〕。上林秋色亦凄怆〔5〕,仙宫月冷停笙歌。遥征猛士已云多,待时图功且议和〔6〕。汉廷况有丙魏在〔7〕,年年雨露沾枝柯。橘兮橘兮尔无恙,逸民终老青山阿〔8〕。

〔1〕此诗嘉靖三十年春作于京师。诗人由橘树起兴,联想到去秋的俺答之乱及严嵩、仇鸾无视国难而深相勾结的卑劣行径,表达了对权奸的强烈不满和深沉的忧患意识。

〔2〕皛皛(xiǎo 小,又读 jiǎo 皎):洁白光明貌。

〔3〕匡床:方正安适的床。

28

〔4〕"去秋"二句:言俺答入犯京畿。

〔5〕上林:秦旧苑,汉武帝扩建。周围三百里,有离宫七十所。苑中养禽兽,供皇帝春秋打猎。又有东汉上林苑,在河南洛阳东;南朝宋上林苑,在江苏江宁鸡笼山东。此泛指帝王的园圃。

〔6〕"遥征"二句:谓各路纷纷驰援京师,仇鸾为平虏大将军,总督京营戎政,待俺答掳掠退去,方率诸将徐随出境,竟不一战,且与严嵩深相勾结,寻俺答款关请市。

〔7〕丙魏:指西汉丙吉和魏相。因并有时名,号为丙魏。丙吉(前?—55),亦作邴吉,字少卿。汉鲁国人。任廷卫监,多方保护宣帝。封博阳侯,任丞相,以知大体见称。魏相(前?—59),汉济阴定陶人。字弱翁。初为茂陵令,后迁河南太守,宣帝时为丞相,与丙吉同心辅政,皆为帝所重,封高平侯。

〔8〕逸民:避世隐居的人。青山阿:指隐居处。

张令肖甫郊饯闻笛,兼慰卢次楩〔1〕

严城西畔开离筵〔2〕,郎官送客斜阳天〔3〕。有人吹笛正凄怆,晴云改色迷山川。野风太急万柳折,倏忽波涛翻九渊。骊龙惊起珠欲堕〔4〕,乱鸟无声愁向我。梅花一曲何断肠〔5〕,萧瑟零霜肃满坐。卢子挥泪不胜哀,衔冤垂老谁怜才。君不见祢衡傲岸成祸胎,鹦鹉洲上多莓苔。骚人往来酬酒杯,黄祖于今安在哉〔6〕?当秋苦调莫三弄,听彻踌躇转悲恸〔7〕。张令知心不可忘,关河月照滑台梦〔8〕。

〔1〕此诗嘉靖三十二年(1553)作于河南滑县。由于才高气傲,卢楠蒙受不白之冤,谢榛则义心侠胆,奔波于京师公卿间大力拯救。此诗表达了对卢楠遭遇的深切同情,劝慰语重心长,凄怆笛声的生动描写,有力地渲染了离别的气氛。张肖甫,即张佳胤(1527—1588)。字肖甫,初号岭山,更号居来山人。四川铜梁人。嘉靖庚戌(1550)进士,除滑县知县,擢户部主事,改兵部职方,历右佥都御史、兵部右侍郎,官至兵部尚书致仕,卒谥襄宪。有《居来山房集》。卢次楩(pián 骈),即卢楠(1507—1559),字少楩,一字次楩,又字子木,河南浚县人。太学生,博闻强识,负才忤县令蒋宗鲁,县令诬以杀人,系狱论死。谢榛赴京师为之称冤,适陆光祖代为县令,得平反出狱。后落魄病酒而卒。有《蠛蠓集》。

〔2〕严城:高峻坚固的城,此指滑县。当时张佳胤为滑县知县。

〔3〕郎官:侍郎、郎中等职。《后汉书·明帝纪》:"郎官上应列宿,出宰百里,有非其人,则民受其殃。"此指知县张佳胤。

〔4〕骊(lí 离)龙:黑色的龙。《庄子·列御寇》:"夫千金之珠,必在九重之渊,而骊龙颔下。"

〔5〕梅花:即梅花三弄。古曲名,由晋桓伊所作笛曲改编而成。全曲主调出现三次,故称三弄。

〔6〕"君不见"四句:用祢衡事慰藉卢楠。祢衡(173—198),字正平。东汉平原般(今山东临邑东北)人。少有才辩,而气刚傲物。与孔融交好,融荐于曹操,操召为鼓吏,令其改服鼓吏之装,欲辱之。衡于操前裸身更衣,后又至曹营门大骂。操大怒,送衡于刘表,表又送之于江夏太守黄祖处,终为黄祖所杀。后人为其《鹦鹉赋》所加《序》曰:"时黄祖太子射宾客大会,有献鹦鹉者,举杯于衡前曰:'祢处士!今日无用娱宾,窃以此鸟自远而至,明慧聪善,羽族之可贵,愿先生为之赋,使四坐咸共荣观,不亦可乎?'衡因为赋,笔不停缀,文不加点。"谢榛《诗家直说》二七六则曰:"每惜祢衡《鹦鹉》一赋,而遽戕其生,可为恃才傲物者诫。"

〔7〕彻:完了、结束。

〔8〕关河:指函谷等关与黄河,亦泛指关山河川。滑台:古地名。在河南滑县东,汉末以来为军事要冲。

小姑谣〔1〕

阿婆使妾春稻粱,小姑又唤缝衣裳。一时不应小姑怒,可堪颜色来风霜。小姑打时只袖手,小姑骂时只闭口。眼看小姑也嫁人,姑嫂不得长相守。闻道比妾小姑多,小姑他日当如何?

〔1〕谢榛注意从民间文学汲取营养。此诗明白如话,酷似民歌民谣;写已婚妇女忍受小姑的打骂,心理刻画曲尽其妙。谣,一种通俗的不合乐的民歌。姜夔《白石道人诗说》:"通乎俚俗曰谣。"

同李兵宪廷实、刘计部伯东宴集,
因谈五台山之胜,遂赋长歌行〔1〕

残冬游五台,几步一徘徊。石罅松根出〔2〕,云端山势来。地接龙荒莽无际,疏林但见冰花开。绝顶下连万丈雪,阴崖长积千年苔。经过险巇有藜杖〔3〕,天许诗人独放旷。青山不断马头前,红日忽翻鸦背上。我来转折无尽时,奇处复奇难形状。焉得江南顾恺之〔4〕,为予写成岩壑障〔5〕!五台山高齐插天,开辟有色同苍然〔6〕。平生想像劳梦寐,到时飘逸如登仙。蹑屩越丹崖〔7〕,挥手拂紫烟。化城金界未深入〔8〕,远公逝矣谁相延?灵脉永存功德水〔9〕,仿佛彻耳来飞泉。令人心思净于洗,不根突出纷青莲〔10〕。指点烟岚动广席,何当鹫岭共攀缘〔11〕?二君壮图逢昭代〔12〕,岂暇联辔游山川〔13〕。向予叹息且酌酒,日下圭峰重回首〔14〕。

〔1〕此诗作于嘉靖四十三年(1564)冬。当时谢榛登山西五台山刚返回代州(今山西代县),即激情满怀地对友人盛赞五台山之雄伟、奇险、壮观,抒写了对祖国大好河山的无比热爱和登临的独特感受。冯惟讷评曰:"此作词气超诣,逼真青莲。"(《适晋稿》卷四)陈允衡评曰:"大家数时有平易处,要之,通篇不碍于耳。"(《诗慰初集·谢茂秦诗选》)李廷实,即李玭,字廷实。明直隶霸州(今河北霸县)人。嘉靖丙辰(1556)进士,历官彰德知府、山西按察副使等。兵宪,地方官名,又叫兵备道、整饬兵备、兵备副使,属提刑按察司。其职责是监督军事,并直接参与军事行动。刘伯东,即刘宗岱。字伯东。山东济南人。嘉靖己未(1559)进士,曾为户部主事、山西沁州知州,官至副使。计部,即户部。职责主要是征收贡赋。五台山,我国四大佛教名山之一,在山西五台县东北。绕周250公里,由五座高峰环抱而成。五峰高耸,峰顶平坦宽阔,如垒土之台,故称五台。山中气候寒冷,台顶坚冰累年,盛夏气候清爽,故又名清凉山。歌行,古诗的一体。形式上采用七言及长短句,比较自由,富于变化。严羽《沧浪诗话》列有"歌行体",自注曰:"古有《鞠歌行》、《放歌行》、《长歌行》、《短歌行》。又有单以'歌'名者,单以'行'名者。"

〔2〕罅(xià下):裂缝。

〔3〕险巇:形容山路艰险。藜杖:以藜茎为杖。藜,草本植物,茎直

立,老可为杖。

〔4〕顾恺之(346—409):字长康,小字虎头。晋陵无锡(今属江苏)人,晋著名画家。世称其有三绝:才绝、画绝、痴绝。曾为谢安散骑常侍、桓温及殷仲堪参军。著有《启蒙记》和文集。

〔5〕障:幛子,即上面写有文字或画有图画的整幅绸布。

〔6〕开辟:即盘古开天辟地,指宇宙的开始。

〔7〕蹑屩(juē 撅):登履。屩,用麻、草做的鞋。丹崖:赤崖。

〔8〕化城:佛家语。一时幻化的城郭,比喻小乘禅所达到的境界。

〔9〕功德水:即八功德水。佛教谓西方极乐世界中处处有七妙宝池,八功德水弥满其中。八功德,即一甘、二冷、三软、四轻、五清洁、六不臭、七不损喉、八不伤腹。孟浩然《腊月八日于剡县石城寺礼拜》:"愿承功德水,从此濯尘机。"

〔10〕青莲:青色的莲花。因其清洁无染,常用以指与佛教有关的事物。

〔11〕鹫岭:即灵鹫山。在中印度,为佛说法之地。此指五台山。

〔12〕昭代:政治清明的时代。

〔13〕联辔:连骑、并乘。

〔14〕圭峰:《大清一统志·代州》:"圭峰山,在州东南五十里,上丰下锐,象圭之终葵首,故名。"

送许参军还都下,兼寄严冢宰敏卿〔1〕

天上使星临雁塞〔2〕,满城风雪荡旌旆。犒赏连营倍战心,胡儿已遁龙荒外。君不见岢岚州云连雉堞〔3〕,生边愁!寒天惨澹日易落,偏令鸟雀群啁啾。郁汾结冰高于岸〔4〕,逝水暗

33

咽翻西流。防秋复防秋[5]，不虞岁暮烽火稠。黠虏交攻孤垒破，马牛去尽犬独留。犬蹲屋角吠山月，鬼打钟声登戍楼[6]。三关父老且挥涕[7]，当代应多卫霍俦[8]。今人白首待勋业，古人壮志图封侯。都护时能练士卒[9]，还念严冬穷到骨。穷愁有骨可聊生，犹胜无功此身殁。胡骑又从西北来，停鞭几为苍生哀。圣朝自有山吏部[10]，授钺悬知简将材[11]。

〔1〕此诗嘉靖四十三年严冬作于山西代县。诗人关心边患和苍生疾苦，字里行间流露着强烈的忧患意识。冯惟讷评曰："悲惨似杜。"（《适晋稿》卷四）陈允衡评曰："断续处佳。"（《诗慰初集·谢茂秦诗选》）许参军，谢榛在代州结识，馀未详。参军，官名，即经历。明宗人府、都察院等都设经历司，有经历一人，典出纳文移。严敏卿，即严讷（1511—1584）。字敏卿，号养斋，江苏常熟人。嘉靖辛丑（1541）进士，授翰林编修，迁侍读，累官吏部尚书、武英殿大学士，入参机务，病久不愈，乞归。家居20年卒，赠少保，谥文靖。冢宰，此指吏部尚书。

〔2〕使星：指朝廷派出的使者。典出《后汉书·李郃传》："和帝即位，分遣使者，皆微服单行……使者二人当到益部，投郃候舍。时夏夕露坐……指星示云：'有二使星向益州分野，故知之耳。'"雁塞：泛指北方的边塞。

〔3〕岢岚州：即今山西岢岚。明洪武七年为州。雉堞（zhì dié 至蝶）：泛指城墙。城墙长3丈广1丈为雉；堞，女墙，即城上端凸凹叠起的矮墙。

〔4〕郁汾：奔腾迅疾的汾水（源于山西宁武管涔山，经太原南流，至新降而西，于河津入黄河）。

〔5〕防秋:古代西北各游牧部落,往往在秋高马肥之时南侵,届时边军特加警卫,调兵防守,称为防秋。

〔6〕"不虞"五句:言嘉靖四十三年冬俺答入犯山西岢岚等地。参见《哀老营堡》注释〔1〕。

〔7〕三关:三个重要的关口。明代以雁门关、宁武关、偏头关为外三关,以河北的居庸关、紫荆关、倒马关为内三关。此指外三关。

〔8〕卫霍:指汉代名将卫青和霍去病。《后汉书·冯绲传》:"卫霍北征,功列金石。"卫青(?—前106),字仲卿。西汉河东平阳人。官至大将军。前后七次出击匈奴,屡立战功,收河南地,置朔方郡。封长平侯。霍去病(前140—前117),西汉河东平阳人,卫青姊子。年18为侍中;善骑射,诏予骠姚校尉。曾6次出击匈奴,涉沙漠,远至狼居胥山。封冠军侯,为骠骑将军。

〔9〕都护:官名。汉宣帝时置西域都护,晋、宋、唐、元亦置督护,但职权不尽相同。此指守边将帅。

〔10〕山吏部:即山涛(205—283)。字巨源。晋河内怀县人。"竹林七贤"之一。入晋为吏部尚书。《晋书·山涛传》:"涛再居选职,十有馀年……所奏甄拔人物,各为题目,时称山公启事。"

〔11〕授钺:授以斧钺。此指授以兵权。悬知:预测、慎重思考。简:选拔。

拟裁衣行〔1〕

天南越峤郁苍苍〔2〕,苎葛结阴岩壑傍〔3〕。越女搴条共笑语〔4〕,野风细吹脂粉香。晓星出门落日返,一家姑嫂时相将。千丝万丝手中过,要织纤缟如许长〔5〕。闺中咿哑鸣机杼,几人力织才盈箱。数匹较来一匹强,却为野老裁衣裳[6]。着身便有烟霞气,青山何处非吾乡?步虚好追松乔辈[7],采芝更逐黄绮行[8]。葛衣之轻当炎暑,狐裘之重御雪霜。被服及时无轻重,人间万事多参商[9]。舞翻广袖发浩唱,不羡接舆为楚狂[10]。且挂薜萝坐倾酒,满园月露澄秋光。每逢七夕仰河汉,天孙馀巧散下方[11]。我欲登楼酹椒觞[12],掷梭一女兮使人嗟叹空徜徉,使人嗟叹空徜徉[13]!

[1] 此诗作于嘉靖四十四年(1565)七月七日。当时谢榛正在山西汾州孔天胤处,他仰望河汉,浮想联翩,以野老自况,寄寓了漫游四海,超然世外的心志和理想。孔天胤评曰:"前十二句得古乐府体。"冯惟讷评曰:"托兴甚远。"(引文俱见《适晋稿》卷六)

[2] 峤(qiáo 乔):尖峭的山。

[3] 苎(zhù 注)葛:苎,苎麻;葛,多年生的蔓草,茎的纤维可制葛布。

[4] 搴(qiān 牵)条:拔取支条。

[5] 纤缡(lí 离):指纤细的麻布。

[6] 野老:田野老人。

[7] 步虚:指学道。松乔:即赤松子和王乔。皆为传说中的仙人。赤松子,记载不一,一说神农时为雨师,服水玉以教神农,能入火不烧。至昆仑山,常入西王母石室,随风雨上下。《史记·留侯世家》:"愿弃人间事,欲从赤松子游耳。"王乔,又叫王子乔。神话中的人物。传为周灵王太子晋。好吹笙作凤凰鸣,游伊洛间,被道人浮丘公接上嵩高山,修炼成仙而去。

〔8〕采芝:摘采芝草。此喻隐居。黄绮,即秦末汉初商山四皓中的夏黄公和绮里季。夏黄公,隐士。姓黄名广,字少通。隐居夏里,故号夏黄公。绮里季,隐士。陶潜《饮酒》之六:"咄咄俗中愚,且当从黄绮。"

〔9〕参(shēn 申)商:二星名。参在西,商在东,此出彼没,永不相见。此喻隔绝、乖谬。

〔10〕接舆:传说为春秋时楚国隐士,佯狂避世。因其迎孔子的车而歌,故称接舆。皇甫谧《高士传》始谓其姓陆名通字接舆。

〔11〕天孙:即织女星。柳宗元《乞巧文》:"下土之臣,窃闻天孙专巧于天。"

〔12〕酹(lèi 类):以酒洒地表示祭奠。椒觞(jiāo shāng 交伤):盛椒酒的杯子。此指椒浆酒,即以椒浸制的酒浆,古代多用以祭神。

〔13〕徜徉(cháng yáng 常洋):徘徊。

离感篇远示元灿、元辉诸儿〔1〕

移家郏城接建安〔2〕,西来辖轲悬忧端〔3〕。异乡感怀殊不寐,剑闪七星灯下弹〔4〕。鲁缟齐纨价易买,越罗蜀锦人争看。无计疗穷痴儿怨,糟糠老妻任艰难。不见少陵几口走栈阁〔5〕,赖有橡实时充餐〔6〕。白帝春归同寂寞〔7〕,锦江月出两团圞〔8〕。中原兵戈阻旧国〔9〕,胡尘杀气相迷漫。我逢昭代幸无恙,晋俗留人惊岁残。又不见要离何为火妻子〔10〕,霸图直欲功名完。身后梁鸿并蒿里〔11〕,不如五噫行歌石可刊〔12〕。久雪敝衣惜奴婢,漫将诗草发长叹。吕望八旬持钓竿〔13〕,困龙且向积水蟠。谁道颓年气傲岸,四海交游曾结欢。公门了无一字干[14]，秋潭照心无波澜。小儒孟浪竟何益[15]，睥睨宁知世路宽[16]。暗洒淤泥污巢许[17]，箕山忽崩颍水干[18]。神明在天笑魑魅，时复清风吹鹖冠[19]。俯视人间尽浩渺，独登万仞之峰峦。吹笙爱听子晋曲[20]，仙骨能胜鹤背寒。

〔1〕此诗作于万历二年（1574）第二次客游山西之时。谢榛以安阳为中心，飘泊大半生，虽贫困潦倒，但安贫乐道，颓年仍不改交游四海、超然世外之志。全诗感情饱满强烈，大量用典但不隔不涩。篇，一种篇幅较大的古诗。李之仪《谢人寄诗并问诗中格目小纸》："篇者，举其全也。"胡震亨《唐音癸签·体凡》："衍而盛焉为篇。"

〔2〕"移家"句：谢榛嘉靖十三年（1534）即由临清移家客居安阳，其主要原因就是"邺下故建安才子之地"（苏濬《谢山人全集跋》），希望在诗歌创作上继承建安风骨和盛唐气象。邺城，故城原在今河北临漳西南邺镇。此指河南安阳。接，接武、继承。建安，东汉刘协（献帝）年号（196—220）。此指曹操、曹丕、曹植父子和"建安七子"。

〔3〕辗轲（kǎn kē 砍科）：困顿、不得意。

〔4〕"剑闪"句：典出《战国策·齐策四》，用战国齐孟尝君门客冯谖弹铗故事，冯谖寄食于孟尝君下，终日粗茶淡饭，怀才不遇，满腹牢骚，三次靠在柱子上弹铗而唱，要求提高待遇，孟尝君都满足了他。后来他也帮孟尝君出谋划策，化险为夷。这里与李白《行路难》之二"弹剑作歌奏苦声，曳裾王门不称情"的用意同。七星，剑名。赵晔《吴越春秋·王僚使公子光传》谓伍子胥投奔吴国时所佩之剑有七星，价值百金。

〔5〕"不见"句：指杜甫（自号少陵野老，世称杜少陵）乾元二年（759）十二月一日为衣食所迫，从同谷（今甘肃成县）奔赴成都。栈阁，

即栈道,以架木为阁,故名。

〔6〕橡实:俗称橡子。《晋书·挚虞传》:"粮绝饥甚,拾橡实而食之。"

〔7〕"白帝"句:指杜甫大历元年(766)至三年正月在夔州(今重庆奉节)。白帝,城名。在瞿塘峡口,曾为夔州府治。

〔8〕"锦江"句:指杜甫上元元年(760)春之后在成都西郊草堂。锦江,即今成都南走马河。团圞(luán luán):团聚。

〔9〕旧国:故乡。

〔10〕要离:春秋时刺客。吴公子光谋杀王子庆忌,要离献谋,先使公子光断其右手,杀其妻子,然后见庆忌于卫国,与其谋夺吴国。至吴地渡江,要离刺中庆忌要害,庆忌释之,令还吴。要离渡至江陵(今属湖北),亦伏剑自尽。

〔11〕梁鸿:东汉扶风平陵(今陕西咸阳西北)人,字伯鸾。家贫好学,不求仕进。与妻孟光同入霸陵山中,以耕织为业。后避祸去吴,为人舂米,待其归来,孟光为之备食,举案齐眉。蒿里:山名。相传在泰山之南,为死者葬地,因泛指墓地、阴间。

〔12〕五噫行歌:即五噫歌。《后汉书·梁鸿传》:"因东出关过京师,作五噫之歌,曰:'陟彼北芒兮,噫!顾览帝京兮,噫!宫室崔嵬兮,噫!人之劬劳兮,噫!辽辽未央兮,噫!'"

〔13〕吕望:即姜子牙、吕尚。周初人。相传钓于渭水之滨,周文王出猎相遇,同载而归,谓"吾太公望子久矣",因号为太公望,立为师;武王尊为师尚父,辅佐灭殷。为齐国始祖,俗称姜太公。

〔14〕公门:官署,衙门。《荀子·强国》:"观其士大夫,出于其门,入于公门;入于公门,归于其家,无有私事也。"这里指作者于仕途无所冀求。

〔15〕小儒:浅陋的儒者。《汉书·夏侯胜传》:"建所谓章句小儒,

破碎大道。"孟浪:率略。《隋书·礼仪志四》:"文理孟浪,无可取者。"

〔16〕睥睨(pì nì 僻逆):斜视。

〔17〕巢许:又称巢由,指尧时隐士巢父与许由。相传尧让位于二人,皆不受。诗文多用为隐居不仕的典故。

〔18〕箕山:此指河南登封东南箕山。颍水:即颍河。源出河南登封西南,东南流入淮河。《庄子·逍遥游》、《史记·伯夷列传》记:尧让许由以天下,由遁居于颍水之阳箕山下。尧又召为九州长,由不闻,洗耳于颍水之滨。

〔19〕鹖(hé 河)冠:以鹖羽为饰之冠,春秋时尝有楚人隐居深山所制,故后指隐士之冠。

〔20〕子晋:即王子乔。刘向《列仙传》谓道人浮丘公将其接上嵩高山,修炼成仙而去。

终南仙人引走笔遣怀[1]

终南据形胜,隐沦共墟里[2]。中有千年不死之真人[3],鹤发垂垂过两耳[4]。门无征车道长存[5],平生懒到咸阳市[6]。青山有主百灵护,竹杖通灵山鬼妒。化作苍龙乘海云,巨鲸伏鬣洪涛驻[7]。惊回任公钓[8],触倒扶桑树[9]。力穷万里知所归,掉头西秦灵复聚。老夫神变物相因,内蕴不关天地春。

〔1〕此诗神思驰骋,极具想象力。"终南仙人"是诗人理想的化身。终南,山名。即今陕西秦岭山脉。引,古诗之一体,兼有叙事和议论的

长诗。

〔2〕隐沦:隐居之人。墟(xū 虚):村落。

〔3〕真人:道教所称修真得道者。此指仙人。

〔4〕鹤发:白发。

〔5〕征车:古代征召贤达的车子。

〔6〕咸阳:故址在今陕西长安西渭城故城。战国时秦穆公建都于此。

〔7〕"青山"四句:《后汉书·方术·费长房传》:"费长房者,汝南人也。曾为市掾。市中有老翁卖药,悬一壶于肆头……长房辞归,翁与一竹杖,曰:'骑此任所之,则自至矣。既至,可以杖投葛陂中也。'又为作一符,曰:'以此主地上鬼神。'长房乘杖,须臾来归,自谓去家适经旬日,而已十馀年矣。即以杖投陂,顾视则龙也。"鬣(liè 猎):泛指动物头和颈上的毛。

〔8〕任公:即任公子、任父。相传他用大钩粗帛做成钓具,以五十头牛为钓饵,蹲在会稽,下钓于东海,饵为一条大鱼所吞,牵着鱼钩在海中挣扎,千里之内都受震动。

〔9〕扶桑:神话中的树名。《海内十洲记·带洲》谓其叶如桑,又有椹,高二千丈,粗二千馀围。

痴儿叹〔1〕

传家尽说生男好,儿童使性殊相恼。珍惜何异掌中珠,渐长双髻尚怀抱〔2〕。爷娘锺爱此骨肉,竟日摩挲随所欲。千回索果颜色喜,一时不应出门哭。手剜苔墙骂声高,树乌惊飞过邻屋。暂辍缝衣虚探囊,指顾南园枣将熟。青青味涩空盈枝,难解痴儿叫怒时。楼头日落暝云合,上有苍天知不知? 人间恩怨古来事,小大相关背灯睡。奚奴忽报灯花开[3],笑起呼杯聊一醉。

〔1〕此诗明畅如话,通过极具表现力的细节,使诗人舐犊之情和痴儿娇蛮之态跃然纸上。叹,古诗的一体。多用来抒发感伤情绪。

〔2〕双髽(zhuā 抓):头发左右两边用麻束起。髽,以麻束发。

〔3〕奚奴:奴仆。

都门酒家翁[1]

老翁家住凤城闉[2],造酒谋生自不贫。朝来炊黍和麴尘[3],酴醾待熟香且醇[4]。梦中恍听糟床雨[5],坐处先沾醅瓮春[6]。红油阑干覆杨柳,青帘高曳为招宾。长条短条催我老,凋复凋兮新复新,渐看两鬓白如银。不管燕姬争唱供巧笑,醉客喧呼殊不嗔。大都世事总堪醉,半酣却憎沉醉人。自觉醒眼全吾真[7],四朝风光惟一身[8]。历观豪华壮甲第,十度星霜易主频。卜居此地几婚嫁,儿兮女兮知孝亲。犬能守夜鸡报晨,焚香愿作太平民。祝紫宸[9],焚香愿作太平民!

〔1〕此诗作于谢榛第三次客游京师时(1547—1552),以都门酒家心满意足的自述,生动形象地抒发了其自给自足、自由自在的生活及其

"作太平民"的强烈愿望,寄托了诗人的向往。都门,京都城门。

〔2〕阛(yīn 音):城曲、城隅。

〔3〕麹(qū 驱)尘:麹上所生的菌,色淡黄如尘。麹,酒曲。

〔4〕醁醽(lù líng 录灵):美酒名。

〔5〕槽床:榨酒的器具。

〔6〕醅(pēi 胚)瓮:酒坛子。春:指酒。呼酒为春,始于唐人。

〔7〕全真:保持本性。嵇康《幽愤》:"志在守朴,养素全真。"

〔8〕四朝:指明宪宗、孝宗、武宗、世宗四朝。

〔9〕紫宸:帝王、帝位的代称。

野父杂感〔1〕

结庐不临车马道〔2〕,交游须待商山老〔3〕。泉冲涧石声自清,霜染江枫色更好。暗响泠泠长满耳〔4〕,一朝野望净于扫。驯雀下阶相对闲,钩帘独坐披素抱〔5〕。儿借佛书越松岭,归来短衣沾雪冷。老禅为说梅初花,纸窗幽寂横瘦影〔6〕。杖藜不到诸天遥〔7〕,卧听清钟彻凡境。

〔1〕此诗通过一系列细节的转换、叠加,创设的隐居境界,是诗人的一种理想和追求,可结合《自拙叹》、《拟裁衣行》、《终南仙人引走笔遣怀》、《山中隐者》诸诗读。野父,村翁,农夫。

〔2〕结庐:筑屋。陶潜《饮酒》之五:"结庐在人境,而无车马喧。"

〔3〕商山老:即商山四皓。秦末汉初商山四个隐士,名东园公、绮里季、夏黄公、角里先生。四人年皆八十有馀,须眉皆白,故称曰皓。汉高

祖召不应。

〔4〕泠泠(líng 玲):形容声清越、悠扬。

〔5〕披:披露、陈述。素抱:宿志、本心。

〔6〕瘦影:指梅花。周麟之《观梅》:"幽香还酿客怀新,月摹瘦影供吟兴。"

〔7〕诸天:佛家语。指护法众天神。

山中隐者〔1〕

晚风吹云覆四野,有人晦迹萝岩下〔2〕。百年杖屦秪荒径〔3〕,万里河山一草舍。御寇至言顺造物〔4〕,不知力命非达者〔5〕。何必空名束此身,比邻酒熟杯堪把。蚁群列阵眼前兵〔6〕,世事浮尘隙外马〔7〕。烟火隔林古兰若〔8〕,石罅迸泉散地脉〔9〕。飞流倒向山厨泻〔10〕,诸天在心半偈写〔11〕。白莲正花香满池,陶潜又醉远公社〔12〕。月转松西坐深夜,晓来俗客忽敲门,啄苔驯雀上屋瓦。

〔1〕此诗叙说、描写、议论相结合,抒写了诗人的理想和向往。"山中隐者"是诗人的化身。

〔2〕晦迹:隐居匿迹。杜甫《岳麓山道林二寺院行》谓"昔遭衰世皆晦迹"。

〔3〕杖屦(jù 拒):拄杖漫步。

〔4〕御寇:即列御寇。战国郑人,先于庄子。《庄子》中有许多关于他的传说,其《列御寇》一篇宣扬达于大者即顺随自然的处世哲学。造

物:自然。

〔5〕力命:《列子》篇名。言寿夭不存于御养,穷达不系于智力,皆天之力。达者:通达事理的人。

〔6〕"蚁群"句:用蚁群战斗时的阵势比喻战争。

〔7〕隙外马:喻一闪即逝。典出《庄子·知北游》:"人生天地之间,若白驹之过郤,忽然而已。"

〔8〕兰若:指寺院。

〔9〕石罅(xià下):石缝。地脉:土地的脉络,指溪流江河。

〔10〕山厨:山中人家的厨房。唐王维《过崔驸马山池》诗有:"脱貂贳桂醑,射雁与山厨。"

〔11〕诸天:佛家语。指护法众天神。偈:佛经中的唱词。

〔12〕"白莲"二句:以陶潜与慧远的交往比"山中隐者"。白莲,白色的莲花。晋慧远等于庐山东林寺结白莲社,谢灵运曾为凿东西二池种白莲,求入社。陶潜,即陶渊明(365—427)。字元亮。浔阳柴桑(今江西九江)人。东晋诗人,性爱自由,不屈己从俗。曾任江州祭酒、镇军参军、彭泽县令。因不满官场污浊,弃官归隐二十馀年,亲事农桑。传曾与东晋高僧慧远结成方外之交。远公社,指东晋太元六年(381)慧远入庐山后,倡导弥陀净土法门,与十八高贤所结莲社。

渔樵叹〔1〕

东岭上头多树木,猛虎藏威白昼伏。西潭水深鱼鳖多,下有长蛟绝网罗〔2〕。渔郎樵夫各生计,相逢共嗟太平世。两毒所恃期永年,山根地轴暗相连〔3〕。背罾腰斧偶聚散〔4〕,回首茅茨炊烟断。妻子菜色饥尚可〔5〕,户口办钱愁杀我〔6〕。

问天不言空苍茫,四邻落叶正风霜。

〔1〕此诗深刻地反映了沉重的赋税胜过猛虎和长蛟,表达了对饥寒交迫的劳动人民的深切同情。叹,古诗的一体。多用来抒发感伤情绪。

〔2〕绝:断、毁坏。

〔3〕"两毒"二句:言猛虎、长蛟欲凭借山林和大地永久为患。山根,山脚,代指山林。地轴,指大地。

〔4〕罾(zēng 增):一种用木棍或竹竿做支架的鱼网。

〔5〕菜色:指饥民营养不良的脸色。

〔6〕户口:此指按人口征收的赋税。办:筹措。

守拙吟,因客谈及蟭蟟、蜘蛛之巧赋此〔1〕

世人得意笑辁轲〔2〕,多营寡营无不可。一时争巧鸟与虫,百年守拙谁知我?画里疑通五岳云,梦中恍驾三湘舸〔3〕。少有四方志,老诚垂堂坐〔4〕。君不见池面生沤石迸火〔5〕,汨罗葬身首阳饿〔6〕。古今万事成浩叹,风雨西来木叶堕。夜寒拥衾茅屋破,日出群动人高卧。力疾正披老庄书〔7〕,邻翁扣门送药裹〔8〕。

〔1〕此诗由蟭蟟、蜘蛛之巧起兴,抒写了守拙避世、不争名夺利的理想。守拙,安于愚拙,不学巧伪,不争名利。吟,古诗的一体。以写抑郁伤悲之情者居多。张表臣《珊瑚钩诗话》卷三:"吁嗟慨叹,悲忧深思

谓之吟。"蛁蟟(jiāo liáo 交聊),蝉的一种。

〔2〕轃轲:同"坎坷"。比喻不得志。

〔3〕三湘:湘江发源与漓水合流后为漓湘,中流与潇水合流后为潇湘,下游与蒸水合流后为蒸湘,合称三湘。舸:大船。《方言》第九:"南楚、江、湘,凡船大者谓之舸。"

〔4〕垂堂:靠近堂屋檐下,因檐瓦坠落可能伤人,故以喻危险境地。王定保《唐摭言·及第后隐退》:"时四郊多垒,颍以垂堂之诫,绝意禄位,隐于鹿门别墅。"

〔5〕沤:浮沤,水中气泡。

〔6〕汨罗葬身:指屈原投身汨罗江(在今湖南东北部)。首阳饿:指伯夷、叔齐饿死首阳山(有多处,此当在今山西永济西北)。

〔7〕力疾:勉强支撑病体。披:翻阅。老庄书:指《老子》和《庄子》。

〔8〕药裹:药包、药袋。

望临清故里感怀〔1〕

故里民居夹轩盖〔2〕,五十年来几度改。当时儿曹今老大,垂髫旧识我独在〔3〕。人间醉眼莫见真,倏忽春光不相待。东西两河归一流〔4〕,岸拥兼葭秋复秋〔5〕。忆昔扬帆坐舒啸,海门北转是燕州〔6〕。

〔1〕此诗作于嘉靖二十八年(1549),当时谢榛正客游京师,遥望故乡,不尽沧桑之感。临清,今属山东。

〔2〕轩盖:车盖。

〔3〕垂髫(tiáo 条):指童年。髫,儿童下垂的头发。

〔4〕“东西”句:指临清东面的会通河与西面的卫河,二者在临清汇聚为一。

〔5〕蒹葭(jiān jiā 兼加):初生的芦苇。

〔6〕海门:此指天津。曾为海津镇,明、清时当京畿门户,又名津门。燕州:北魏太和中置,治所在今河北涿鹿。此指今北京及附近地区。

形问影〔1〕

我自无中生,尔自有中出。日间相随动千里,灯下相依静一室。贫贱自安尔何忧,祸福自当尔不愁。百年世事各劳逸,忽睹镜中齐白头。我养心神尔不悟,我还造化尔俱休〔2〕。问答入微乃见道,陶潜异代神同游〔3〕。彼此相忘但沉醉,卧榻焉知有天地。

〔1〕此诗明显受到陶渊明《形赠影》、《影答形》诸诗的启迪和影响,自然通畅、诙谐风趣中体现了诗人豁达的性情和贫贱自安的人生观。

〔2〕“我还”句:谓人去世影子也会随之消失。造化,自然。

〔3〕“陶潜”句:言与东晋诗人陶潜精神相通,效法其立身处世。

茹蔓菁述感〔1〕

衰老加餐何所爱,命儿剗来诸葛菜〔2〕。寸心长清万里天,五胡腥膻浊世界[3]。东走大河分两京[4],西顾太行横一带[5]。中原至今增感慨,惟有诗人瘦骨在。

〔1〕此诗由身边事物兴起,抒发了对内忧外患的无限感慨。茹(rú如),吃。蔓菁,即芜菁,俗称大头菜。

〔2〕劚(zhǔ主):掘取。诸葛菜:即蔓菁。相传诸葛亮行军所驻处即令兵士种蔓菁,以为军食,故称。

〔3〕"五胡"句:言外敌入侵,世道混浊。五胡,晋武帝死后,我国北方匈奴族的刘渊及沮渠氏、赫连氏,羯族石氏,鲜卑族慕容氏及秃发氏、乞伏氏,氐族符氏、吕氏,羌族姚氏,相继在中原建立王朝,史称为五胡。此泛指北方少数民族。腥膻(shān山),指入侵的外敌。

〔4〕大河:黄河。两京:指今南京和北京。

〔5〕太行:山名。绵延于今山西、河南、河北三省边界。

秋闺

阿欢出门行路长[1],孤鸟易没天茫茫[2]。邻人别家几消息,半年京口与沅湘[3]。君不见芙蓉花开照秋水[4],颜色盛衰空自伤。江湖庐舍各修阻[5],悬知有梦非故乡[6]。物性参差复何讶[7],驯雀记忆鱼相忘[8]。灯下缝衣欲早寄,剪刀一磨利且光。好托便风吹到郎[9],好托便风吹到郎!

〔1〕阿:虚词,用于名词前。欢:相爱男女互称。

〔2〕"孤鸟"句:比喻只身出门容易迷失。

〔3〕京口:今江苏镇江。沅湘:指沅水和湘水流域。此泛指湖南。

〔4〕芙蓉花:荷花的别名。

〔5〕修阻:路途遥远而阻隔。

〔6〕悬知:料想、猜想。

〔7〕物性:谓事物的本性。讶:惊奇。

〔8〕驯雀:驯养的鸟雀,比喻知归的人。鱼相忘:此反用《庄子·大宗师》:"泉涸,鱼相与处于陆,相呴以湿,相濡以沫,不如相忘于江湖。"鱼,比喻薄情的人。

〔9〕便风:顺风。

思归引〔1〕

有家归去来,旅颜何摧颓〔2〕。胡为戎马际,滞此燕昭台〔3〕。十日九寄书,不慰妻子怀。秋风忽动思故园,山妻捣衣儿候门〔4〕。缺月半天霜满地,悄然孤馆销人魂。不见嵩高之山青嵯峨〔5〕,上有松柏下有河。松柏可餐河可钓,老来幽事嗟无多。离乱至今我独苦,梦中归路迷烟萝。庞公旧隐须一访〔6〕,白云惨澹终如何?

〔1〕此诗作于嘉靖三十年(1551)秋,当时谢榛已在京师滞留四年之久,倦游和思乡念亲之情喷涌而出。

〔2〕摧颓:困顿、失意。

〔3〕燕昭台:即郭隗台、黄金台。故址在今河北易县东南。相传战国燕昭王筑此台,置千金于台上,筑宫,师事郭隗,延请天下名士。

50

〔4〕山妻：自称其妻的谦词。

〔5〕嵩高：此为高峻。

〔6〕庞公：即庞德公。汉末襄阳人。因年长，人称为庞公。居襄阳岘山之南，未尝入城市。后携妻子登鹿门山采药不返。

岁杪行上德平、镇康、安庆三王[1]

陶潜昔日居柴桑[2]，诸儿嬉戏时相将。吾生多累何感伤，况复离合殊无常。烛儿长成亦自强，解念衰颓来异乡。敝裘风雪能禁当，心事未了向平忙[3]。其如旅馆惟空囊，空囊出曝悬斜阳[4]。欲收元气通诗肠[5]，山林胡为忌老狂。倏忽云起天迷茫，似恐夺秀归东方。凭高举手酹一觞[6]，千峰万壑幽思长。岂独杖藜经太行，更搜五岳成文章。奚奴窃笑立我傍[7]，谓予晚节比松篁[8]。却与片时闲商量，穷冬几促典衣裳。只须拥衾不下床，梅花春信隔宫墙。终朝岑寂对冰霜，汝曹好为扫中堂[9]。垂帘兀坐焚名香[10]，神游四海同春光。春光颜色不凄凉，于今好客多淮王[11]。

〔1〕此诗嘉靖四十二年（1563）岁末作于山西长治，抒写了骨肉亲情和羁旅之窘迫。孔天胤于"更搜五岳成文章"后评曰："复是谪仙扬芬吐琦。"于诗后评曰："奇气疏节可尚，不知者谓作寒酸语耳。"冯惟讷评曰："骨肉羁旅，委曲备尽。结气岸不落，故佳。"（引文俱见《适晋稿》卷一）岁杪（miǎo 秒），指年底。杪，指年月或四季的末尾。德平王，即朱胤樨（？—1582）。自号南岑道人。明太祖六世孙。嘉靖戊午（1558）封德

平王,卒谥荣顺。有《集书楼稿》。镇康王,即朱恬悼(？—1580)。自号西岩道人。嘉靖壬子(1552)封镇康王,卒谥恭裕。工诗,有《西岩漫稿》。安庆王,即朱恬烑。自号西池道人。沈宪王第七子。嘉靖壬子封。有《嘉庆集》。

〔2〕陶潜:即陶渊明,东晋诗人。其《归园田居五首》之四:"试携子侄辈,披榛步荒墟。"柴桑:古县名。在今江西九江西南,因县西南有柴桑山得名。陶潜故里栗里原,或称柴桑里,即近柴桑山。

〔3〕向平:即向长,字子平,东汉朝歌(今河南淇县)人。光武帝建武中,子女婚嫁已毕,遂不问家事,出游名山大川,不知所终。

〔4〕曝(pù 瀑):晒。

〔5〕元气:宇宙自然之气。

〔6〕酹:以酒洒地表示祭奠。觞:酒杯。

〔7〕奚奴:奴仆。

〔8〕松篁(huáng 皇):松与竹。

〔9〕汝曹:你们,指奴仆。中堂:庭院。

〔10〕兀坐:独自端坐。

〔11〕淮王:即淮南王刘安(前179—前122),汉代思想家、辞赋家。曾招致宾客、方术之士撰成《淮南子》一书。

题陈中贵园亭〔1〕

去秋亭馆曾招客,几处张筵到深夕。花竹学成金谷园〔2〕,池塘倒插锦川石〔3〕。昨经春雪复来游,古木闲云淡若秋。尚忆歌童唱新调,醉来拍手见风流。

〔1〕此诗嘉靖四十四年(1565)初春作于山西太原。孔天胤评曰:"俗态如画。"(《适晋稿》卷五)陈中贵,太原人,名未详。中贵,显贵的侍从宦官。李白《古风》二十四:"中贵多黄金,连云开甲宅。"

〔2〕金谷园:晋太康石崇筑,在今河南洛阳西北金谷涧。

〔3〕锦川石:产于浙江常山,石形如山,条分缕析,各成拱把,或三四尺,有至一二丈者,肤纹粲然,如同锦绣。

赋得胡无人送李侍御化甫巡边[1]

绝漠黄云浩莽莽,层冰大雪几千丈。一夜压倒燕然山[2],白日不照北海上[3]。海色欲冻惨不流,鲸鲵僵卧天吴愁[4]。胡风猎猎吹不休,千山埋部落,万山失马牛,安得壮士弯弧射旄头[5]?君王一怒静边尘,使者乘骢当北巡[6]。行看勋业上麒麟[7],倚长剑,胡无人。

〔1〕此诗嘉靖二十九年(1550)冬作于京师。当时俺答侵掠京畿之后不久,诗人大笔如椽,以夸张的语言,极力渲染塞外的风雪酷寒,表达了驱患靖边的强烈愿望。赋得,古诗体一种。凡摘取古人成句为诗题,题首多冠以"赋得"二字;亦应用于应制之作及诗人集会分题;即景赋诗者也往往以之为题。胡无人,乐府瑟调曲名。唐聂夷中《胡无人行》:"请携天子剑,斫下旄头星。自然胡无人,虽有无战争。"李化甫,即李逢时。字化甫。山东德州人。嘉靖甲辰(1544)进士,授行人,擢监察御史,巡按宣大。当时仇鸾主张互市,逢时具疏极陈得失。后防卫懈驰,逢时又上疏言马市之羁縻难恃,宜早有预备。后因不附赵文华,出为湖广副

使,历官山西左布政使,以老致仕卒。

〔2〕燕然山:即今蒙古国境内的杭爱山脉。东汉永元元年(89)窦宪大破北单于,登燕然山,即此。

〔3〕北海:此指今俄罗斯境内的贝加尔湖。

〔4〕鲸鲵(ní 尼):鲸鱼。雄曰鲸,雌曰鲵。天吴:水神。

〔5〕射旄(máo 毛)头:比喻战胜胡人。旄头,星名,即昴宿。二十八宿之一。《汉书·天文志》:"昴曰旄头,胡星也,为白衣会。"

〔6〕骢(cōng 聪):指御史所乘的马。

〔7〕麒麟:即麒麟阁。在未央宫内,汉武帝时建。汉宣帝甘露三年(前51)画功臣霍光等十一人图像于阁,表彰功勋。封建时代多以画像于麒麟阁表示卓越功勋和最高荣誉。

中秋寄南都冯户部汝言,去岁此夕会汝言潞阳,时警虏变,感旧赋此〔1〕

小楼独坐悲秋光,美人阻绝天一方。丛桂花开欲同醉,其如南北成参商〔2〕。燕塞干戈朔气动〔3〕,秣陵风雨江涛长〔4〕。忆昔中秋潞水阳,相逢月下倾壶觞。金波可爱不可掬,清宵宛在冰雪堂。倚树高歌起乌鹊,星河欲落天苍茫。离亭向晓初分手,欻见胡尘犯街柳〔5〕。驿路时时问捷书〔6〕,都城夜夜听刁斗〔7〕。朝廷有意访贤才,将士于今严战守。募兵千里屯京师,日散黄金无尽期。海内诛求信不易〔8〕,艰难早晚君王知。谢安高卧欲何补〔9〕,冯唐老来应自悲〔10〕。宦游旅食两不见,莽莽风烟各京甸。昨闻宝剑赐嫖姚〔11〕,五都侠儿争习战〔12〕。上林鹔鹴秋一鸣〔13〕,北极浮云日千变。三吴涧敝若为看,何当疏奏明光殿〔14〕?

〔1〕此诗作于嘉靖三十年(1551)中秋。当时谢榛在京师,他重友情,更关心国难,流露了对朝政的不满,字里间充满了忧患意识。冯汝言,即冯惟讷(1513—1572),字汝言,号少洲,山东临朐人。嘉靖戊戌(1538)进士,除宜兴令,嘉靖庚戌(1550)为南都(今南京)户部员外郎,历官陕西佥事、河南右参议、浙江提学副使、山西右参政、陕西右布政使、江西左布政使,以光禄寺卿致仕。有《冯光禄诗集》《古诗纪》等。潞阳,即潞水之阳。潞水,又名潞河,即今北京通州区的白河。虏变,指俺答侵掠京畿地区。

〔2〕参商:二星名,比喻双方隔绝。杜甫《赠卫八处士》:"人生不相见,动如参与商。"

〔3〕"燕塞"句:谓北方边塞外患不止。

〔4〕"秣陵"句:谓江南倭寇兴风作浪。秣陵,今南京。

〔5〕欻(xū 虚):忽然。胡尘:胡人兵马扬起的沙尘,指俺答兵马来势凶猛。

〔6〕"驿路"句:谓冯惟讷南去仍关心俺答侵掠之事。驿路,我国古代为传车、驿马通行的大道,沿途设置驿站。

〔7〕"都城"句:写京师的紧张气氛。刁斗,古代行军用具。斗形有柄,铜质,白天用作炊具,晚上击以巡更。

〔8〕诛求:强制征收赋税。

〔9〕谢安(320—385):字安石,晋阳夏(今河南太康)人。少有重名,累辟皆不起。年四十,方有仕宦意,桓温请为司马。后为尚书仆射,领吏部,加后将军,一心辅政,时人比之王导。以大破苻坚于淝水,拜太保,卒赠太傅。

〔10〕冯唐:汉安陵(今陕西咸阳东北)人。敢直谏,文帝时为中郎署长、车骑都尉,景帝时为楚相,寻免。武帝初,举贤良,时年九十馀,不能复官。

〔11〕嫖姚:将尉名。西汉霍去病善骑射,诏予嫖姚校尉。此泛指将帅。

〔12〕五都:五方都会,泛指繁华的城市。李益《从军有苦乐行》:"侠气五都少,矜功六郡良。"

〔13〕鹈鴂(tí jué 啼决):鸟名,即杜鹃,又名子规。

〔14〕明光殿:汉代宫殿名,此泛指宫殿。

朱楼曲二首〔1〕

朱楼峨峨江之浦〔2〕,中有美人弄机杼〔3〕。引领望之路修阻〔4〕,鹈鴂鸣兮凋芳杜〔5〕。我有所怀未敢语,吁嗟归来重延伫〔6〕。

朱楼峨峨江之干〔7〕,中有美人织素纨〔8〕。引领望之路险艰,鹈鴂鸣兮凋芳荪〔9〕。我有所怀未敢言,吁嗟归来重泆澜〔10〕。

〔1〕朱楼:华丽的红色楼房。曲,古诗的一体,是一种内容较曲折、感情较细微的诗歌。姜夔《白石道人诗说》:"委曲尽情曰曲。"

〔2〕峨峨:高貌。浦:水边、河岸。

〔3〕机杼(zhù 注):织布机。

56

〔4〕引领:伸长脖子,形容盼望殷切。修阻:路途遥远而阻隔。

〔5〕芳杜:香草。

〔6〕延伫(zhù 注):引领企立,形容盼望之切。

〔7〕干:岸、水边。

〔8〕素纨:白色细绢。

〔9〕芳荪(sūn 孙):香草。

〔10〕汍(wán 完)澜:涕泣的样子。

西园春暮〔1〕

西北风来何太剧,落花满园春可惜。黄鹂叫春蝴蝶愁,四野
无人日将夕。惟有一枝留晚春,当砌徘徊不忍摘。且将樽
酒对残花,春去悲歌复何益。

〔1〕此诗写惜春之情,后四句不落俗套。《诗慰》民国董氏刻本眉
批:"颇有解趣,便不庸肤。"

登城歌〔1〕

古之贤哲兮择交游,世无漆兮胶莫投〔2〕。彼何人兮非俗流?
大德在心兮不可酬〔3〕。直言数兮生蚩尤〔4〕,枳棘当路兮我
孔忧〔5〕。登高楼兮望九州,孰为友生兮嗟未休。

〔1〕此诗嘉靖四十四年（1565）夏作于汾州（今山西汾阳）。当时，谢榛受到孔天胤的热情款待，这番交友的感慨，当是念及与李攀龙之争而发。冯惟讷评曰："此篇云何而作，可讶，可讶。"（《适晋稿》卷五）歌，古诗的一体。或解释为合乐的曲子，或解释为纵情歌唱，或说是曲的总名。

〔2〕"世无"句：比喻非志同道合不相交。

〔3〕大德：犹大恩。酬：报答。

〔4〕衅尤：积嫌引成的仇恨。

〔5〕孔忧：很伤心。孔，很、甚。

雨雹有感呈宋大参[1]

客窗午睡晚来起，帘外明明一庭水。云是雨工碎却阴山冰[2]，雷电相驱寒色里。击瓦骤破群雀惊，迸阶倒回众儿喜。痴儿不解老夫忧，指点门前说未休。苍生所望在禾黍，更欲馈饷供边头。于今宋玉夜无寐，岂待落木方悲秋[3]？

〔1〕此诗嘉靖四十四年夏作于汾州。生活于社会底层的谢榛，与劳苦人民息息相关，一场冰雹，即为苍生悲叹不已。宋大参，即宋岳。字伯镇。浙江余姚人。嘉靖辛丑（1541）进士，曾任山西参政。大参，即参政，布政使下属，从三品，分守各道及派管粮储、屯田、清军、驿传、水利、抚民等。

〔2〕雨工：雨师，行雨之神。阴山：即今内蒙古境内的阴山山脉。

〔3〕"于今"二句：化用宋玉《九辩》："悲哉秋之为气也，萧瑟兮草木

摇落而变衰。"宋玉,楚国鄢(今湖北宜城)人,辞赋家,与屈原并称"屈宋"。

客居篇呈孔丈[1]

客居寥落天积阴,其奈二毛愁复侵[2]。东篱有花白衣至,菊花恨不栽成林[3]。糟床雨声夜彻耳[4],醅瓮春色时关心[5]。昨梦长江变绿酒,茫茫不知几许深。倒吞明月荡豪兴,下有蛟龙那敢吟。屈原李白莫相笑,肯与尔辈俱浮沉。醒者醉者怀不同,我狂独在醒醉中。百年形骸匪金石,讵可一日无春风[6]?燕台梁园旧游处[7],好客迩来唯孔融[8]。太行山头共俯仰,人间谁识真英雄。几醉良宵感秋别,大火自西人自东[9]。

〔1〕此诗嘉靖四十四年七月作于汾州,抒写了对屈原、李白的追慕和狂放不羁的豪情。冯惟讷评曰:"胸次豪迈,有醉翁之意不在酒者。"(《适晋稿》卷五)陈允衡评曰:"豪迈中历落尽致,太白以来此调亦少。"(《诗慰初集·谢茂秦诗选》)孔丈,即孔天胤。见《至汾州会孔方伯汝锡园亭同赋》注释〔1〕。丈,古时对长者的尊称。

〔2〕二毛:指人老头发斑白。

〔3〕"东篱"二句:化用陶渊明之事。东篱,陶潜《饮酒》之五:"采菊东篱下,悠然见南山。"白衣,此指白衣使者,即赠酒之使者。檀道鸾《续晋阳秋》:"陶潜九月九日无酒,于宅边菊丛中摘盈把,坐其侧,望见白衣人,乃王弘送酒,即便就酌而后归。"

〔4〕糟床:榨酒的器具。

〔5〕醅瓮:酒坛子。春色:指酒的成色。

〔6〕春风:喻美酒。

〔7〕燕台:即战国燕昭王所筑黄金台,故址在今河北易县东南。梁园:又称梁苑、兔园,在今河南开封东南,西汉梁孝王刘武修。

〔8〕孔融(153—208):字文举。鲁国(今山东曲阜)人。"建安七子"之一。有高名清才,为时所重。此指孔天胤。

〔9〕大火:星名。心宿中央的红色大星,七月偏向西方。《诗经·豳风·七月》:"七月流火。"即指其。

秋风歌呈孔方伯汝锡〔1〕

对秋风,感怀不与故乡同。来自西极动万里,焉得吹我太行东〔2〕。孤城木叶正摇落,金河萧飒催征鸿〔3〕。客居汾阳久不返〔4〕,天涯惆怅飞枯蓬。古来道气出浮俗〔5〕,主人高谊今英雄。昔逢春雨百花发,凉露又垂兰桂丛〔6〕。小窗起坐不盥栉〔7〕,荒庭洒扫呼儿童。老无闲日求诗工,苦中生死一蠛虫〔8〕。兵厨多酒且复醉〔9〕,嗣宗何必悲途穷〔10〕。野夫忧乐各有谓,莫嗔狂态成衰翁。昨夜登台独舒啸〔11〕,秋声不断关山空。

〔1〕此诗嘉靖四十四年七月作于汾州。诗人感谢孔天胤的"高谊",抒写了久客思归和依依惜别之情。孔天胤评曰:"无奈秋风,偏催别思。"(《适晋稿》卷六)孔汝锡,即孔天胤。方伯,原为一方诸侯之长,

后泛指地方长官。此指布政使。

〔2〕"焉得"句:指回安阳。安阳在太行山以东,故谓。

〔3〕金河:又名金川,现名大黑河。经流内蒙古,在托克托境内入黄河。

〔4〕汾阳:今属山西。

〔5〕道气:超凡脱俗的气质。

〔6〕"昔逢"二句:言寒食至汾州与孔天胤相会,即将分手时已是初秋。

〔7〕盥栉(guàn zhì 贯至):洗漱梳理。

〔8〕蓼虫:寄生于蓼草中的昆虫。常用来比喻安于常习,不知辛苦。

〔9〕"兵厨"句:《世说新语·任诞》谓阮籍寄情诗酒,遗弃世事,当时步兵校尉厨中有酒数百斛,籍因求为步兵校尉。后因称储存美酒之处为步兵厨,又称兵厨。

〔10〕嗣宗:即阮籍(210—263),字嗣宗,尉氏(今属河南)人,诗人。曾为步兵校尉。能长啸,善弹琴,好老庄。不满现实,因纵酒谈玄,不问时事,以求自全。《晋书·阮籍传》:"时率意独驾,不由径路,车迹所穷,辄恸哭而返。"

〔11〕舒啸:长啸、放声歌啸。陶潜《归去来兮辞》:"登东皋以舒啸,临清流而赋诗。"

寄谢车国医元吉〔1〕

西来苦诗思,力疾自河汾〔2〕。访尔园亭共幽事〔3〕,疏篱拥菊当斜曛。能为膏肓驱二竖〔4〕,更谈命脉经宵分〔5〕。天应不忌徐陈辈〔6〕,使我得遇长桑君〔7〕。拟渡三江弄明月,漫游五岳披高云〔8〕。山川留得放歌叟,杖头百钱且沽酒〔9〕。有药可扶垂老身,捡方已见回生手〔10〕。相逢两幸无重轻,诗与尔名同不朽。奚童驱马一函书〔11〕,人在高都几翘首〔12〕。所怀况值冰雪晨,去年倾盖知予真〔13〕。黄鸟鸣时好乘兴,遥认门前杨柳新。恐君采药山中去,怅望桃花各自春。

〔1〕此诗嘉靖四十四年冬作于山西长治。诗人感谢车元吉医救之恩,寄托思念之情。冯惟讷评曰:"题枯辞富,可见作手。车生得此亦幸矣。"孔天胤评曰:"结更入妙。"(引文俱见《适晋稿》卷六)车元吉,山西晋城人,医生。嘉靖四十三年(1564)与谢榛相识。国医,国内著名的医生。

〔2〕力疾:勉强支撑病体。河汾:黄河和汾水,指山西西南部地区。

〔3〕幽事:幽景、胜景。

〔4〕二竖:病魔。《左传·成公十年》:"公梦疾为二竖子,曰:'彼良医也,惧伤我,焉逃之?'其一曰:'居肓之上,膏之下,若我何?'医至,曰:'疾不可为也,在肓之上,膏之下,攻之不可,达之不及,药不至焉,不可为也。'"

〔5〕命脉:性命与血脉。

〔6〕徐陈:指"建安七子"中的徐幹、陈琳。徐幹(170—217),字伟长,三国时北海(今山东昌乐附近)人。官司空军谋祭酒掾属、五官将文学,有《中论》传世。陈琳(156?—217),字孔璋,广陵射阳(今江苏宝应)人。尝为袁绍作檄文,数曹操罪状。后归曹操,军国书檄多出其手。此自比。

〔7〕长桑君:古良医扁鹊之师。《史记·扁鹊仓公列传》记载:扁鹊

少时，为人舍长，舍客长桑君过，扁鹊常谨遇之，长桑君乃以怀中药与扁鹊，并以禁方尽与之。扁鹊饮药三十日，洞见墙另一方人，以此视病，尽见五脏症结。

〔8〕披：拨开。

〔9〕杖头百钱：《晋书·阮修传》："常步行，以百钱挂杖头，至酒店，便独酣畅。"

〔10〕捡方：针对病情开的药方。

〔11〕奚童：未成年的男仆。

〔12〕高都：在今山西晋城。

〔13〕倾盖：车上伞盖靠在一起。此指初次相逢或定交。

秋夜云峰书斋饯别，赋得秋字〔1〕

丈夫平生何所求，百年与世同沉浮。枕上一思动万里，黄金容易齐山丘〔2〕。君家父子继刘向〔3〕，时振藻思多冥搜。著书堆案未满意，眼前岂暇观蜉蝣〔4〕？君不见五龙山上千松稠〔5〕，松枯石烂名应休。况今乐善存古道，日无俗扰轩庭幽〔6〕。晚来有客自延款，呼童出典青绮裘〔7〕。高烛结花照几席，西风吹动湘帘钩〔8〕。共谈世务复文字，宾主相看俱白头。笑我吟诗胡不饮，清时独抱三闾愁〔9〕。讵知醉客轻王侯，剑歌豪气不能收。豪气混茫隘江海，弯弓欲向扶桑游〔10〕。巨涛欻腾在跬步〔11〕，翻空不定风飕飕。万蚌衔珠夺明月，鳌鱼背上信宿留〔12〕。仙侣相将踏紫雾，才穷三岛仍十洲〔13〕。肯学书生拘细论？寓言聊尔从庄周〔14〕。人生

63

大小各有志,岂徒衰老工雕锼〔15〕。龙蛇已藏地窟夜,鹰隼争击天关秋。君还闭扉我行路,扬鞭西北指并州〔16〕。故人相逢说旷达,空囊去住能自由。托乘山川随处赋〔17〕,姑射洞开石髓流〔18〕。山灵为喜摽形胜〔19〕,禁彼众鸟无啁啾。翠华杳然吊汉武〔20〕,白云汾水空悠悠。英雄不遇生太晚,何时且遂田园谋。漳河之源自发鸠〔21〕,因忆邺中走马经长楸〔22〕。徐陈零落罢欢宴,不闻广殿弹箜篌〔23〕。惊心两堕井梧叶〔24〕,嗟哉太行何阻修。上党有待几朋俦,黄花正开酒新笃〔25〕。定约登高醉重九,满天秋色当西楼。

〔1〕此诗嘉靖四十三年秋作于山西长治。当时,谢榛即将西游太原、代北,面对沈府王孙盛宴送别,他思如泉涌,想象丰富,淋漓酣畅地抒写了放浪形骸、寄情山水的豪情逸志。孔天胤于"才穷三岛仍十洲"后评曰:"凌驾青莲,是此一十八句。"冯惟讷评曰:"此篇瑰丽之词,豪宕之气。其间地名叠出,读者自不厌其繁。"(引文俱见《适晋稿》卷三)云峰,吴九龄修《长治县志》卷六:"陵川宗人……勋沧,字云峰,深于经学。"赋得,古诗体一种。凡摘取古人成句为诗题,题首多冠以"赋得"二字;亦应用于应制之作及诗人集会分题;即景赋诗者也往往以之为题。

〔2〕"黄金"句:谓轻易地把黄金等同山丘。齐:一样、等同。

〔3〕刘向(前77?—前6):原名更生,字子政。宣帝时任散骑、谏大夫;元帝时因反对宦官被下狱;成帝时更名向,任光禄大夫,校阅经传、诸子、诗赋等书籍。写成《别录》一书,为我国最早的图书分类目录。另外著有《新序》、《说苑》、《列女传》、《洪范五行传论》等。其子刘歆(前?—后23),字子骏。与父总校群书,整理六艺群书,编成《七略》。后因谋杀王莽事败自杀。歆通晓天文律历,著有《三统历谱》,明人辑有

《刘子骏集》。

〔4〕蜉蝣(fú yóu 浮游)：虫名。幼虫生于水中；成虫褐绿色，有四翅，常在水面飞行，寿命很短，只有数小时至一星期左右。

〔5〕五龙山：在长治南六十里，山上有小松洼，松林茂密。

〔6〕轩庭：居室和庭院。

〔7〕青绮裳：青色华贵的衣裳。

〔8〕湘帘：斑竹编成的帘子。

〔9〕三闾：即屈原。曾任三闾大夫。明于治乱，力主联齐抗秦，遭靳尚等人谗陷，先后被楚王放逐于汉北和江南地区。面对国破家亡，屈原悲愤不已，最后自沉于湖南东北部的汨罗江。著有《离骚》等。

〔10〕扶桑：东方古国名。

〔11〕"巨涛"句：谓半步即跨越大海。欻，忽然。跬(kuǐ 磈)步，半步。

〔12〕鳌(áo 敖)鱼：传说海中驮载仙山的大龟。

〔13〕三岛：即方丈、蓬莱、瀛洲三山。十洲：指祖洲、瀛洲、玄洲、炎洲、长洲、元洲、流洲、生洲、凤麟洲、聚窟洲。传在八方大海中，为神仙居住的地方。

〔14〕寓言：即有所寄托、比喻之言。《史记·庄子传》："故其著书十万馀言，大抵率寓言也。"庄周，即庄子(约前369—前286)，宋国蒙城(今河南商丘东北)人。战国时著名的思想家、文学家。

〔15〕雕锼(sōu 搜)：雕章琢句。

〔16〕并州：此指太原。

〔17〕托：寄托。乘：登临。

〔18〕姑射(yè 叶)洞：在今山西临汾西姑射山。石髓：石钟乳。古人用于服食。也可入药。

〔19〕摽(biāo 标)：通"标"。标榜。

〔20〕汉武:即汉武帝刘彻。《汉书·武帝纪》谓元鼎四年(前113),汉武帝曾在汾阴得周鼎,立后土祠。

〔21〕发鸠:山名,在山西高平西北,浊漳水发源于此。

〔22〕长楸:高大的楸树。曹植《名都篇》:"斗鸡东郊道,走马长楸间。"

〔23〕"徐陈"二句:曹植《箜篌引》:"置酒高殿上,亲交从我游。……主称千金寿,宾奉万年酬。"箜篌,乐器名。《释名·释乐器》称为师延所造,为空国之侯所存,故亦称空侯。《宋书·乐志》谓出自西域,西凉有卧箜篌、竖箜篌。《旧唐书·音乐志》谓依琴制作,似瑟而小,七弦,用拨弹之,如琵琶。徐陈,见《寄谢车国医元吉》诗注释〔6〕。

〔24〕"惊心"句:此诗写于1564年秋,谢榛1563年秋至长治,故言"两堕井梧叶"。井,相传古制八家为井,引申为人口居住地。

〔25〕筹(chōu 抽):用篾编成的漉酒具。此为使动用法,即过滤(酒)。

秋日同刘都阃子健登蓟州城楼[1]

白日下岭云霞生,将军同我登蓟城。徙倚城楼出天外,神州王气时分明[2]。盘山郁起北控势[3],沽河回作东流声[4]。千峰改色万木落,凄其霜露寒蝉鸣。疾风吹雕入寥廓,弯弓壮士中心惊。龙沙莽莽带亭墲[5],凉秋牧马衰草平。天王神武越前代[6],仍闻骄虏窥幽并[7]。君不见去年虏骑何纵横,隆庆有田春不耕[8]。祇今英雄尚扼腕[9],逢人谁敢轻谈兵。秋来太白昼屡见[10],烽烟飞入细柳营[11]。大旗飘

摇赤豹尾〔12〕,长剑掣动苍龙精〔13〕。天生卫霍岂徒尔〔14〕,
老夫伫看边隅清。(见王本卷上;俞宪辑《盛明百家诗·谢茂秦
集》,以下简称"百本")

〔1〕此诗嘉靖二十九年秋作于天津蓟州区(蓟州),登高远眺,寥廓
边塞,秋景萧飒,激发了诗人无限边情。刘子建,未详。都阃(kǔn 捆),
指统兵在外的将领。

〔2〕王气:旧指象征帝王运气的祥瑞之气。

〔3〕盘山:在今天津蓟州区北。三国魏田盘隐居于此,因称田盘山,
简称盘山。或曰山势峻峭,盘旋而登,故曰盘山。此山平地突起,分上中
下三盘,为北京东部第一名胜。

〔4〕泃河:此指流经蓟州的沽河,上游名梨河。

〔5〕亭堠(hòu 后):古代边境上用以瞭望和监视敌情的岗亭、土堡。

〔6〕天王:天子、皇帝。

〔7〕幽并:两州名。在今河北、山西和陕北的一部分地方。

〔8〕"君不见"二句:谓嘉靖二十八年二月俺答犯滴水崖,南下驻隆
庆(今北京延庆)石河营,四处掳掠,东及永宁川,南及岔道、灰岭、柳沟、
红门诸口关。

〔9〕扼腕:用手握腕。表示激动、惋惜。

〔10〕太白:星名。即金星,又名启明、长庚。古星相家以为太白主
杀伐,故多以喻兵。

〔11〕细柳营:泛指纪律严明的军营。典出《史记·绛侯世家》谓周
亚夫为将军,屯军细柳,纪律严明,汉文帝亲往劳军,因无军令不得入,只
得派使者持节诏将军传令开壁门。

〔12〕赤豹尾:喻大旗飘摇的气势。

〔13〕苍龙精:喻长剑掣动的声威。

〔14〕卫霍:西汉名将卫青与霍去病的合称。

送单逸人携琴归大梁[1]

老夫寄迹洹水濆[2],能琴少年予亦闻。相隔黄河渺不见,况复太行之西今别君。下有险巉崖[3],上有惨澹云。感怀俱是他乡客,试理冰弦坐苔石[4]。山泉忽送白雪声,烟霞无异太古色。遽使松萝当昼寒,天风不动万鸟寂。老龙顿忘霖雨心,头角半出春潭碧[5]。游子且一樽,会晤殊难论。仓皇马首向东去[6],故国衰颜时倚门[7]。后夜应思赏音者,月明正照梁王园[8]。(见《适晋稿》卷二;陈允衡编《诗慰初集·四溟山人集》,以下简称"诗慰本")

〔1〕此诗嘉靖四十三年春作于长治。冯惟讷评曰:"苍老,得长句体。"孔天胤评"山泉"至"头角"六句曰:"六句琴中意,弦外音。"(以上引文俱见《适晋稿》卷二)陈允衡评曰:"有学问。"(《诗慰初集·谢茂秦诗选》)单逸人,即单桐斋。河南开封(大梁)人。布衣。善琴。尝客游山西、京师等地。

〔2〕洹水:即河南北部卫河支流安阳河。濆(fén 坟):水边。

〔3〕险巉:崎岖险恶。

〔4〕冰弦:琴弦的美称。传说中有用冰蚕丝做的琴弦,故称。

〔5〕"山泉"六句:极言琴声高雅美妙,感天动地。白雪,古琴曲名,传为春秋晋师旷所作。此喻琴声高雅。霖雨,连绵大雨。

〔6〕仓皇:匆忙急迫。

〔7〕衰颜:衰老的容颜。此指父母。

〔8〕梁王园:即梁园,在今河南开封东南。西汉梁孝王刘武修。

留别孔丈汝锡长歌行〔1〕

古来旷士何所求〔2〕,世情满眼仍远游〔3〕。放歌行处自适意,肮脏风尘惟弊裘。孔鸾使不遇文凤,其如鸟雀群啁啾〔4〕。十载神交几书札〔5〕,明时大雅非凡俦〔6〕。却笑相如曾卖赋,千金未解长门愁〔7〕。中怀披豁共取醉〔8〕,当筵直欲堆糟丘〔9〕。参差花竹抱亭馆,芳晨讵惜征名讴〔10〕。酒催兴剧斗牛近,诗到气长江汉流。人生聚散等落叶,不堪怅望关山秋。且将宝匣藏吴钩〔11〕,壮心一掣灵光浮。蛟龙胡为暗相忌,夜深风雨来床头。赖君慰予莫悲叹,万事好向生前休。此别西河去上党〔12〕,相知两地随淹留〔13〕。可怜南北对明月,雁声凄断时登楼。(见《适晋稿》卷六)

〔1〕此诗嘉靖四十四年秋作于山西汾阳。冯惟讷评曰:"老别知己,凄宛有情。"又于"夜深"句后评曰:"警句。"孔天胤于"夜深"句后评曰:"前六句逸兴飘然,后六句感慨悲壮,风人之情如此。"(引文俱见《适晋稿》卷六)孔汝锡,即孔天胤。丈,古时对长者的尊称。

〔2〕旷士:胸襟开阔之士。

〔3〕世情:时代风气。

〔4〕"孔鸾"二句:喻诗人与孔天胤聚会唱和非同凡响。啁啾(zhōu jiū 周纠),鸟鸣声。

〔5〕神交：彼此仰慕而未谋面，仅以精神相交。

〔6〕大雅：此指德高而有大才的人。凡俦：一般的朋辈。

〔7〕"却笑"二句：谓汉武帝时陈皇后失宠，谪居长门宫，奉黄金百斤请司马相如作《长门赋》，以感动武帝。

〔8〕中怀：内心。披豁：开心见诚。

〔9〕糟丘：积糟成丘，此谓饮酒之多。李白《襄阳歌》："此江若变作春酒，垒曲便筑糟丘台。"

〔10〕讵：岂。名讴：著名的歌手。

〔11〕吴钩：泛指利剑。钩，兵器，形似剑而曲。李贺《南园十三首》之五："男儿何不带吴钩，收取关山五十州。"

〔12〕西河：此指汾阳，唐上元元年（760）至明初曾为西河县。上党：今山西长治。

〔13〕淹留：长期逗留。

武皇巡幸歌四首(选二)〔1〕

其二

齐鲁巡游地，苍生见紫微〔2〕。晴云随鹢舫〔3〕，春水照龙衣。柳畔千官拥，沙边七校围〔4〕。观鱼移白日，鼓吹月中归。

其三

玉辇冲寒色，萧萧八骏鸣〔5〕。兔河冰上过〔6〕，狐岭雪中行〔7〕。抚剑群胡遁,弯弓百兽惊。当年赤帝子,空到白登城〔8〕。

〔1〕此二诗似颂实贬,含蓄地表达了对明武宗出巡的不满。锺惺评曰:"天子巡幸,自有巡幸之事。此二诗只言巡幸,绝无一字及巡幸之事,则乘舆空出,轻亵朝廷,意在言外矣。"又评"观鱼"句曰:"以幽人之闲情韵事相加,则去励精图治之风远矣。"又评"兔河"、"狐岭"二句曰:"冥乘危履险不觉。"谭元春评"柳畔"、"沙边"二句曰:"'柳畔'、'沙边',轻亵之甚。"又评"抚剑"、"弯弓"二句曰:"以小勇颂圣,总属微词。"(以上引文俱见《明诗归》卷三)宋辕文评第一首曰:"结似颂而规得风人之旨。"(陈子龙等选《皇明诗选》卷九)陈允衡评第一首曰:"极其赞叹。"(《诗慰初集·谢茂秦诗选》)《诗慰初集》民国董氏刻本眉批:"巡幸歌酷合风雅之遗。"(同上)武皇,即明武宗朱厚照(1491—1521)。《明史》卷十六《武宗》:"明自正统以来,国势浸弱。毅皇手除逆瑾,躬御边寇,奋然欲以武功自雄。然耽乐嬉游,昵近群小,至自署官号,冠履之分荡然矣……假使承孝宗之遗泽,制节谨度,有中主之操,则国泰而名完,岂至重后人之訾议哉。"巡幸,旧称帝王到外地巡视。

〔2〕"齐鲁"二句:《明史》卷十六《武宗》:"十四年……二月……己丑,帝自加太师,喻礼部曰:'总督军务威武大将军总兵官太师镇国公朱寿将巡两畿、山东,祀神祈福,其具仪以闻。'"紫微,即紫微垣。星官名,三垣之一。杜甫《秋日荆南送石首薛明府辞满告别奉寄薛尚书颂德叙怀斐然之作三十韵》:"紫微临大角,皇极正乘舆。"

〔3〕鹢(yì意)舫:古画鹢首于船头,故名。

〔4〕七校:《汉书·刑法志》:"至武帝平百粤,内增七校。"即武官校尉中垒、屯骑、步兵、越骑、长水、胡骑、射声、虎贲等名目。胡骑不常设,故称七校。

〔5〕"玉辇"二句:《明史》卷十六《武宗》:"十二年……冬十月癸卯,驻跸顺圣川。甲辰,小王子犯阳和,掠应州。丁未,亲督诸军御之,战五日。辛亥,寇引去,驻跸大同。"玉辇(niǎn 捻),古代帝王的乘舆。八骏,相传为周穆王的八匹良马,其名目记载不一。此泛指良马。

〔6〕兔河:即兔毛河。在山西平鲁、右玉一带。

〔7〕狐岭:即野狐岭。在山西大同西北。《大清一统志·宣化府》:"野狐岭在万全县东北三十里,势极高峻,风力猛烈,雁飞遇风则堕地。"

〔8〕"当年"二句:《史记·匈奴列传》:"冒顿纵精兵四十万骑,围高帝于白登。"《汉书·匈奴传》:"高帝自将兵击冒顿,先至平城,冒顿纵精兵,围高帝于白登。"按白登城,又名白登堡、白登铺。在山西阳高南,城为明永乐间筑,因故白登台而名。刘邦(赤帝子)所到之处,实为白登台(山名),非白登城。

有感〔1〕

薄伐元中策〔2〕,论兵自古难。汉唐频拓地〔3〕,将帅几登坛。绝漠兼天尽〔4〕,交河荡日寒〔5〕。不知大宛马,曾复到长安〔6〕?

〔1〕此诗表达了对统治者穷兵黩武的不满。

〔2〕薄伐:征伐。薄,发语词。元:原来、本来。中策:中等计策。此指反击入侵,逐出边境而止,不穷追不舍。《汉书》卷九十四下:"周宣王时,猃允内侵,至于泾阳,命将征之,尽境而还……天下称明,是为中策。"

〔3〕汉唐:汉朝和唐朝。

〔4〕绝漠:极远的沙漠。兼天:连天。

〔5〕交河:古城名。在今新疆吐鲁番西北雅尔湖村附近,西汉车师前国首府。《汉书·西域传》:"河水分流绕城下,故号交河。"

〔6〕"不知"二句:谓不知远征可否成功。大宛马,大宛国所产名马。大宛,古西域三十六城国之一。《汉书·西域传》谓以产良马著称,汉张骞出使西域还,为武帝言之,帝即遣使以千金求其善马。宛王不肯与,攻杀使者,并取其财物。帝复遣将军李广利伐而破之,献马三千匹。

春宫词〔1〕

盈盈上阳女〔2〕,愁思起中宵〔3〕。月白璚窗静〔4〕,花深玉辇遥。晓霞憎国色〔5〕,春柳妒宫腰〔6〕。不见长门赋,伤心有阿娇〔7〕。

〔1〕宫词,以宫廷生活为题材的诗。唐大历中王建著《宫词》百首,始以宫词为题。

〔2〕盈盈:仪态美好的样子。上阳女:即唐玄宗时上阳宫宫女。白居易《上阳白发人》自序:"天宝五载已后,杨贵妃专宠,后宫人无复进幸矣。六宫有美色者则置别所,上阳是其一也,贞元中尚存焉。"上阳,唐宫殿名。上元中置,在洛阳禁苑之东。

〔3〕中宵:中夜、半夜。

〔4〕璚(qióng 琼)窗:玉饰的窗子。

〔5〕"晓霞"句:用魏文帝宫人薛夜来故事。南唐张泌《妆楼记·晓霞妆》:"夜来初入魏宫,一夕文帝在灯下咏,以水晶七尺屏风障之,夜来至,不觉面触屏上,伤处如晓霞将散,自是宫人俱用胭脂仿画,名晓霞

妆。"国色,指姿容极其美丽的女子。

〔6〕春柳:《有所思》:"庾亮楼中初见时,武昌春柳似腰肢。"宫腰:即细腰,纤细的腰身。《后汉书·马廖传》:"楚王好细腰,宫中多饿死。"

〔7〕"不见"二句:《文选》载司马相如《长门赋·序》:"孝武皇帝陈皇后,时得幸,颇妒。别在长门宫,愁闷悲思,闻蜀郡成都司马相如,天下工为文,奉黄金百斤,为相如文君取酒,因于解悲愁之辞。而相如为文以悟主上,陈皇后复得亲幸。"阿娇,即陈皇后,汉武帝刘彻的姑母长公主之女。

暮秋对雨感怀〔1〕

山昏云到地,江白雨连天。鸿雁寒无赖〔2〕,芙蓉秋可怜。旅怀聊独酌,世事且高眠。凄恻登楼赋,谁知王仲宣〔3〕?

〔1〕谢榛客居安阳,由恼人的秋雨,联想到"世事"纷乱,家国之思油然而生,感慨深矣!

〔2〕无赖:无可奈何。

〔3〕"凄恻"二句:《文选》载王粲《登楼赋》刘良注:"时董卓作乱,仲宣避难荆州,依刘表,遂登江陵城楼,因怀归而有此作,述其进退危惧之情也。"王仲宣,即王粲(177—217),字仲宣。山阳高平(今山东邹平)人,"建安七子"之一。初依刘表,后归曹操,任丞相椽、中郎将。有诗、赋等六十篇。

秋野[1]

地阔清霜满,林寒赤叶稀。野云秋澹澹,山日晚辉辉。杀气三河动[2],边声一骑飞。中原多猛士,谁解晋阳围[3]?

〔1〕此诗嘉靖二十一年(1542)作于京师。谢榛虽一布衣,却时刻心系国难。

〔2〕"杀气"句:夏燮《明通鉴》卷五十八:世宗二十一年六月"辛卯,谙达……寇山西,驻朔州","丁未,犯太原"。七月"庚戌,寇自太原南下,欲犯平阳、泽潞","己未,寇犯潞安,大掠沁、汾、襄垣、长子等处"。三河,汉时称河东、河内、河南三郡为三河,相当于今河南北部、中部及西部地区。

〔3〕晋阳:今山西太原的别称。

同宋子纯、杜约夫晚渡漳河访李叔东[1]

幽期何惮远[2],秋色满山川。月出平林外,人行落雁边。水村时下马,沙岸夜呼船。正有东篱菊,相挨醉不眠[3]。

〔1〕宋子纯:安阳人。布衣,谢榛友人。杜约夫(?—1546):赵希璜主修《安阳县志》卷十九:"杜约夫,逸其名,安阳人。长于吟咏,与谢四溟榛倡和,尝曰:'六朝文中有诗,宋人诗中有文。'拟李商隐《无题》诗

四首,四溟称其皆佳。"嘉靖丙午(1546)夏夜与卫子涵泊西河被船夫所害。李叔东:即李春。字叔东。临漳(今属河北)人。嘉靖甲午(1534)举于乡,授霍州知州,升太原同知,历山西佥事,因与御史有隙,解仕归。

〔2〕幽期:美好幽雅的期约。惮(dàn 但):怕。

〔3〕拚(pàn 判):同"拚",指豁出去畅饮。

宝庆寺见桂花〔1〕

桂花秋正发,禅院几徘徊,我爱淮南种,今当蓟北开〔2〕。清芬对祇树〔3〕,金粟见如来〔4〕。幽兴惟康乐〔5〕,东林夜不回〔6〕。

〔1〕此诗嘉靖二十一年(1542)秋作于京师。宗子相评曰:"清新雅逸,大是当家。"(李攀龙、陈子龙《明诗选》卷四)李、陈《明诗选》眉批:"语有势。""□到身。"(同上)宝庆寺:在今北京。

〔2〕蓟(jì 计)北:泛指今北京、河北北部及辽宁西南部一带。

〔3〕清芬:清香。祇(qí 其)树:即祇树给孤独园,亦称祇园精舍。为释迦牟尼成道后去舍卫国说法时与僧徒停居之处。此指宝庆寺。

〔4〕金粟:桂花的别名,以其花蕊如金粟点缀。如来:释迦牟尼十种法号的第一种。解说不一,一般认为如来即从实道而来、开示真理的人。

〔5〕幽兴:幽雅的兴味。康乐:即谢灵运(385—433)。祖籍陈郡阳夏(今河南太康)人,世居会稽(今浙江绍兴)。晋时袭爵康乐公,故称谢康乐。入宋,仕永嘉太守、侍中、临川内史等职。以谋反罪流放广州,被杀。有《谢康乐集》。此自比。

〔6〕东林:即庐山西北麓东林寺。晋建。此指宝庆寺。

榆河晓发[1]

朝晖开众山，遥见居庸关[2]。云出三边外，风生万马间[3]。征尘何日静，古戍几人闲。忽忆弃繻者[4]，空惭旅鬓斑。

〔1〕此诗作于嘉靖二十六年(1547)秋。当时谢榛正游览长城内外，面对边塞风光，深为边患而忧虑。卢楠评曰："读其警语，恍然塞云不飞，胡天四合，朝气凛凛侵肌骨也。"（李攀龙、陈子龙编《明诗选》卷四）李、陈《明诗选》眉批："结感慨生意。"（同上）沈德潜评曰："读'风生万马间'，纸上有声。若衍成二语，气味便薄。"（《明诗别裁》卷八）李舒章评曰："第四句是生而稳。"（陈子龙等《皇明诗选》卷九）榆河，关名。在今北京昌平南。

〔2〕居庸关：在今北京昌平西北军都山上。两山夹峙，悬崖峭壁，地势险要。古称九塞之一。

〔3〕"云出"二句：写边塞风光，暗示边境不安宁。三边，汉代指幽、并、凉三州，后泛指边疆。

〔4〕弃繻(xū 需)者：指汉武帝时济南人终军。《汉书·终军传》谓终军十八岁被选为博士弟子，徒步入关就学，关吏予军繻，军谓："大丈夫西游，终不复传还。"弃繻而去。后军为谒者，使行郡国，持节出关，关吏视之，曰："此使者，乃前弃繻生也。"繻，古时出入关津的凭证，书帛裂而分之，出关时取以合符，乃得复出。

隆庆道中有感^[1]

马度黄云塞^[2],雕飞白草原^[3]。兵戈连岁动,霜霰入秋繁^[4]。农业千家废,人烟几处存。中途有行子,伫目亦销魂^[5]。

〔1〕此诗与《榆河晓发》、《榆林道中言怀》同作于游览长城内外之时,深刻地反映了边患和天灾造成的严重灾难,抒发了深沉的忧国忧民之情。隆庆,府名。治所即今北京延庆。

〔2〕黄云塞:黄尘迷漫的边塞。

〔3〕白草原:白草覆盖的塞外荒原。白草,似莠而细,无芒,干熟时呈正白色,牛羊喜食。

〔4〕霜霰(xiàn 宪):霜和霰。霰,空中降落的不透明的小冰粒。

〔5〕伫目:久立注目。

榆林道中言怀^[1]

秋风吹短褐^[2],长啸过居庸^[3]。羸马有归思^[4],枯蓬无定踪。山横边色断,日没野阴重。旅鬓成衰飒,谁知阮嗣宗^[5]?

〔1〕诗人以阮籍自比,胸中充满了对现实的不满和忧虑。榆林,今

78

河北怀来东榆林堡。

〔2〕短褐(hè 贺):粗布短衣。

〔3〕长啸:撮口发出悠长清越的声音。古人常以此述志。岳飞《满江红·写怀》:"仰天长啸,壮怀激烈。"居庸:即居庸关。

〔4〕羸马:瘦弱疲惫的马。

〔5〕阮嗣宗:即阮籍(210—263)。详见《秋风歌呈孔方伯汝锡》注释〔10〕。

北征二首〔1〕

朔气犯征裘,旌悬大漠秋。乱山通驿道〔2〕,残日照边楼。白骨几年战,黄云终古愁。夜来烽火急,骄虏寇并州〔3〕。

复选防秋将〔4〕,谁挥返日戈〔5〕?二庭飞檄动〔6〕,六郡侠儿多〔7〕。驱马朝登岭,衔枚夜渡河〔8〕。奇兵断虏后,归路听铙歌〔9〕。

〔1〕此诗作于嘉靖二十一年(1542)谢榛第二次客游京师时,反映北方严重的边患和驱除外敌、保卫边防的斗争。李舒章评第一首曰:"第六句寓慨壮远。"(陈子龙等《皇明诗选》卷九)

〔2〕驿道:我国古代为传车、驿马通行的大道,沿途设置驿站。

〔3〕并州:此指太原。《明史》卷十七谓嘉靖二十一年六月俺答寇朔州,入雁门关,犯太原。七月寇潞安,掠沁汾、襄垣、长子。

〔4〕防秋:古代北方每至入秋,边界经常发生战争,届时边军要特

别加意警卫,称为防秋。

〔5〕挥返日戈:《淮南子·鉴冥训》:"鲁阳公与韩搆难,战酣日暮,挥戈而执之,日为之返三舍。"后以此谓力挽危局。

〔6〕二庭:东汉时的匈奴和唐时的西突厥都分为南北二庭。此指北方和西北少数民族地区。飞檄(xí 习):紧急的檄文。檄,古代文书、文告的一种。即官府用以征召、晓喻、声讨的文书。

〔7〕"六郡"句:《明史》卷十七谓嘉靖二十一年"八月辛巳募兵于直隶、山东、河南"。六郡,指汉之陇西、天水、安定、北地、上郡、西河。《汉书·地理志》:"汉兴,六郡良家子选给羽林、期门,以材力为官,名将多出焉。"

〔8〕衔枚:横衔枚于口中,以防喧哗或叫喊。枚,形如筷子,两边有带,可系于颈上。

〔9〕铙(náo 挠)歌:军乐。传说黄帝、岐伯所作。马上奏之,鼓舞士气。也用于大驾出行、宴享功臣和奏凯班师。

夏夜独坐,披襟当风,颇有秋意,赋此寄怀[1]

散发南楼夜,翛然披素襟[2]。蛩声依草际[3],萤火落墙阴。
老破当年梦,秋生久客心。遥思苔石上,坐听美人琴。

〔1〕此诗嘉靖二十九年(1550)作于京师。夏夜诗人披襟独坐,境界清寂,厌游情绪油然而生,向往山林隐居生活。披襟,敞开衣襟,多喻舒畅心怀。宋玉《风赋》:"有风飒然而至,王乃披襟而当之曰:'快哉此风!'"

〔2〕翛(xiāo 消)然:无拘无束、自然超脱的样子。

〔3〕蛩(qióng 穷):蟋蟀。

盘山最高峰迟应瑞伯不至^{〔1〕}

仄径高盘壁,孤峰半插天。人行飞鸟上,袖拂落霞边。涧水
寒逾咽,山花晚自妍。一樽迟俦侣,松月向谁圆?

〔1〕此诗作于嘉靖二十九年秋。写出了盘山的高远清幽,表现了
诗人对大好河山的喜爱。盘山,在天津蓟州区北。此山平地突起,分上
中下三盘,为北京东部第一名胜。应瑞伯,即应云鹭。详见《王主簿乐三
归自昌平,赋此志感》注释〔7〕。迟,等待。

对菊^{〔1〕}

千家轻节序^{〔2〕},谁复醉高秋。菊带凄凉色,人经离乱愁^{〔3〕}。
早霜明汉苑^{〔4〕},落木响燕州。独有餐英者^{〔5〕},悲歌殊未
休^{〔6〕}。

〔1〕此诗嘉靖二十九年九月作于京师,悲歌俺答侵扰掳掠。
〔2〕节序:节令、节气。
〔3〕"人经"句:嘉靖二十九年八月俺答侵犯宣府,入古北口,达密
云,转掠怀柔,围攻顺义,至通州,杀掳不可胜数,京师戒严。
〔4〕汉苑:此泛指皇家园林。

〔5〕餐英:指以花为食,诗文中常用以指雅人高致。屈原《离骚》:"朝饮木兰之坠露兮,夕餐秋菊之落英。"

〔6〕殊:竟、竟然。

送樊侍御文叙之金陵〔1〕

地入维扬路〔2〕,天分牛斗墟〔3〕。秋帆二水外〔4〕,春草六朝馀〔5〕。冰雪生官舍,风尘走谏书。从来经国者〔6〕,宁不念樵渔〔7〕?

〔1〕此诗嘉靖二十九年秋作于京师。其境界清新明丽,诗人为友人送行,仍不忘为"樵渔"进言。宗臣评曰:"吾最爱'秋帆'、'春草'二语,谢家玉树,复见君矣。"(李攀龙、陈子龙《明诗选》卷四)李、陈《明诗选》眉批:"妙想,妙句。"(同上)宋辕文评曰:"明秀如轻霞晓山。"(陈子龙等《皇明诗选》卷九)汪端评曰:"秀绝。"(汪端《明三十家诗选》初集卷五)樊文叙,即樊献科。字文叙(一作文叔)。缙云(今属浙江)人。嘉靖丁未(1547)进士,授行人,擢御史,巡按福建。有《旅游吟稿》、《山居吟稿》。金陵,今南京。

〔2〕维扬:扬州的别称。

〔3〕牛斗墟:即牛宿、斗宿二星之分野。指吴越地区。

〔4〕二水:指秦淮河和长江。

〔5〕"春草"句:南朝宋谢灵运《登池上楼》:"池塘生春草,园柳变鸣禽。"六朝,三国吴、东晋和南朝的宋、齐、梁、陈,都以今南京为首都,合称六朝。

〔6〕经国:治理国家。

〔7〕樵渔:樵夫和渔夫。此泛指劳动人民、老百姓。

除夕示儿元炳,兼忆元辉诸儿〔1〕

对汝还成叹,寒更坐转深。异乡垂老计,春草隔年心。蜡炬明残夜,天风破积阴。遥怜几稚子,酒罢一长吟。

〔1〕此诗嘉靖二十九年除夕作于京师。此时谢榛离家已三年有馀,又逢年关,殷殷念子之情遂形诸吟咏。

清明忆诸弟〔1〕

白发感平生,幽怀阮步兵〔2〕。抱痾频药饵〔3〕,为客几清明。春满他乡树,河连故国城。鹡鸰限南北,空复在原情〔4〕。

〔1〕此诗嘉靖三十年(1551)清明作于京师。述手足之情。

〔2〕阮步兵:即阮籍(210—263)。曾为步兵校尉,故称。

〔3〕痾(ē 婀):病。

〔4〕"鹡鸰"二句:化用《诗经·小雅·常棣》:"脊令在原,兄弟急难。"此喻兄弟友爱之情。鹡鸰(jí líng 吉灵),鸟名,又作脊令。

83

日暮〔1〕

带月传军檄〔2〕,乘春造战车。中原募兵后〔3〕,北虏请和初〔4〕。气动臧宫剑〔5〕,忧深贾谊书〔6〕。汉庭无定策〔7〕,日暮重愁予。

〔1〕此诗嘉靖三十年(1551)春作于京师。俺答之乱后,统治者御边无术,和、战无定策,诗人抒写了深沉的忧虑之情。

〔2〕军檄:军中檄文、军事方面的招讨文书。

〔3〕"中原"句:谓俺答侵犯京师,即召河南、山东兵入援,命仇鸾为平虏大将军,节制诸路兵马。

〔4〕"北虏"句:谓嘉靖二十九年八月俺答兵临京城令人持书入朝求贡,三十年又抵都求通贡。

〔5〕臧宫(?—58):字君翁。东汉颍川郏(今河南郏县)人。从刘秀举兵,以勇猛著称。官广阳太守,封郎陵侯。为云台画像二十八将之一。

〔6〕"忧深"句:《汉书》卷四十八《贾谊传》:"是时,匈奴强,侵边。天下初定,制度疏阔,诸侯王僭拟,地过古制,淮南、济北王皆为逆诛。谊数上疏陈政事,多所欲匡建,其大略曰:'臣窃为事势,可为痛哭者一,可为流涕者二,可为长太息者六,若其它背理而伤道者,难遍以疏举……'"贾谊(前200—前168),西汉政论家、文学家。河南洛阳人。汉文帝初召为博士,不久迁太中大夫,受排挤被贬为长沙王太傅,后为梁怀王太傅。曾多次上疏议论时政,主张抗击匈奴的攻掠。有《新书》、《贾长沙集》。

〔7〕"汉庭"句:言面对严峻的形势,严嵩与仇鸾深相勾结,待俺答掳掠退去,方尾随出境,竟不一战,而朝廷则根本没有治国安边的固定策略。

重过张氏园林二首〔1〕

驻马深林下,名园两度游。独寻花里径,更上竹西楼。池鸟闲相语,山云澹不流。却思离乱日〔2〕,松菊负高秋。

随处携鸠杖〔3〕,狂时倒鹖冠〔4〕。晚山当座出,风竹满楼寒。独酌世情远,长歌春事残。不知桃李发,白首几回看?

〔1〕此二诗嘉靖三十年春作于京师。当时,俺答掳掠京畿在诗人心头留下的阴影未散,因此,诗的格调难免沉郁凄清。张氏园林,在京师(今北京)。

〔2〕"却思"句:谓嘉靖二十九年八月俺答入犯掳掠京畿。

〔3〕鸠杖:杖头刻有鸠形之杖。《后汉书·礼仪志》:"八十、九十礼有加赐,玉杖长(九)尺,端以鸠鸟为饰。鸠者,不噎之鸟也。欲老人不噎。"

〔4〕鹖冠:以鹖羽为饰之冠。春秋时尝有楚人隐居深山制鹖冠,故后指隐士之冠。

晚过西湖〔1〕

怅望西山路〔2〕,曾经胡马过。重来把杨柳,独立向烟波。日影峰头尽,春寒湖上多。渔樵一相见[3],犹为话兵戈。

〔1〕此诗嘉靖三十年春作于京师。陈允衡评曰:"情景都觉萧飒,胜赠送诸作。"(《诗慰初集·谢茂秦诗选》),西湖,今北京昆明湖旧称。《读史方舆纪要·直隶·顺天府·宛平县》:"西湖在府西玉泉山下,玉泉之水出石罅间,潴而为池,广三丈许,池东跨小桥,水经桥下,东流汇为西湖,周十馀里。"

〔2〕西山:在北京西郊,为太行山支脉,众山连接,山名甚多,总称西山,又名小清凉山。

〔3〕渔樵:渔夫和樵夫。此指劳动人民、老百姓。

夜雨酌殷翰林书斋[1]

巷陌通仙馆,来当秉烛时。论文间世变,下榻见心期[2]。金马天逾迥[3],铜龙漏转迟[4]。一樽风雨夜,长此系相思。

〔1〕此诗嘉靖三十年夏作于京师。卢楠评曰:"藻词艳发,足使文通失步,明远变色。"(李攀龙、陈子龙《明诗选》卷四)李、陈《明诗选》眉批:"对法妙。"(同上)殷翰林,指殷士儋(1522—1582)。字正夫(又作正甫),号棠川、文通。嘉靖丁未(1547)进士,选庶吉士,授检讨,隆庆中累官至武英殿大学士,受排挤归,以经史自娱。卒谥文庄。有《金舆山房稿》。

〔2〕下榻:谓礼遇宾客。典出《后汉书》之《陈蕃传》和《徐穉传》:陈蕃为乐安太守。郡人周璆,高洁之士,唯蕃能致之。特为置一榻,去则

悬之。后蕃为豫章太守,在郡不接宾客,唯徐穉来特设一榻,去则悬之。心期:心意、心愿。

〔3〕金马:此指翰林书斋。欧阳修《会老堂口号》:"金马玉堂三学士,清风明月两闲人。"

〔4〕铜龙:漏器铸铜为龙首,使自龙口吐水,故称铜龙。

塞上老卒〔1〕

家在石壕村〔2〕,长征无子孙。多忧摧鬓发,百战集疮痕。日晚巡狐塞〔3〕,天寒戍雁门〔4〕。壮心时仗剑,部曲几人存〔5〕?

〔1〕此诗嘉靖三十年秋作于京师,字里行间流露了诗人对塞上老卒辛酸一生的同情。

〔2〕石壕村:即今河南陕县东硖石镇。杜甫《石壕吏》:"暮投石壕村,有吏夜捉人。"此泛指村镇。

〔3〕狐塞:即飞狐塞。在今河北涞源北跨蔚县界。陈子昂《送魏大从军》:"雁山横代北,狐塞接云中。"

〔4〕雁门:即雁门关,也叫西径关。故址在今山西代县北雁门山上,是长城重要关口之一,向为山西省南北交通要冲。

〔5〕部曲:古代军队编制单位,大将军营五部,校尉一人;部有曲,曲有军侯一人。亦借指军队。

赵王枕易见寄

有“酒熟花香春未老，好携书剑早归来”之句[1]

江海通元气，风云入浩歌。行人犹未返，芳草欲如何[2]？沙晚闲凫雁，山春秀薜萝。淮南赋招隐，凄恻感情多。

〔1〕此诗嘉靖三十年作于京师。诗人化用古人诗句，抒写与赵康王的友情，不隔不涩。赵王枕易，即朱厚煜（1498—1560）。自号枕易道人，谥康。性情和厚，嗜学博古，折节宾客，有淮南梁苑之风。著有《居敬堂集》。

〔2〕“行人”二句：化用汉淮南小山《招隐士》“王孙游兮不归，春草生兮萋萋”之意。芳草，香草。此含怀人之意。淮南小山为淮南王刘安门客，其赋《招隐士》铺写山中幽险、凄厉的景象，召唤隐居山中的“王孙”归来。

元夕道院，同公实、子与、于鳞、元美、子相五君得家字[1]

长空月正满，游骑隘京华[2]。夜火分千树，春星落万家。乘闲来紫府[3]，垂老问丹砂[4]。笙鹤归何处[5]，依稀见彩霞[6]。

〔1〕此诗嘉靖三十一年（1552）正月十五作于京师。宗臣评曰："丽兴新声，琅琅有致。"（李攀龙、陈子龙《明诗选》卷四）李、陈《明诗选》眉批："流走如盘。"（同上）沈德潜评曰："'春星'五字，亦警亦秀，自能高压满坐。"（《明诗别裁集》卷八）李舒章评曰："第四句不减'云里帝城'一联。"（陈子龙等《皇明诗选》卷九）陈卧子评曰："神情闲胜。"（同上）朱琰评曰："'春星'五字高秀，结语双关，亦光彩射人。"（《明人诗钞》正集卷十）公实，即梁有誉（1519—1554），字公实，号兰汀。顺德（今属广东）人，"后七子"之一。嘉靖二十九年（1550）进士，官至刑部山西司主事。有《兰汀存稿》。子与，即徐中行（1517—1578），字子与，号龙湾。长兴（今属浙江）人，"后七子"之一。嘉靖二十九年进士，官至江西布政使。有《徐天目先生集》。于鳞，即李攀龙（1514—1570），字于鳞，号沧溟。历城（今山东济南）人，"后七子"前期的领袖。有《沧溟集》等。元美，即王世贞（1526—1590），字元美，号凤洲，又号弇州山人，太仓（今属江苏）人，"后七子"后期的领袖。嘉靖二十六年（1547）进士，官至南京刑部尚书。有《弇州山人四部稿》、《弇州续稿》等。子相，即宗臣（1527—1560），字子相，号方城山人。兴化（今属江苏）人，"后七子"之一。嘉靖二十九年进士，官至福建提学副使。有《宗子相集》。

〔2〕隘（ài 碍）：通"溢"，充满。京华：京城的美称。因京城是文物、人才荟萃之地，故称。

〔3〕紫府：道家称仙人居所。此指道院。

〔4〕丹砂：此指丹砂炼成的丹药。

〔5〕笙鹤：仙人乘骑之仙鹤。典出刘向《列仙传》：王子乔好吹笙，作凤鸣，游伊洛间，道士浮丘公接上嵩山，后乘白鹤驻缑氏山顶，举手谢时人仙去。

〔6〕"依稀"句：谓仿佛看到仙人出现在云霞飞动处。

寒食旅怀[1]

蓟北惊寒食,淹留几自嗟[2]。春风来燕子,落日在桃花。丘陇行边泪[3],江湖梦里家。不知疏懒客,何物是生涯?

〔1〕此诗嘉靖三十一年寒食节由京师回安阳途中作,抒写思归倦游之情。
〔2〕嗟(jiē 皆):叹息。与"花"、"家"、"涯"同属麻韵。
〔3〕丘陇(lǒng 垄):田园。

还邺二首[1]

客路多芳草,还家春服成[2]。交游嗟献赋[3],妻子问谋生。自得山林计,深知猿鸟情。一樽吟薄暮,风雨闭柴荆。

迢遥囊橐轻[4],词客本无营。久别儿孙大,初归鸡犬惊。几年违旧业,多事感浮生。坐倚中庭树,春风可寄情。

〔1〕此诗嘉靖三十一年三月作于河南安阳。诗平淡自然,抒写了初归情景及归隐的志趣。
〔2〕春服成:《论语·先进》:"莫春者,春服既成。"后因指暮春三月。

〔3〕嗟:感叹。献赋:此指王世贞《卢楠传》所说:"故人谢榛先生者,携楠赋游京师贵人间,絮泣曰:'天乎冤哉,卢生也。及楠在而诸君子不以时白之,乃罔罔而从千古哀湘而吊贾乎?'"

〔4〕迢遥:远貌。此指从远方归来。囊橐(tuó 驼):盛物之袋。橐,一种口袋。

杨白花〔1〕

多少宫中树,偏怜杨白花。长风吹日暮,春雪落天涯〔2〕。荡子空相忆〔3〕,芳年谩自嗟〔4〕。月明愁不见,啼杀禁城鸦〔5〕。

〔1〕杨白花:乐府杂曲歌辞名。北魏人杨华,本名白花,有勇力,有容貌。胡太后逼通之,华惧及祸,降南朝梁。胡太后思念不已,因作《杨白花歌辞》。歌辞载《乐府诗集》卷七十三。

〔2〕春雪:比喻杨白花。

〔3〕荡子:指辞家远出、羁旅忘返的男子。

〔4〕谩:徒然。

〔5〕禁城:宫城。

折杨柳〔1〕

濯濯庭前柳〔2〕,垂条如许长。影移青玉案〔3〕,色动郁金裳〔4〕。人去孤春事〔5〕,莺啼又夕阳。城头莫吹笛,摧折更悲伤〔6〕。

〔1〕折杨柳:古横吹曲名。晋太康末,京洛有《折杨柳》之歌。《乐府诗集》所集六朝梁、陈及唐人《折杨柳》曲,大部分为伤别之辞,而尤多悼念征人之作,曲多五言。

〔2〕濯濯(zhuó zhuó 浊浊):明净貌。

〔3〕青玉案:古代贵重的承杯箸之盘。张衡《四愁诗》之四:"美人赠我锦绣段,何以报之青玉案。"

〔4〕郁金裳:郁金草染的金黄色的衣裙。

〔5〕春事:春色、春意,这里喻指男女欢爱。

〔6〕"城头"二句:化用李白《春夜洛阳闻笛》:"谁家玉笛暗飞声,散入春风满洛城。此夜曲中闻折柳,何人不起故园情?"

登 泰 山〔1〕

登攀绝顶处,封禅断碑文〔2〕。古洞寻丹液,秋衣拂紫氛〔3〕。下飞关塞雁,东接海天云。惆怅秦松在〔4〕,寒涛空自闻。

〔1〕此诗作于嘉靖四十年(1561)秋。当时,谢榛借回故乡临清探望之机,登临了泰山。

〔2〕封禅(shàn 善):帝王祭天地的典礼。在泰山上筑土为坛祭天,报天之功,称封;在泰山下梁父山上辟场祭地,报地之德,称禅。自秦汉以来,历代封建王朝都把封禅作为国家大典。断碑文:指泰山顶汉石表,

又名无字碑。

〔3〕紫氛:紫色的云气。《文选》吕向注刘桢《赠从弟》诗:"紫氛,天气也。"

〔4〕秦松:指五大夫松。《史记·秦始皇本纪》:"(二十八年始皇)乃遂上泰山,立石、封、祠祀。下,风雨暴至,休于树下,因封其树为五大夫。"

岁暮卢次楩过邺有感〔1〕

燕霜终古愤〔2〕,梁狱昔年书〔3〕。世事疏狂里,交情患难馀。相看年欲老,多感岁将除。醉拟应刘赋〔4〕,春风起敝庐。

〔1〕此诗嘉靖三十一年作于安阳。当时,卢楩出狱不久。卢次楩,即卢楠,详见《张令肖甫郊钱闻笛,兼慰卢次楩》注释〔1〕。

〔2〕燕霜:指蒙冤。《初学记》卷二引《淮南子》:"邹衍事燕惠王,尽忠。左右谮之,王系之。仰天而哭,夏五月,天为之下霜。"

〔3〕"梁狱"句:以邹阳狱中上书事喻卢楠。梁狱,典出《史记·鲁仲连邹阳列传》,汉邹阳受诬陷系狱,自狱中上书梁孝王辩白,终获释。后因以"梁狱"代指冤狱。

〔4〕应刘:指"建安七子"中的应场和刘桢。二人以能文著名当时,并深受曹丕、曹植兄弟的礼遇。应场(?—217),字德琏,汉末汝南南顿(今河南项城西)人。曹操征为丞相掾属,后为五官中郎将文学。有《应德琏集》。刘桢(?—217),字公幹。东平(今属山东)人。曹操任为丞相掾属,后为五官中郎将文学。有《刘公幹集》等。

暮秋东园饯别邹子序[1]

老大交弥重[2]，穷愁赋可传。对君犹故国[3]，嗟我异当年。
蛩冷蛩边草[4]，霞明雁外天。菊花留醉客，秋色满离筵。

〔1〕此诗嘉靖三十二年(1553)作于安阳。邹子序，即邹伦，江苏太
湖洞庭山人，字子序，布衣。容轩子《送邹逸人归洞庭山》："几赋纵横千
气象，半生飘泊老形骸。"可知其半生在外飘游。曾客居临清，与谢榛相
识。
〔2〕弥:更加。
〔3〕故国:故乡。
〔4〕蛩:蟋蟀。

南伐[1]

南伐驱千骑，遥闻几战场。青年多侠气，白骨半他乡。塞雁
悲秋老，闺人哭夜长。招魂渺何处？天外月茫茫。

〔1〕此诗嘉靖三十二年作于安阳，慨叹倭乱、征伐给人民造成的沉
重灾难。本年二月倭寇犯温州，三月汪直引诸倭入寇江浙，陷宁波昌国
卫、绍兴临山卫、上海、吴淞等，留内地三个多月，苏、松、宁、绍诸卫、所、
县被焚掠二十馀处。

孤坐[1]

薄俗成孤坐[2]，长歌转自悲。鸣蝉风外断，归鸟雾中迟。蓟北频烽火[3]，睢阳复乱离[4]。世情聊一醉，未必屈原知。

〔1〕此诗嘉靖三十二年秋作于安阳。诗人为国家内乱外患而忧心忡忡。

〔2〕薄俗：轻薄的习俗。《汉书·元帝纪》："民渐薄俗，去礼义，触刑法，岂不哀哉！"

〔3〕"蓟北"句：本年二、三月俺答连续入犯宣府。

〔4〕"睢(suī 虽)阳"句：指本年七月河南柘城师尚诏领导的农民起义。《明通鉴》卷六十谓"四十馀日，破府一、州二、县八，屠戮十馀万人，三省大震"。睢阳，故城在今河南商丘南。

秋庭[1]

东园闲白日，庭户绝经过。落叶听无尽，秋风来更多。忽闻诛寇盗[2]，莫厌事兵戈。卖剑今谁是，愁云渺大河[3]。

〔1〕此诗嘉靖三十二年作于安阳。师尚诏起义虽被平息，但导致内乱的根源并未消除，诗人最忧愁的是统治者能否宽政安民，稳定局势。

〔2〕"忽闻"句：谓平息师尚诏起义。《明通鉴》卷六十："九月……

庚子,河南贼平。时官军获师尚诏于山东莘县,诏即所在斩之。"

〔3〕"卖剑"二句:用龚遂劝农重本之典。《汉书·龚遂传》:汉宣帝时,渤海年荒,民多带持刀剑为盗。龚遂为渤海太守,"见齐俗奢侈,好末技,不田作,乃躬率以俭约,劝民务农桑……民有带持刀剑者,使卖剑买牛,卖刀买犊,曰:'何为带牛佩犊!'"大河,黄河。

暮秋大伾山禅院同孟得之、卢次楩醉赋〔1〕

胜游随故侣,幽兴在禅林。石上晴云起,松间晚磬沉。青山无久客,黄菊有归心。我亦悲秋者,樽前学楚吟〔2〕。

〔1〕此诗作于嘉靖三十二年秋。卢楠评曰:"凄然有仲宣登楼之感。"(李攀龙、陈子龙《明诗选》卷四)。宋辕文评曰:"幽响特新。"(陈子龙等《皇明诗选》卷九)大伾山,又名黎山、黎阳山,在今河南浚县东南。孟得之,河南浚县人。馀未详。卢次楩:即卢楠,一字次楩。

〔2〕"我亦"二句:谓欲效法战国楚辞赋家宋玉赋《九辩》悲秋,以抒发落拓不遇的悲愁和不平。

偶述〔1〕

万事日悠悠,其如鬓易秋。古今同逝水,天地一虚舟〔2〕。绿酒眼前醉,黄金身外忧〔3〕。谁能学仙去,长揖谢公侯〔4〕。

〔1〕此诗作于嘉靖三十二年秋。诗人抒写了于世无牵、问道求仙的理想。

〔2〕虚舟:谓任其飘流的舟楫。比喻人事飘忽,播迁无定。晋支遁《与桓太尉论州符求沙门名籍书》:"沙门之于世也,犹虚舟之寄大壑耳,其来不以事,退亦乘闲,四海之内竟无宅邦,乱则振锡孤游,道洽则欣然自萃。"

〔3〕"黄金"句:谓金钱是身外之物,无须多虑。

〔4〕"谁能"二句:用仙人王子乔典,见《元夕道院,同公实、子与、于鳞、元美、子相五君得家字》注释〔5〕。

寄张给事巽卿〔1〕

千古一长叹,亡猿思楚中〔2〕。戒严殊不战〔3〕,入援却论功〔4〕。青琐天何远〔5〕,黄云塞欲空〔6〕。至今劳北望,淮上起悲风。

〔1〕此诗嘉靖三十二年秋作于安阳。俺答入犯京师虽已逾三载,谢榛仍念念不忘,并对权奸和朝政予以抨击,为边患而悲叹不已。张巽卿,即张侃,字巽卿,号凤原,昆山(今属江苏)人,著籍直隶大河卫(今江苏淮安)。嘉靖二十三年(1544)进士,由行人选刑科给事,累升都给谏,嘉靖二十九年以劾奏丁汝夔御寇无策,帝责其不早言,杖五十,贬为民。隆庆元年(1567)赠太常寺少卿。

〔2〕亡猿:喻征战死难之士。《太平御览·羽族·鹤》:"《抱朴子》曰:'周穆王南征,一军尽化,君子为猿为鹤,小人为虫为沙。'"

〔3〕"戒严"句:谓严嵩授计兵部尚书丁汝夔,令诸将勿轻战,待寇

97

饱自去。

〔4〕"入援"句:谓大同总兵官仇鸾率兵二万入援,被任命为平虏大将军,赐其袭衣玉带上尊及千金,又赐封记文,曰:"朕所重唯卿一人!"而仇鸾竟不敢出击,并与俺答暗通,以求自安,却又被授予三大营总督,以总督京营戎政之印畀之。

〔5〕青琐:原指装饰皇宫门窗的青色花纹,这里借指宫廷。

〔6〕黄云:边塞之云。塞外沙漠地区黄沙飞扬,天空常呈黄色,故称。

哭冯汝强并序〔1〕

北海冯汝强,少举明经〔2〕,与予善。九上春官不第〔3〕,竟以病死。闻讣怆然,情见乎辞。

为惜大冯君〔4〕,才名一诔文〔5〕。年侵重丹鼎〔6〕,岁久断青云〔7〕。松槚秋何惨〔8〕,泉台夜不分〔9〕。茫茫辽海上〔10〕,猿鹤复谁闻〔11〕?

〔1〕此诗嘉靖三十二年秋作于安阳,抒写了对友人的深情哀悼。冯汝强,即冯惟健(1503—1553),字汝强、汝至,号冶泉、陂门山人。嘉靖戊子(1528)举人。有《陂门集》。

〔2〕明经:明清时对贡士的尊称。

〔3〕春官:礼部的别称。因唐光宅年间曾改礼部为春官,故谓。此指礼部试。

〔4〕大冯君:指冯惟健(汝强),因其兄弟五人中年最长,故称。

〔5〕诔文:悼念死者的文章。

〔6〕年侵:年渐老迈。丹鼎:道士炼丹的器具。

〔7〕青云:喻远大的抱负和志向。

〔8〕松槚(jiǎ 贾):墓地的代称,因松树和槚树常栽于墓前。

〔9〕泉台:墓穴。同泉下、泉壤。

〔10〕辽海:渤海。

〔11〕猿鹤:南朝孔稚珪《北山移文》云:"蕙帐空兮夜鹤怨,山人去兮晓猿惊。"猿、鹤生于山中,多为山中隐士之伴,后亦借指隐逸之士。清方文《饮从兄揩公民部》:"猿鹤岂无干禄意,江关只恐厌人稠。"

高枕〔1〕

垂老惟高枕,经秋不到城。孤吟来鸟雀,万事掩柴荆。野旷浮云色,庭虚落叶声。祇应邻叟过,共话薜萝情。

〔1〕此诗嘉靖三十二年秋作于安阳。抒写了远离城市独处孤居的幽情逸趣。高枕,枕着高枕头。谓无忧无虑。

晚眺〔1〕

寒日下西陵〔2〕,漳河晚渡冰〔3〕。孤城归猎骑,双树隐禅灯〔4〕。野眺心何远,岩栖老未能〔5〕。翻怜戎马日,愁思坐相仍[6]。

〔1〕此诗嘉靖三十二年冬作于安阳,抒写了归家独处,欲超脱红
尘,反而更系念民忧国难的情怀。陈允衡评曰:"前四句未易到。"(《诗
慰初集·谢茂秦诗选》)朱琰评曰:"不落小景,是杜陵家法。"(《明人诗
钞》正集卷十)李舒章评曰:"壮心静理能于晚景写出。"(陈子龙等《皇明
诗选》卷九)

〔2〕西陵:曹操的陵墓。在今河北临漳西南。

〔3〕漳河:即漳水。有清漳、浊漳二河,皆源于山西,在河北临漳汇
合为一。

〔4〕双树:婆罗双树,亦称双林。佛家语,为释迦牟尼入灭之处,这
里指佛寺。

〔5〕岩栖:巢居穴处。此指隐居。

〔6〕相仍:依然,仍旧。李白《赠新平少年》诗:"而我竟何为,寒苦
坐相仍。"

岁暮宴李太守于鳞宅二首(选一)[1]

其一

别来吾更老,蓟北尚征尘[2]。词赋偏忧国,声名实在人。风
驱平野雾,地转浊河春[3]。侠气空成叹,荆卿旧入秦[4]。

〔1〕此诗嘉靖三十二年作于河北邢台,抒写了国难当头,壮志难酬

的愤慨。郑平子评第一首曰:"浅语自写出真意。"(李攀龙、陈子龙《明诗选》卷四)李太守于鳞,即李攀龙,本年春任顺德知府。

〔2〕蓟北:泛指今北京、河北北部及辽宁西南部一带。征尘:指战争。

〔3〕浊河:指黄河。

〔4〕荆卿:即荆轲(? —前227),战国卫人,为燕太子丹客,受命至秦刺秦王,诈献樊于期首级及燕督亢地图。既见,轲以匕首刺秦王,不中,被杀。

对 酒〔1〕

浊醪尔何物〔2〕?使我世无求。白鸟忘机处〔3〕,黄花满意秋。声名中散累〔4〕,瘴疠伏波愁〔5〕。自信无羁者,江乡一钓舟。

〔1〕此诗抒写了于世无求、放浪形骸的情怀。

〔2〕浊醪:浊酒。

〔3〕"白鸟"句:谓隐居处。白鸟,白羽之鸟,指鹤、鹭之类。忘机,忘却计较和巧诈之心,指甘于恬淡,于世无求。

〔4〕中散:即嵇康(224—263),谯郡铚(今安徽宿县西南)人,"竹林七贤"之一。隐居山阳二十年。曾任中散大夫,故世称嵇中散。魏宗室女婿,被司马昭杀害。喜老庄,好诗文。有《嵇中散集》。

〔5〕瘴疠(zhàng lì 丈立):南方暑湿之地的病。内病为瘴,外病为疠。《南史·任昉传》:"流离大海之南,寄命瘴疠之地。"伏波:即马援(前14—49),字文渊,东汉扶风茂陵(今陕西兴平东北)人。建武十一年(35)任陇

西太守,十七年任伏波将军,南征,立铜柱以表功。后进击武陵五溪蛮时,病卒于军中。

度太行山有感〔1〕

客贫无定处,策马去苍茫。回首意何极,知心交自长。野云低远水,山鸟度斜阳。万折艰危尽,吁嗟此太行。

〔1〕 此诗作于嘉靖四十二年(1563)春第一次赴山西途中。陈允衡评曰:"但觉妩媚,绝无习气。"(《诗慰初集·谢茂秦诗选》)

登楼晚眺,达轩子同赋〔1〕

客子聊乘兴,王孙共倚楼。风烟平野夕,砧杵异乡秋〔2〕。半醉还成赋,同怀岂倦游? 望中有漳水〔3〕,解傍邺台流〔4〕。

〔1〕 此诗嘉靖四十二年(1563)秋作于山西长治。达轩子,明山西陵川宗人。

〔2〕 砧(zhēn 真)杵:捣衣石和棒槌,此指捣衣声。韦应物《登楼寄王卿》诗:"数家砧杵秋山下,一郡荆榛寒雨中。"

〔3〕 漳水:此指浊漳水。源于山西长子鹿谷山。

〔4〕 邺台:指曹操所建铜雀台、金虎台(金凤台)、冰井台。在河北临漳西南邺镇西。

秋夜宿东林寺[1]

笼中一灯尽,笼外几蛾回。夜久僧同话,霜明门半开。寒声虚竹院,秋色净莲台[2]。还拟东林约,孤筇踏月来[3]。

〔1〕此诗嘉靖四十二年作于长治。意境清幽,诗人对禅界情有独钟。冯惟讷谓前二联:"能赋。"(《适晋稿》卷一)东林寺,此指山西长治某寺院。

〔2〕莲台:佛坐。唐释道世《诸经要集》卷一《三宝敬佛》:"故十方诸佛,同出于淤泥之浊;三身正觉,俱坐于莲台之上。"

〔3〕筇(qióng穷):竹名,宜制手杖,故代指手杖。

倾楼有感二首[1]

楼倾予不死,骸骨转堪哀。身向风涛出,心惊虎豹回[2]。一贫天意在,万幸旅颜开。非梦元龙道[3],茅茨尔乐哉[4]。

高楼经此厄,消息到吾乡。生死身千里,妻孥泪几行[5]。病多犹是幸,诗健有馀狂。随处一登眺,艰危终不忘。

〔1〕此诗嘉靖四十二年秋作于长治,写羁旅灾难,死里逃生,万般感慨。冯惟讷评第一首第三联曰:"悲极自慰,写得曲尽。"评第二首第

二联曰:"伤哉! 佳句。"评第二首第三联曰:"亦见开合。"(引文俱见《适晋稿》卷一)关于"倾楼"事件,从《适晋稿》诸诗看,当时谢榛偕同赵康王所赠琵琶妓贾扣客游山西,受到长治之沈藩诸王孙热情款待,某日夜半居楼忽然坍塌,其床为颓壁所毁,而谢榛和贾妓则幸免于难。

〔2〕虎豹:形容怪石。苏轼《后赤壁赋》:"履巉岩,披蒙茸,踞虎豹,登虬龙。"

〔3〕"非梦"句:谓不是梦想元龙百尺楼。苏轼《赵令晏崔白大图幅径三丈》:"好卧元龙百尺楼,笑看江水拍天流。"元龙,即陈登,字元龙,汉末下邳人。历任广陵、东城太守,以平吕布功,封伏波将军。《三国志·魏略·陈登传》:许汜曾见陈登,登久不与语,自上大床卧,使汜卧下床。刘备对汜曰:"君求田问舍,言无可采,是元龙所讳也,何缘当与君语? 如小人,欲卧百尺楼上,卧君于地,何但上下床之间邪?"

〔4〕茅茨:此指茅屋。

〔5〕妻孥(nú 奴):妻子儿女的总称。

次张祜金山寺之韵〔1〕

孤绝寒逾逈,苍茫夜不分。僧归依岛月,龙定缩江云。天汉窗前合〔2〕,风涛枕上闻。好沽瓜步酒〔3〕,诗思在微醺。

〔1〕此诗嘉靖四十二年冬作于长治。谢榛说:"律诗无好结句,谓之虎头鼠尾。即当摆脱常格,复出不测之语,若天马行空,浑然无迹。张祜《金山寺》之作,则有此失也。"(《诗家直说》二一八则)此诗即与张祜较胜而作。冯惟讷评曰:"想象格力,可追盛唐经涉人。"(《适晋稿》卷一)孔天胤评曰:"使与公子对榻联篇,未知孰胜。"(同上)陈允衡评曰:

"结语有韵致,胜张句。"(《诗慰初集·谢茂秦诗选》)张祜,唐诗人,字承吉,清河(今属河北)人。初寓姑苏,后至长安,为元稹排挤,遂至淮南,隐居而终。有《张处士诗集》。其《题润州金山寺》:"一宿金山寺,超然离世群。僧归夜船月,龙出晓堂云。树色中流见,钟声两岸闻。翻思在朝市,终日醉醺醺。"金山寺,在江苏镇江西北金山,东晋时建。次韵,亦称步韵,即依照所和诗中的韵及用韵的先后次序写诗。

〔2〕天汉:即天河、银河。

〔3〕瓜步:镇名。在江苏六合东南,南临大江,南北朝时为兵家必争之地。

春日书怀〔1〕

远道驰乡梦,归期隔岁华。山川醉里赋,鸡犬客中家。巷僻馀春雪,城高驻晚霞。邻翁讶疏懒,相见问生涯。

〔1〕此诗嘉靖四十三年(1564)作于长治,抒写羁旅思乡念亲的情怀。冯惟讷评曰:"似杜。"(《适晋稿》卷二)

送徐生归临清〔1〕

婚嫁了心事,翻多千里情。关山渺行色,风雨缓归程。旧业浮云尽,新愁芳草生。故园春又老,黄鸟断肠声。

〔1〕此诗嘉靖四十三年春作于长治,抒写游子思乡念亲之情。冯

惟讷评曰："情致。"(《适晋稿》卷二)徐生,山东临清人,疑为谢榛的女婿。

立秋登台有感〔1〕

归心几东向,大火却流西〔2〕。杖履临台迥〔3〕,云霞傍客低。
此身犹白鹤,何处更丹梯〔4〕?梧叶先凋落,今宵风露凄。

　　〔1〕此诗嘉靖四十三年作于长治。诗人登高骋目,触发了久客思
归和寻仙出世之感。冯惟讷评曰:"感怆。"(《适晋稿》卷三)
　　〔2〕大火:星名。见《客居篇呈孔丈》诗注〔9〕。
　　〔3〕杖履(lǚ吕):拄杖漫步。迥:高。南朝宋鲍照《学刘公幹体》诗
之二:"树迥雾萦集,山寒野风急。"
　　〔4〕丹梯:赤色之梯,喻寻仙访道之路。唐宋之问《发端州初入西
江》诗:"金陵有仙馆,即事寻丹梯。"

七夕敬、诚二君饯别,得秋字〔1〕

北斗挂城头,明河迥不流〔2〕。人间清露夜,天上白榆秋〔3〕。
聚散多岐路,悲欢自女牛〔4〕。谁知老来拙,回首故乡楼。

　　〔1〕此诗嘉靖四十三年作于长治。七夕,又要与友人分手,诗人聚
散感慨油然而生。宋辕文评曰:"秀健。"(陈子龙等《皇明诗选》卷九)沈

106

德潜评曰:"与'朝晖开众山'一种起手。"(《明诗别裁集》卷八)敬、诚二君,即朱胤柠、朱胤栟。朱胤柠,字敬轩。清源庄简王曾孙。有《重瞳老人诗》。朱胤栟,字诚轩。朱胤柠之弟。

〔2〕明河:天河。迥:指历时久。何景明《立秋寄献吉》诗:"夜迥商风至,天空大火流。"

〔3〕白榆:星名。《乐府诗集》卷三十七《陇西行》:"天上何所有,历历种白榆。"

〔4〕女牛:星名。即织女和牛郎二星。民间传说每年农历七月七日夜牛郎和织女相会。

中秋有感〔1〕

客边无节序〔2〕,吟啸往时同。故里苔三径〔3〕,名园桂几丛。琴樽孤夜月,朋旧各秋风。坐对青山好,苍茫灏气中〔4〕。

〔1〕此诗嘉靖四十三年作于山西太原。中秋团圆夜,诗人孤身远游,思亲念友之情弥漫心头。冯惟讷评曰:"写出寂寞,尽在句外。"(《适晋稿》卷三)

〔2〕节序:节令、节气。

〔3〕三径:西汉末,王莽专政,兖州刺史薛诩告病辞官,隐居乡里,于院中辟三径,仅与求仲、羊仲往来。后因常用三径指家园。

〔4〕灏(hào 浩)气:弥漫天地之气。

对酒[1]

吾爱李供奉[2]，冥然不可亲[3]。花前今日酒，地下古时人。
物色归心镜[4]，风骚在角巾[5]。相逢莫辞醉，百岁一浮尘。

〔1〕此诗嘉靖四十三年中秋节后作于太原，抒写了追慕李白，诗酒
漫游的志趣。冯惟讷评曰："千古襟期，风骚不减。"（《适晋稿》卷三）

〔2〕李供奉：即李白。以其曾为翰林供奉，故谓。

〔3〕冥然：恍惚不可捉摸貌。

〔4〕心镜：佛教语，谓心净如明镜，能照万象。这里指清净之心。

〔5〕角巾：方巾，有棱角的头巾。古代隐者的冠饰。

登东关寺浩然台[1]

老存浩然气，今上浩然台。世事成千古，商歌寄七哀[2]。树
高山色断，天迥雁声来。更与休公约[3]，秋花作意开[4]。

〔1〕此诗嘉靖四十三年秋作于太原。孔天胤评曰："高怀雅调。"
（《适晋稿》卷三）东关寺浩然台，即山西太原东关延寿寺后之浩然台。

〔2〕商歌：悲凉低沉的歌。商音凄凉悲切，故称。七哀：魏乐府的一
种诗题，为反映社会动乱，抒发悲伤感情的五言诗。《文选》载曹植《七
哀诗》吕向注："七哀，谓痛而哀，义而哀，感而哀，怨而哀，耳目闻见而

哀，口叹而哀，鼻酸而哀也。"

〔3〕休公：即惠休，南朝宋僧人。原名汤休，人称休上人。善作诗文，辞采绮艳，与鲍照齐名。后还俗，官至扬州从事史。此喻指东关寺僧侣。

〔4〕作意：故意、特意。

九日感怀〔1〕

楼上独临眺，悠然秋兴长。妻孥遥念老，朋好更怜狂。地转惟漳水，天连一太行。菊花惨无色，寂寞又重阳。

〔1〕此诗嘉靖四十三年重阳节作于太原。诗人将别情离绪移于菊花，菊花也"惨无色"了。孔天胤评第二联曰："他人有此，未必能言。"（《适晋稿》卷三）

秋怀〔1〕

东望太行路，巉岩几断崖。易归千里梦，难遣九秋怀〔2〕。夜色霜明树，寒声叶满阶〔3〕。著书思赵邸〔4〕，静掩旧茅斋。

〔1〕此诗与上诗作于同时，亦抒写思乡念亲之情。孔天胤评曰："险韵清言，如洒秋风戛瑶树。"冯惟讷评第三联曰："萧索可想。"（引文俱见《适晋稿》卷三）

〔2〕九秋:秋天。以秋季九十天,故谓。

〔3〕"寒声"句:谓秋叶落而有声,韩愈《秋怀诗十一首》云:"霜风侵梧桐,众叶著树干。空阶一片下,铮若摧琅玕。

〔4〕赵邸:指河南安阳赵王府。

无营〔1〕

无营诗亦苦,谩说有营劳。鸟宿三更转,松凉孤月高。客情疏晚计,人事重秋毫。我欲栖林壑,忘言醉浊醪〔2〕。

〔1〕此诗嘉靖四十三年作于太原。冯惟讷评曰:"清苦有味。"(《适晋稿》卷三)无营,无所谋求。

〔2〕浊醪:浊酒。

倚楼〔1〕

应接妨诗兴,淹留倍旅情。别家仍有累,浮世岂须名〔2〕?山远暮霞色,林疏秋雨声。此楼非我室,愁思度阴晴。

〔1〕此诗嘉靖四十三年作于太原。冯惟讷评曰:"前四句写出久客之况,读之使人不堪。"(《适晋稿》卷三)陈允衡评曰:"俱有栖栖之感,不独乱世为然也。"(《诗慰初集·谢茂秦诗选》)

〔2〕浮世:人间、人世。旧时认为世事虚浮无定,故称。

送儿元炳东还[1]

吾儿同入邺[2],今日汝先归。留滞乡音改,飘零旧业违。关河通古道,风雨倍春衣。寄我思亲泪,西原洒落晖[3]。

〔1〕此诗作于河南安阳,抒写客居在外思乡念亲之深情。东还,指由安阳回故乡山东临清。

〔2〕"吾儿"句:谓元炳嘉靖十三年(1534)随谢榛至安阳。邺,此指安阳。

〔3〕西原:西面之原野。

三台[1]

歌舞千年计[2],鸾舆去不回[3]。豪华空四野,霸业有三台。水阔云仍度,沙寒鸟独来。黄花风露里,寂寞为谁开?

〔1〕此诗作于安阳,由三台起兴,抒写豪华富贵无常的感慨。三台,即曹操所建之铜雀台、金虎台(又名金凤台)、冰井台。在今河北临漳西南邺镇西。

〔2〕"歌舞"句:曹操临终曾令施缦帐于台上,使宫人清晨在帐中望其陵墓歌舞。

〔3〕鸾舆:天子的乘舆,亦借指天子。此指曹操。

夜宿齐岭口[1]

空林烟火夜,茅宇暂幽栖。缺月低松杪[2],流星堕岭西。浩歌当绿酒,逸兴在丹梯[3]。不见功名客[4],飘然独杖藜[5]。

〔1〕此诗嘉靖三十七年(1558)夏作于第一次游嵩山、洛阳途中,歌吟放浪飘游,寻仙问道的志趣。齐岭口,在今河南济源齐子岭下。

〔2〕杪(miǎo 渺):树木的末梢。

〔3〕丹梯:指仙境之道。详见《立秋登台有感》注释〔4〕。

〔4〕功名客:入世追求功业和名声的人。

〔5〕杖藜:执持藜杖。杖,通仗。藜,一年生草本植物,茎直立,老可为杖。

夜登瑶台[1]

瑶台当绝顶,乘月一跻攀。河岳凭阑外[2],星辰拂袖间。身轻云自度,心远鹤俱闲。几欲招仙子,天风听佩环。

〔1〕此诗嘉靖三十七年夏作,写登山则情满于山。瑶台,在河南济源西北王屋山主峰天坛上。明李濂《游王屋山记》:"为天坛绝顶之游……至绝顶……乃陟三级瑶台,极其遐览……于是东望海岱,西眺昆

丘,北顾析城,南俯黄河如线,嵩山少室隔河对峙,咸聚目前。下视华盖诸山,卑如培塿。窃忆天下奇观,无逾此者。"

〔2〕凭阑:身倚栏杆。

山晚〔1〕

日落川原迥〔2〕,商歌独放情〔3〕。千峰连暮色,万木乱秋声。流水相回合,闲云自送迎。人家隔烟浦,灯火望中明。

〔1〕此诗抒写山中晚行,意象跳跃,境界开阔明丽,表现了诗人出游的勃勃兴致,当为谢榛早期(1550年以前)的作品。

〔2〕迥:遥远,僻远。

〔3〕商歌:悲凉的歌。详见《登东关寺浩然台》诗注释〔2〕。

春闺〔1〕

深院飞花急,临风秖自哀。又看春色老,坐使玉颜摧〔2〕。落月窥琴室,流尘上镜台。窗前有梅树,岁暮待君开。

〔1〕此诗写闺情,曲折微妙地揭示了少妇伤心而又满怀期待的内心世界。陈允衡评曰:"古调。"(《诗慰初集·谢茂秦诗选》)

〔2〕坐:空、徒然。摧:悲痛、哀伤。

登榆林城[1]

凭高望不极[2]，天外一鸿过。万岭夕阳尽，孤城寒色多。芦
笳满亭堠[3]，羽檄度关河[4]。遥忆龙庭士[5]，严霜正荷
戈。

〔1〕此诗作于嘉靖二十六年（1547）秋，写边塞的空阔险恶和守边
将士枕戈待旦的紧张气氛。榆林城，今河北怀来东榆林堡。

〔2〕不极：无穷、无边际。

〔3〕芦笳：古代一种管乐器。以芦叶为管，管口有吹簧，管面有音
孔。军营巡哨常用之。亭堠（hòu 后）：古代边境上用以瞭望和监视敌情
的岗亭、土堡。

〔4〕羽檄：古代军事文书，插鸟羽以示紧急，必须迅速传递。

〔5〕龙庭士：泛指守边将士。李白《古风》之六："昔别雁门关，今戍
龙庭前。"龙庭，古代匈奴单于祭天地之处，在今蒙古国鄂尔浑河西侧的
和硕柴达木湖附近。此借指匈奴等。

野 望[1]

西北消烽火，边关罢檄书[2]。寒声惟鸟雀，野色但村墟。石
秃烧山后，崖明带雪初。谁为筹国者？云物渺愁予。

〔1〕此诗嘉靖四十三年(1564)冬作于山西代北。严冬,虽然边患稍息,但放眼望去,一片凄惨残败景象,触发了诗人无限的边愁。《诗慰初集·四溟山人集》民国董氏刻本眉批:"一气呵成之作。"

〔2〕檄书:古代文书、文告的一种。即官府用以征召、晓谕、声讨等的文书。

除夕有怀时家口五人尚寓晋阳旧馆[1]

除夕归期过,孤帏嗟未休[2]。翻疑虏消息,转使客淹留[3]。积雪寒连塞,明星晓近楼。遥知不寐处,并得两年愁。

〔1〕此诗嘉靖四十三年除夕作于代州。冯惟讷评曰:"想象室家,相忆之情,四十字道尽。"(《适晋稿》卷四)陈允衡评曰:"一字一转,此乃得杜之神,令人咏叹不尽。"(《诗慰初集·谢茂秦诗选》)

〔2〕孤帏:孤单的床帐。指独居。

〔3〕淹留:久留。

刘计部伯东、申参戎德承出饯郊亭[1]

久滞边城客,相知遽别难。山人非禄食[2],世事转忧端。日暮鸦声乱,春初野色寒。醉来能上马,犹作壮年看。

〔1〕此诗嘉靖四十四年(1565)春作于山西太原。谢榛即将赴汾

州,当友人送别之际,别情依依犹不忘"世事"之忧。陈允衡评曰:"最不易到。"(《诗慰初集·谢茂秦诗选》)刘伯东,即刘宗岱。字伯东。山东济南人。嘉靖己未(1559)进士,曾为户部主事,山西沁州知州,官至副使。计部,即户部。申德承,未详。参戎,明代武官参将之俗称。

〔2〕禄食:指供职官府享有俸禄。

客居即事〔1〕

客居何懒慢,过午尚科头〔2〕。老得医书喜,闲增诗债愁〔3〕。春寒风偃树,天晚雪明楼。莫谓常漂泊,西来是壮游。

〔1〕此诗嘉靖四十四年春作于山西太原。诗人四处漫游,虽历尽艰辛,仍豁达自适,壮心不已。陈允衡评曰:"三、四亦有放翁在内。"(《诗慰初集·谢茂秦诗选》)《诗慰初集》民国董氏刻本眉批评第六句曰:"五字可传。"(同上)

〔2〕科头:结发不戴冠。形容生活散漫。

〔3〕诗债:别人乞诗或索和尚未酬答,有如负债,故称。

偶题〔1〕

垂老尚多事,坐思伤我神。衔恩曾有雀〔2〕,负德竟何人?野旷横流夕,山深毒草春〔3〕。相逢且樽酒,披豁见谁真〔4〕?

〔1〕此诗嘉靖四十四年夏作于山西汾州,似为与李攀龙的矛盾而作。虽然此事已过十馀年,但诗人心灵的创伤难以愈合。冯惟讷评曰:"使翳桑之人闻此,宁不艴(fú 弗)然。"又评第三联曰:"意外意。"(《适晋稿》卷五)

〔2〕"衔恩"句:白居易《有双鹤留在洛中,忽见刘郎中依然鸣顾,刘因为鹤叹二篇寄予,予以二绝答之》其二:"荒草院中池水畔,衔恩不去又经春。"衔恩,感恩。

〔3〕"野旷"二句:喻环境险恶,小人猖狂。

〔4〕披豁:开心见诚。

述 感[1]

菉葹混芳蕙[2],不语一心闲。高枕是非外,端居醒醉间。溪深多白鸟,地胜几青山。更有清风伴,翛然时往还[3]。

〔1〕此诗与《偶题》作于同时。诗人激于世情贤恶、美丑不分,而发超然于世非外之感慨。孔天胤评第二联曰:"高尚不凡。"(《适晋稿》卷五)

〔2〕"菉葹(lù shī 路失)"句:谓贤恶、美丑不分。菉葹:即荩草和葈耳,皆恶草。此喻丑恶。屈原《离骚》:"薋菉葹以盈室兮,判独离而不服。"

〔3〕翛然:无拘无束、自然超脱的样子。

117

中秋夜南园同故人酌[1]

不谒金张第[2]，相期松桂边。人须今夜酒，月朗故乡天。归
思逢秋色，狂歌度老年。阴晴如可定，早上玉峰巅[3]。

〔1〕此诗嘉靖三十三年(1554)作于京师，抒写倦游归隐之情。

〔2〕金张:指汉金日磾和张汤。金家自汉武帝至平帝,七世为内侍。
张家自汉宣帝、文帝以来,为侍中、中常侍者十馀人。后因以"金张"为
功臣世族的代称。

〔3〕玉峰:道教七十二福地中第五十六福地。在西都京兆县,属仙
柏户所治。

暮秋集小山王孙第,分得新字[1]

悲秋仍菟苑[2]，华发几茎新。黄菊频催老，青山久待人。交
情且樽俎，世事各风尘。醉别王孙去，天涯草自春[3]。

〔1〕此诗嘉靖二十三年(1544)作于河南开封。小山,即朱安㳦。周王
府宗室,一岁丧生母,事父与继母至孝……年近七十,追慕生母,庐于墓侧。

〔2〕菟苑:即梁园,在今河南开封东南,西汉梁孝王刘武修。

〔3〕"醉别"句:用白居易《赋得古原草送别》"又送王孙去,萋萋满
别情"句意。

送范中丞尧卿镇赣州四首(选一)^{〔1〕}

其四

重镇行期迫^{〔2〕},孤怀驿道赊^{〔3〕}。我还漳水曲,君向楚天涯。
聚散今多感,风骚旧一家。遥知大庾岭^{〔4〕},相忆有梅花^{〔5〕}。

〔1〕此诗作于嘉靖三十八年(1559)秋范钦以右副都御史巡抚赣州之时。陈卧子评曰:"意景凄爽。"(陈子龙等《皇明诗选》卷九)朱琰评曰:"结语得体。"(《明人诗钞》正集卷十)范尧卿,即范钦。字尧卿,又字安卿。鄞县(浙江宁波)人。嘉靖十一年(1532)进士,除随州知州,入为工部员外,出为袁州知府,迁江西按察副使,累官为右副都御史,巡抚南赣,迁兵部右侍郎解官归里,起天一阁,藏天下异本。著有《天一阁集》。赣州,今属江西。

〔2〕重镇:指国家倚重的大臣。《三国志·吴志·王蕃传》:"(常侍王蕃)处朝忠謇,斯社稷之重镇,大吴之龙逢也。"

〔3〕赊(shā 沙):遥远。

〔4〕大庾岭:一名台岭、梅岭,又名东峤山、凉热山。为五岭之一。在今江西大余和广东南雄二县之间。历代为南北交通要隘。

〔5〕"相忆"句:用陆机寄范晔一枝梅之典。《太平御览》卷九百七十引盛弘之《荆州记》:"陆机与范晔相善,自江南寄梅花一枝,诣长安与晔,并赠花诗曰:'折花逢驿使,寄与陇头人。江南无所有,聊赠一枝春。'"

题山水图二首

川原人不到,尽日草亭闲。秋晚树摇落,天高云往还。沙边多白鸟[1],湖上一青山。榜子复何处[2]?暝投红蓼湾[3]。

石树重阴合,郊亭远色分。泉飞半空雨,江落数峰云。幽兴自深坐,长歌谁更闻?申生今白首[4],无意待玄纁[5]。

〔1〕白鸟:白羽之鸟,指鹤、鹭之类。

〔2〕榜(bàng 棒)子:船工。

〔3〕红蓼(liǎo 潦,读第三声):红色的蓼草。多生于水边。

〔4〕申生:指东汉申屠蟠,字子龙,外黄(今河南民权)人。隐居精学,博贯五经,兼明图纬,见汉室陵夷,乃绝迹梁砀间,屡征不起。

〔5〕玄纁(xūn 勋):指黑色或浅红色的币帛。后世帝王常用以为聘请贤士的贽礼。《抱朴子·逸民》:"昔(汉)安帝以玄纁玉帛聘周彦祖,恒帝以玄纁玉帛聘韦休明,顺帝以玄纁玉帛聘杨仲宣……"

洛阳怀古[1]

百战龙蛇定[2],中原旧帝居。邙山谁酹酒[3],落日自停车。汉室浮云过[4],周京乱草馀[5]。即今苏季子[6],秪合老田庐。

〔1〕此诗作于嘉靖三十七年(1558)谢榛第一次游河南洛阳、嵩山之时,发思古之幽情,感叹人事沧桑。

〔2〕龙蛇:喻指成功者和失败者。唐栖一《垓下怀古》:"弓指阵前争日月,血流垓下定龙蛇。"

〔3〕邙(máng忙)山:又名邙坂、北邙山,在洛阳北。自东汉建武十一年(35),王侯公卿多葬于此。沈佺期《邙山》:"北邙山上列坟茔,万古千秋对洛城。"酹:把酒浇在地上,表示祭奠。

〔4〕汉室:此指东汉,曾建都于洛阳。

〔5〕周京:周曾以洛阳为东都。

〔6〕苏季子:即苏秦(? —前284),战国时东周洛阳人。初说秦惠王吞并天下,不用。后游说燕、赵、韩、魏、齐、楚六国,合纵抗秦,佩六国相印,为纵约之长。后纵约为张仪所破,则至齐为客卿,因与齐大夫争宠,被刺死。

达 廮 洞〔1〕

长江折芦后,面壁此高岑。祇树抱岩古〔2〕,法云垂洞深〔3〕。
石存一片影〔4〕,天印万年心。徒使登攀客,松风听梵音〔5〕。

〔1〕此诗作于嘉靖三十七年夏谢榛游嵩山之时。达廮洞,在嵩山少林寺西北的五乳峰上。石洞幽邃,深约七米,宽三米。达廮,一般作达磨、达摩,本名菩提多罗,天竺人。《渊鉴类函》卷三百十七《戒律二》引《神僧传》曰:"天竺菩提达磨,梁武帝普通元年(520)泛海至金陵,与帝语,师知机不契,遂去梁,折芦渡江,止嵩山少林寺,终日面壁而坐,九年

形入石中,拭之益显,人谓其精诚贯金石也。"

　　〔2〕祇树:祇陀太子所置之园林,详见《宝庆寺见桂花》注释〔3〕。此指佛界之树。

　　〔3〕法云:佛家语。谓佛法如云涵盖一切。

　　〔4〕"石存"句:达摩面壁石,石形似达摩面壁之像。清姚元之《竹叶亭杂记》:"河南少林寺后殿前设供桌,供一石,高几二丈强,上下宽五、六寸不等,即之一粗石,了无异处,向之后退,至五、六尺外,渐有人形,至丈馀,则俨然一活达摩坐镜中矣,腮边短髭,若有动意。"

　　〔5〕梵音:指佛、菩萨的声音。

维扬兵后寄张金宪士直〔1〕

羽书飞不绝〔2〕,东望海天遥。旗杂广陵树〔3〕,兵喧扬子潮。材官曾几战〔4〕,壮士莫轻招。独立多悲感,江城飒晚飙。

　　〔1〕此诗嘉靖三十六年(1557)作于河南安阳。诗人关注倭患,悲感不已。《明通鉴》卷六十一:"(嘉靖三十六年)五月,癸丑,倭转掠扬、徐二州,遂入山东界,官兵御之,多败,百户刘魁、许勇、邵宗智、王介等死之。"维扬,江苏扬州旧时的别称。张士直,曾官刑部主事,当时正任金都御史(金宪)。馀未详。

　　〔2〕羽书:即羽檄,紧急的军事文书。

　　〔3〕广陵:广陵郡,隋代治所在江都(今扬州)。

　　〔4〕材官:秦汉始置的一种地方预备兵兵种,多为步兵。亦泛指武卒或供差遣的低级武职。杜甫《诸将》之一:"多少材官守泾渭,将军且莫破愁颜。"

酬王郡丞明辅见寄[1]

相逢胡马后,南北重予哀[2]。雁逐边声起,鲸翻海色来。朝端收众议[3],河朔滞君才[4]。安得同樽酒,长歌魏武台[5]。

〔1〕此诗嘉靖三十四年(1555)作于安阳。南倭北寇之患,也成了诗人酬答的主要内容。王明辅,即王道行,字明辅(又作明甫),阳曲(今属山西太原)人。嘉靖二十九年(1550)进士,初授邓州知州,迁大名府同知,转苏州知府,升应天副使、陕西参政,再升河南按察使、四川布政使。以耿介忤当路归,杜门著书。有《桂子园集》行于世。郡丞,官名,秦汉于郡守下设郡丞,辅佐郡守。此指府同知。

〔2〕"南北"句:伤南倭北寇。自1552年至1555年写此诗时,北方俺答、把都儿、小王子、打来孙等侵扰不断;南方倭寇更是日益猖獗,大肆掳掠江浙等长江下游地区及福建等地。

〔3〕朝端:朝廷。

〔4〕河朔:指黄河以北地区。

〔5〕魏武台:即邺台。在河北临漳西南邺镇西,曹操建。

哀江南八首[1]

为说江南胜,豪华异往年。波涛扬子夕[2],风雨秣陵天[3]。

岁苦兵间赋,春荒战后田。都门迟飞挽[4],何处泊吴船?

昆明未习战[5],南伐转忧深。兵气连瓜步[6],人烟断柘林[7]。吴姬穷海泪,燕将故关心。何日铙歌转[8],苍生望捷音。

战马嘶江上,寒生枫树村。新兵五都尽[9],旧业几家存。共倚中朝盛,谁将上策论?梁鸿避世者,宁复老吴门[10]?

召募今南讨,中原羽檄过。几年纤策定[11],一战赏功多。雾变青山色,天横沧海波。飘零国士老[12],长望一悲歌。

华亭未奏捷[13],烽火更西湖[14]。海舰贼来去,天兵功有无。人心多为汉,国计竟全吴[15]。野哭征求尽,苍茫寒月孤。

古来兵不到,湖里洞庭山[16]。日惨干戈际,云愁猿鸟间。少年应习武,幽士且栖闲。纵熟黄柑酒[17],谁能长醉颜?

江山天设险,满目战图秋。东海兵停棹,西风客倚楼。朝廷存大体,斧钺系深忧。不信征南将,功成早白头。

氛祲频年动[18],东南尽处看。海摇千舰出,兵犯七闽寒[19]。杀伐宁无定,凭陵信有端[20]。遥闻日本使,犹自贡长安。

〔1〕此组诗嘉靖三十四年秋作于安阳。《明通鉴》卷六十一:"(嘉靖三十四年)五月……乙巳,倭率舟三十馀艘,约千馀人,自海洋突犯苏州,登岸肆劫。复有新倭千馀,合犯苏州之陆泾汛。南京都督周于德引兵赴援,一战而败,镇抚孙宪臣被杀。贼遂分其众为二;一北掠浒墅关,一南掠吴县、横塘等镇,延蔓常熟、江阴、无锡之境,出入太湖,莫能御者。"面对这一现实,诗人抒写了强烈的忧国忧民之情。

〔2〕扬子:即扬子江。古指今仪征、扬州一带的长江。

〔3〕秣(mò 沫)陵:即今南京。

〔4〕飞挽:即飞刍挽粟,急速运送粮草。

〔5〕昆明:即昆明池。汉武帝元狩三年(前 120)于长安西南郊所凿,以习水战。

〔6〕瓜步:镇名。在江苏六合东南,南临大江,南北朝时为兵家必争之地。

〔7〕柘林:柘树林。柘,桑科。落叶灌木或小乔木,叶可饲蚕,材可制弓,木汁能染赤黄色。

〔8〕铙歌:见《北征二首》注释〔9〕,这里指凯歌。

〔9〕五都:五方都会。泛指繁华的都市。

〔10〕"梁鸿"二句:东汉扶风平陵(今陕西咸阳西北)人梁鸿,家贫好学,不求仕进,与妻孟光同入霸陵山中,以耕织为业。后避祸去吴,为人春米,每归来,孟光为之备食,举案齐眉。吴门,旧时苏州的别称。

〔11〕纡(yū 迂)策:反复谋略。

〔12〕国士:一国中最优秀或最勇敢、有力量的人。《左传·成公十六年》:"皆曰:国士在,且厚,不可当也。"

〔13〕华亭:在今上海松江西。

〔14〕西湖:此指杭州西湖。

〔15〕"人心"二句:指江南之地为战事耗尽人力、财力。

〔16〕洞庭山:在江苏吴县西南太湖中,有东洞庭山和西洞庭山,东西相峙,产橘柚。

〔17〕黄柑酒:洞庭山特产,以黄柑所酿之酒。

〔18〕氛祲(jìn 近):妖气。此指倭寇。

〔19〕七闽:古代居住在福建和浙江南部的闽人分为七族,故称。此指福建。

〔20〕凭陵:侵犯。

过故居有感二首予故宅久属王氏[1]

旧业成暌远[2],亲朋久失群。百年生长地,一片往来云。独立空流水,长吟但落曛[3]。结茅何日定[4],西陇事耕耘[5]。

飘零三十春,下马问比邻。相见弟兄老,堪嗟门巷新。行踪犹泛梗[6],世故一浮尘。王谢豪华地,殊非旧主人[7]。

〔1〕此诗嘉靖四十年(1561)秋作于山东临清。谢榛移家安阳,漫游四海,重归久违的故里,面对人事沧桑,心潮起伏,无限感慨。故居,在临清砖城西门外火神庙附近。

〔2〕暌(kuí 葵)远:远离。

126

〔3〕落曛：落日、夕阳。

〔4〕结茅：结茅为屋。此指回故乡定居。

〔5〕西陇：西面陇亩间。

〔6〕泛梗：泛动在水面的萍草和树梗。比喻飘泊不定。

〔7〕"王谢"二句：化用刘禹锡《乌衣巷》："旧时王谢堂前燕，飞入寻常百姓家。"感叹人事沧桑。

九日方晦叔同登北城楼，兼示真上人二首〔1〕

相期赋九日，倚堞兴何饶〔2〕。天若来风雨，人应感寂寥。长河明远色〔3〕，寒柳净疏条。更爱东林胜〔4〕，谈禅坐此宵。

登高有惠远〔5〕，揽胜即庐山。幽事知谁重，浮生得此闲。乾坤惟旧侣，霜露各衰颜。莫待黄花老，明朝更一攀。

〔1〕此诗嘉靖四十年九月九日作于临清，字里行间饱含着游子对故乡的眷恋。九日，指农历九月九日，重阳节。方晦叔，即方元焕，字晦叔，一作子文，号两江。山东临清人。嘉靖丁酉（1537）举人。善书法和古文辞。真上人，临清某寺僧侣，无考。

〔2〕堞：城墙上凸凹状的矮墙，也称女墙。饶：多、丰富。

〔3〕长河：指卫河和会通河（北运河）。二河在临清汇而为一。

〔4〕东林：东林寺。此指真上人所在的寺院。

〔5〕惠远：即东晋高僧慧远。此指真上人。

重九夜吴希实隐君馆陪饯君揖诗人二首[1]

开樽当节序,归思莫匆匆。秋色犹南菊,寒声自北鸿。几人心迹定,万事古今同。旷达真吾辈,何如栗里翁[2]。

茱萸共把玩[3],聚散复何愁。秉烛重阳过,移樽片月留。我挤同调侣[4],君醉异乡秋。别后多诗兴,还登何处楼?

〔1〕此与上二诗同时同地作。吴希实,临清人,布衣。君揖,指吴君揖,新安(今浙江淳安)人,布衣。

〔2〕栗里翁:即陶潜。栗里,在今江西九江南陶村西,陶潜曾居此。白居易《访陶公宅》:"柴桑古村落,栗里旧山川。"

〔3〕茱萸(zhū yú 朱余):植物名。有山茱萸、吴茱萸、食茱萸三种。生于川谷,其味香烈。古代风俗,阴历九月九日重阳节佩带茱萸,以祛邪避灾。王维《九月九日忆山东兄弟》:"遥知兄弟登高处,遍插茱萸少一人。"

〔4〕挤:指豁出去畅饮。

暮秋柬徐别驾载卿[1]

南征秋转剧,不寐夜漫漫。白发艰虞尽[2],沧洲去住难[3]。旌旗连野暗,兵甲照江寒。选将须臾事,谁能议筑坛[4]?

128

〔1〕此诗嘉靖三十六年(1557)作于安阳。《明史》卷十八:"(嘉靖)三十六年……五月癸丑,倭犯扬、徐,入山东界。……辛未,倭犯天长、盱眙,攻泗州,丙子犯淮安。六月乙酉兵备副使于德昌,参将刘显败倭于安东。"诗人伤于倭患,感慨万端,彻夜难眠。卢楠评曰:"貌瘁而神不伤。"(李攀龙、陈子龙《明诗选》卷四)

〔2〕艰虞:艰难忧患。

〔3〕沧洲:滨水的地方。古时常用来称隐士的居处。谢朓《之宣城郡出新林浦向板桥诗》:"既欢怀禄情,复协沧洲趣。"

〔4〕筑坛:此指筑坛拜将。《汉书·高帝纪上》:"汉王斋戒设坛扬,拜信为大将军,问以计策。"后因以"筑坛拜将"指仰仗贤能。

暮秋闻倭寇稍平,寄上南都大宗伯孙公,兼怀太史文和二首〔1〕

才罢江南战,凭高动越吟〔2〕。涛声翻日暮,兵气结秋阴〔3〕。听履青天远〔4〕,含香紫雾深〔5〕。世传修汉史〔6〕,谁识二班心〔7〕?

省中霜叶下〔8〕,百感向斜晖。北饷多留滞,南征几是非。寸丹经国远〔9〕,尺素到家稀〔10〕。共拟孙弘阁〔11〕,无劳说布衣。

〔1〕此二首嘉靖三十六年作于安阳,较上首稍晚。卢楠评第一首

129

曰："建英标于七子，踵华躅于三谢。"（李攀龙、陈子龙《明诗选》卷四）李、陈《明诗选》卷四眉批："当是乱后所寄。佳致。"（同上）孙公，指孙升（1501—1560），字志高，号季泉，余姚（今属浙江）人。嘉靖乙未（1535）进士，授编修，累官礼部侍郎，丁巳（1557）晋升为南礼部尚书，庚申（1560）六月二十日病卒。有《孙文恪集》。曾参与修纂《大明会典》等。大宗伯，即礼部尚书。文和，即孙铤（1528—1570），孙升之子，字文和，号正峰，更号前峰。嘉靖癸丑（1553）进士，选庶吉士，授编修，分校《永乐大典》，纂修《承天大志》。隆庆元年（1567）晋左春坊左中允，历侍读学士、国子祭酒，隆庆四年擢南京礼部侍郎，未任卒。

〔2〕越吟：指思乡念国之情。典出《史记·张仪列传》：战国时越人庄舃仕楚，爵至执珪，虽富贵不忘故国，病中吟越歌以寄乡思。

〔3〕兵气：战争气氛。秋阴：秋季。春、夏为阳，秋、冬为阴，故谓。

〔4〕听履：指帝王亲近的重臣。典出《汉书·郑崇传》：郑崇被擢为尚书仆射，"每见曳革履，上（汉哀帝）笑曰：'我识郑尚书履声。'"

〔5〕含香：即含香署，指尚书省。以尚书郎对上奏事答对时，口含鸡舌香以去秽，故称。紫雾：指贤者居处紫色的云雾。

〔6〕汉史：汉书。此泛指史籍。

〔7〕二班：东汉班彪、班固父子。班彪（3—54），字叔皮，扶风安陵（今陕西咸阳东北）人，东汉史学家，作《史记后传》65篇；班固（32—92），字孟坚，东汉史学家、文学家，继其父《史记后传》修成《汉书》，有《两都赋》、《白虎通义》等。此指孙升、孙铤父子。

〔8〕省中：《文选》载左思《魏都赋》："禁台省中，连闼对廊。"张铣注："禁台省中，丞相诸曹司也。"

〔9〕寸丹：寸心所具之忠诚。

〔10〕尺素：书信。

〔11〕孙弘阁：指款待宾客、招纳贤才之所。《汉书·公孙弘传》：

"时上方兴功业,屡举贤良,弘自见为举首,起徒步,数年至宰相封侯,于是起客馆,开东阁以延贤人,与参谋议。"

老怀[1]

残年百事过,阅世复何言。多病仍春草,全家岂故园。游丝风不定,乱雀日相喧。我欲从丹侣[2],青山静掩关。

〔1〕此诗嘉靖三十六年春作于安阳,抒写倦游厌世、超然红尘之情。

〔2〕丹侣:指道士。道家持修丹炼气之说,故称。

赠卢次楩三首(选一)[1]

其二

谁识丰城剑,天空紫气高[2]。老来悲道路,醉后益风骚。物议冰霜过[3],才名岁月劳。一寒今范叔,谁复赠绨袍[4]?

〔1〕此诗嘉靖三十六年春作于安阳,感叹卢楠怀才不遇。卢楠评曰:"茂秦故多意气人,能作此肝膈语。"(李攀龙、陈子龙《明诗选》卷四)卢次楩,即卢楠,详见《张令肖甫郊饯闻笛,兼慰卢次楩》注释〔1〕。

〔2〕"谁识"二句:《晋书·张华传》:"初,吴之未灭也,斗牛之间,常有紫气,道术者皆以吴方强盛,未可图也。惟华以为不然。及吴平之后,紫气愈明。华闻豫章人雷焕妙达纬象,乃要焕宿,屏人曰:'可共寻天文,知将来吉凶。'因登楼仰观,焕曰:'仆察之久矣,惟斗牛之间,颇有异气。'华曰:'是何祥也?'焕曰:'宝剑之精上彻于天尔。'……因问曰:'在何郡?'焕曰:'在豫章丰城。'……华大喜,即补焕为丰城令。焕到县掘狱屋基,入地四丈馀,得一石函,光气非常,中有双剑,并刻题,一曰龙泉,一曰太阿。其夕,斗牛间气不复见焉。"此喻卢楠有才气。

〔3〕物议:众人议论。冰霜:比喻冷漠严峻的心境和情态。

〔4〕"一寒"二句:战国魏人范雎(字叔)。初事魏中大夫须贾,贾诬通齐,魏相魏齐使人笞击雎,佯死得免。更名张禄入秦,被用为相,屡败韩、赵之师。后须贾出使入秦,范雎故着敝衣往见,贾怜其寒,取一绨(tí题)袍为赠,旋知为相,大惊请罪,雎以贾赠绨袍,有眷恋故人之意,故释之。此谓卢楠潦倒落魄、怀才不遇。

哭弟松四首〔1〕

多病吾乃在,沉酣尔遽休〔2〕。相依堪共老,永别杳难求。伏腊还新酒〔3〕,风烟岂故丘? 漳河暮转急,呜咽正东流。

吾弟忽长往,孤魂应向东。在家忧患过,为客去留同。白日身何懒,清樽老不空。至今城北路,陇树起北风。

汝兄今欲老,汝侄已成行。春草空经眼,秋风益断肠。敝裘馀虮虱,孤馆但蛩螿〔4〕。梦里论归计,宁知隔杳茫?

涕泪洒连枝〔5〕,冥冥长别离。可怜生事尽,无那旅魂悲。古木风鸣夜,寒城月落时。天教汝不死,同有故乡期。

〔1〕此诗约于嘉靖三十六年前后作于安阳。诗人哀悼亡弟,撕心裂肺,情笃意浓,格调深沉。

〔2〕沉酣:熟睡貌,此指长眠。

〔3〕伏腊:秦汉时,夏天的伏日、冬天的腊日,都是节日,合称伏腊。《汉书·杨敞传》附杨恽《报孙会宗书》:"田家作苦,岁时伏腊,烹羊炮羔,斗酒自劳。"

〔4〕"敝裘"二句:谓自己飘游在外,穷困潦倒,孤苦伶仃。蛩螿(jiāng 浆):蟋蟀和寒蝉。螿,即寒蝉。蝉之一种,似蝉而小,青赤。《礼记·月令》:"凉风至,白露降,寒蝉鸣。"

〔5〕连枝:两树的枝条连生在一起,此喻同胞兄弟。

王元美镇青州,赋此寄怀〔1〕

当年客燕市,官舍每经过。促膝寒灯尽,论心夜雨多。别来成老病,愁里问兵戈。北海开樽日〔2〕,何人共醉歌?

〔1〕此诗嘉靖三十六年作于安阳。王元美,即王世贞,详见《元夕道院,同公实、子与、于鳞、元美、子相五君得家字》注释〔1〕。王世贞嘉靖三十五年十月升山东按察司副使,三十六年一月抵青州任。青州,治

133

所在今山东益都。

〔2〕北海:郡名,汉置。即今山东益都、寿光、昌乐、潍坊、昌邑、高密等地。

寄周郡丞准卿,时吴中水患有感[1]

不尽江湖感,君仍佐一州。惊波荡白日,积雨入清秋。地倍吴粳价[2],天加汉阙忧[3]。谁同此怀抱,北望独登楼。

〔1〕此诗作于嘉靖四十年(1561)秋。周准卿,江苏吴中某州同知,馀未详。吴中水患,《明通鉴》卷六十二:"(嘉靖四十年)九月……苏、松、常、镇、杭、嘉、湖七府大水,平地水深数尺。"

〔2〕粳(jīng 京):即粳米,粗稻碾出的米。

〔3〕汉阙:此指朝廷。

吴人郑速季入邺省兄中伯,每谈倭寇之乱,久而思归,赋此以赠三首(选二)[1]

其二

江南兵未息,朝野共忧端。战伐疲吴税,功名老汉官。天空山雾惨,地坼海涛寒[2]。妻子书难达,华亭梦里看[3]。

134

其三

我惜吴门客,言归动是哀。形容愁里变,离乱死中来。家远身犹滞,田荒赋几催。时清渡江去,长啸虎丘台〔4〕。

〔1〕此诗约于嘉靖三十六年前后作于安阳。嘉靖三十二年以来,倭寇猖獗,长江下游人民深受其害,妻离子散,田园荒芜。感此念此,诗人忧虑万端,形诸吟咏。郑速季,江苏昆山人,布衣,郑若庸之弟。

〔2〕坼(chè 撤):裂开。

〔3〕华亭:在今上海松江西。嘉靖三十五年正月,官军击倭于松江,败绩;四月倭寇再度掳掠上海等地。

〔4〕虎丘:山名,一名海涌山,在江苏苏州西北。山中有剑池和千人坐石。

楼居秋夜

短筇不到地〔1〕,老子爱楼居。徙倚常科发〔2〕,疏慵肯著书。窗高生月早,檐迥接天虚。万户灯明灭,秋光澹自如。

〔1〕短筇:短杖。筇,竹名,宜于制杖,故亦泛称手杖。

〔2〕科发:发未梳理。

人日感怀[1]

新岁偏多感,新诗不可无。阴晴人日过,江海客星孤[2]。春兴梅仍发,乡心雁一呼。酒怀堪自慰,时复遣儿沽。

〔1〕此诗嘉靖三十七年(1558)正月初七作于安阳,抒写游子流寓思乡念亲之情。人日,农历正月初七。《北齐书·魏收传》:"魏帝晏百僚,问何故名人日……收对曰:'正月一日为鸡,二日为狗……七日为人。'"

〔2〕客星:此指客游之人。

集马云从园亭有感[1]

江南疲赋税,江北重征求。谁复三齐念[2]?君应两地忧。霜高残树色,风急乱河流。最感童谣处,斜阳倚郡楼。

〔1〕此诗感叹江南、江北赋税沉重。马云从,河南安阳人,馀未详。

〔2〕三齐:秦亡,项羽将齐国故地分立为齐、胶东、济北三国,皆在山东东部,后泛称三齐。《史记·项羽本纪》:"(田荣)并王三齐。"裴骃集解:"《汉语音义》曰:齐与济北、胶东。"

有怀〔1〕

秋风起邺城〔2〕,重我故园情。林壑居难定,渔樵计未成。野云随浪迹,村酒脱浮名〔3〕。欲赋多忧思,何如阮步兵〔4〕?

〔1〕此诗抒写诗人客游不定的乡情和感慨。

〔2〕邺城:此指河南安阳。谢榛嘉靖十三年(1534)即由故乡临清移家客居安阳。

〔3〕"野云"二句:自言客寓在外,影踪不定,自酿自饮,摆脱虚名。野云,野外之云,此喻游子。浪迹,到处漫游,影踪不定。村酒,农家自酿的酒。浮名,虚名。

〔4〕阮步兵:即阮籍,其《咏怀》诗八十馀首,多表现忧思与苦闷。详见《秋风歌呈孔方伯汝锡》注释〔9〕、〔10〕。

寄王苏州二首 时有倭寇之乱〔1〕

岳牧今逾重〔2〕,忧端坐永宵。岁侵疲郡邑〔3〕,时议到渔樵〔4〕。云暗青山路,江喧白日潮。伤心兵火后,几度望枫桥〔5〕。

欲定苍生业,还从旧俗看。忧来宁在远,乱后益知难。理郡春云动,论兵海日寒。吴中诸父老,相见问加餐〔6〕。

〔1〕此诗嘉靖三十八年(1559)作于安阳,字里行间流露了诗人对吴中人民饱受倭患的关切和忧虑。王苏州,即王道行,见《酬王郡丞明辅见寄》注释〔1〕。光绪本《苏州府志》卷五十二:"王道行,阳曲人,嘉靖三十八年由凤翔改任(知府),四十一年升常镇兵备。"

〔2〕岳牧:封疆大吏的泛称,此指知府。

〔3〕岁侵:犹侵岁,即全年收成绝产。

〔4〕渔樵:渔夫和樵夫。此泛指劳动人民、老百姓。

〔5〕枫桥:在江苏吴县阊门西,本称封桥,后因唐张继《枫桥夜泊》得此名。张祜《枫桥》:"唯有别时今不忘,暮烟疏雨过枫桥。"

〔6〕加餐:慰劝之辞,谓多进饮食,保重身体。《后汉书·桓荣传》:"愿君慎疾加餐,重爱玉体。"

关山月〔1〕

皎皎长空月,星河半有无。光连玉关静〔2〕,寒傍雪山孤。沙雁时凄断,林猿夜啸呼。征人增百感,把剑立平芜〔3〕。

〔1〕关山月:汉乐府横吹曲名。多写边塞士兵久戍不归和家人互伤离别之情。

〔2〕玉关:即玉门关,在今甘肃敦煌西北。

〔3〕平芜:平旷的原野。

明妃词〔1〕

凤阙虚归梦〔2〕,龙城重远愁〔3〕。黄沙连塞起,黑水入荒流〔4〕。泪尽琵琶夜,魂消觱篥秋〔5〕。谁怜万里外,风雪满貂裘。

〔1〕明妃:即汉元帝宫人王嫱。字昭君,晋人避司马昭讳,改称明妃。秭归人。竟宁元年(前33),匈奴呼韩邪单于入朝,求美人为阏氏,帝予昭君,以结和亲。昭君戎服乘马,提琵琶出塞,入匈奴,号宁胡阏氏,卒葬于匈奴。后世诗歌戏曲,常以其为题材。

〔2〕凤阙:汉宫阙名。《史记·孝武纪》:"于是作建章宫……其东则凤阙,高二十馀丈。"

〔3〕龙城:汉时匈奴地名,又称龙庭,为匈奴祭天地之处。《汉书·匈奴传》:"五月,大会龙城,祭其先、天地、鬼神。"

〔4〕黑水:即今陕西横山西北长城外无定河北岸的支流淖泥河。《水经注·河水》:"奢延水又东,黑水入焉。水出奢延县黑涧。"

〔5〕觱篥(bì lì 必立):古乐器名,又名悲篥、笳管。本出龟兹,后传入中国。以竹为管,以芦为首,状似胡笳。

西顾〔1〕

木落太原秋,悲歌侠士流。边关随处险,战守为时谋。朔雁下军垒,胡笳鸣戍楼〔2〕。唐虞旧都地〔3〕,西顾使人忧。

〔1〕此诗嘉靖二十一年(1542)秋作于京师。这年六月,俺答入雁门关,犯太原。七月自太原南下,山西沁州、汾州、襄垣、长子、潞安皆遭掳掠。诗人西顾边关,无限忧虑。

〔2〕胡笳:我国古代的管乐器。传说由汉张骞从西域传入,汉魏鼓吹乐中常用之。

〔3〕唐虞旧都:指平阳(今山西临汾,尧为陶唐氏酋长,都此)和蒲坂(今山西永济东南,有虞氏酋长舜为部落联盟的首领,都此)。

正月六日集李时明馆得知字〔1〕

明日又人日〔2〕,阴晴那可期。清樽聊一醉,白发几相知。门巷雪仍在,幽并春较迟〔3〕。渐看杨柳色,郁郁乱乡思。

〔1〕此诗嘉靖二十六年作于京师。陈允衡评曰:"用杜转觉典雅。"(《诗慰初集·谢茂秦诗选》)陈元素笺释:"古人多折柳枝寄远赠别,茂秦此调盖叹知己之少而思及远人,故见柳条欲变而乱相思之情也。阴晴难断,白首清樽,雪积春迟,通首俱是郁郁之怀。"(陈继儒纂辑、陈元素笺释《国朝名公诗选》卷九)李时明,浙江杭州人,谢榛在京师结识。馀未详。

〔2〕人日:指农历正月初七,见《人日感怀》注释〔1〕。

〔3〕幽并:两州名。指今河北、山西和陕北的一部分地方。

浪游[1]

百岁形骸役,吾生何浪游？寒蛩知静夜[2],老菊见高秋。海
上白茅屋[3],云边青石丘。还从物外侣[4],灵药好相求？

〔1〕此诗嘉靖二十八年(1549)秋作于京师。诗人于嘉靖二十五年
第三次客游京师,至此已三年之久,厌游情绪油然而生,向往超脱尘世,
寻仙问道。

〔2〕寒蛩:秋末的蟋蟀。

〔3〕白茅屋:亦作白屋。即白茅覆盖的房屋,贫贱者所居。

〔4〕物外:世外,超脱于尘世之外。

送张太仆熙伯视马畿内二首(选一)[1]

其二

司驭巡畿甸[2],飞旌指戍楼[3]。共传天马异,宁复大宛
求[4]。月照昆吾冷[5],风生首蓿秋。张衡有词赋[6],独系
汉家忧。

〔1〕此诗嘉靖二十八年秋作于京师。李攀龙评曰:"眇君子虽髦,

而绳墨犹存。"蒋仲舒评曰:"说马说张俱有地步,得体。"(引文俱见李攀龙、陈子龙《明诗选》卷四)张熙伯,宋弼《山左明诗抄》:"张舜臣,字熙伯,号东沙。章丘人。嘉靖乙未进士,历官户部尚书、左都御史,赠太子少保。"太仆,即太仆寺。掌马政,听命于兵部。畿(jī积)内,天子领地之内,后泛指京城辖区。

〔2〕司驭:官名。即太仆。《文献通考·职官考·太仆卿》:"唐龙朔二年,改太仆为司驭。"

〔3〕戍楼:边防驻军的瞭望楼。

〔4〕大宛:古西域三十六国之一,以产良马著称。

〔5〕昆吾:同"锟铻",古剑名。《列子·汤问》:"周穆王大征西戎,西戎献锟铻之剑……其剑长尺有咫,练钢赤刃,用之切玉,如切泥焉。"

〔6〕张衡(78—139):汉代文学家、科学家。辞赋代表作有《二京赋》、《南都赋》、《思玄赋》、《归田赋》等。此喻张舜臣。

李行人元树宅同谢、张二内翰话洞庭湖三首(选一)〔1〕

其三

南望岳阳郡〔2〕,苍茫吴楚分〔3〕。帆回孤岛树〔4〕,楼出九江云〔5〕。落日浪中没,秋风天外闻。何时采蘋藻〔6〕,湖上吊湘君〔7〕。

〔1〕此诗嘉靖二十八年秋作于京师。朱琰评曰："采蘋藻以吊湘君，是常语。加'何时'字，徼醒。'话'字，情致自别。"(《明人诗钞》正集卷十)汪端谓评曰："风致如瑶天笙鹤。"(《明三十家诗选》初集卷五)李元树，《湖广通志》卷五十三："李幼滋，字元树。应城人。嘉靖丁未进士，授行人，拜刑科给事，改礼科……谪邵武县丞，移安庆推官，累迁工部尚书，加太子少保……卒赐祭葬。"行人：官名。明代有行人寺，掌传旨、册封之事。谢、张二内翰，未详。内翰，即翰林。洞庭湖，又名云梦泽。在湖南北部、长江南岸。中国第二大淡水湖，面积2432.5平方公里，昔日号称"八百里洞庭"。湖中有君山独秀，东岸有著名的岳阳楼。

〔2〕岳阳郡：在湖南东北部、长江南岸，濒临洞庭湖。为中国历史文化名城，有岳阳楼等。

〔3〕"苍茫"句：杜甫《登岳阳楼》："吴楚东南坼，乾坤日夜浮。"

〔4〕孤岛：指君山。在洞庭湖中，有七十二个大小山峰组成。山中有舜帝二妃墓、柳毅井、秦始皇封山印等古迹。

〔5〕楼：指岳阳楼，即岳阳西门城楼。气势雄伟，巍峨壮观，是江南三大名楼之一。始建于唐，宋滕子京重修，以范仲淹作《岳阳楼记》而著名。九江：说法不一，此应为宋人胡旦、朱熹等所说的注入洞庭湖的沅、湘等水。

〔6〕蘋藻：两种水草名。古人常采作祭祀之用。语出《诗经·召南·采蘋》："于以采蘋？南涧之滨；于以采藻？于彼行潦。"

〔7〕湘君：湘水之神。历来说法不一，此指娥皇、女英。《史记·秦始皇本纪》："上问博士曰：'湘君何神？'博士对曰：'闻之，尧女舜之妻而葬于此。'"

居庸关二首〔1〕

遥遥度关塞，策马正西风。驿路泉声里〔2〕，人家岚气中〔3〕。

霜馀涧草歇，日上石林空。多少长征客，高秋感塞鸿。

控海幽燕地[4]，弯弓豪侠儿。秋山牧马处，朔塞用兵时。岭断云飞迥，关长鸟度迟。当朝有魏尚[5]，复此驻旌旗。

〔1〕此诗作于嘉靖二十六年（1547）秋，写边关高秋，气势雄健，格调高亢，绝无萧飒之气。宋辕文评曰："□是合作。"（陈子龙等《皇明诗选》卷九）李舒章评曰："开合有章法，不止字句之上。"（同上）汪端评第二首曰："作者五律，朗健秀炼，皆似嘉州。"（《明三十家诗选》初集卷五）居庸关，在北京昌平西北军都山上，地势险要，古称九塞之一。

〔2〕驿路：古代通行传车、驿马的大道，沿路设置驿站。

〔3〕岚气：山中的雾气。

〔4〕控海：临海、环海。幽燕：地区名。即今河北北部及辽宁一带。唐以前属幽州，战国时属燕国，所以称幽燕。

〔5〕魏尚：西汉槐里（在今陕西兴平东南）人。文帝时为云中太守，匈奴不敢近云中塞。

端午集吴郎中峻伯宅，得山字[1]

令节方牢落[2]，招携慰旅颜。彩丝忆儿女[3]，蒲酒话乡关[4]。楚俗千年后，燕歌一醉间。坐看新月色，犹自傍西山[5]。

〔1〕此诗嘉靖二十七年（1548）作于京师。端午，夏历五月初五日，

民间节日。吴峻伯,即吴维岳(1514—1569),字峻伯,号霁寰,孝丰(今浙江安吉丰城)人。嘉靖戊戌(1538)进士,除江阴知县,入为刑部主事,晋郎中,升山东提学副使,进湖广右参政、江西按察使,官至右佥都御史。曾与李攀龙、谢榛等倡诗社。有《天目山斋岁编》。郎中,尚书、侍郎、丞以下的高级部员,分掌各司事务。

〔2〕令节:佳节。牢落:孤寂、无聊。

〔3〕彩丝:彩色丝线。又名"长命缕"、"续命缕"。旧俗以彩丝为端午日应节之物。汉应劭《风俗通》记载:五月五日以五彩丝系臂,可辟邪。

〔4〕蒲酒:菖蒲酒。唐殷尧藩《端午日》:"不效艾符趋习俗,但祈蒲酒话升平。"

〔5〕西山:北京西郊诸山的总称,为太行山支脉。

夜坐〔1〕

兵气动严关,才闻虏骑还。边愁醒醉里,身事去留间。乱响更深柝〔2〕,空明雪后山。苦吟时倚杖,不使客心闲。

〔1〕此诗嘉靖四十三年(1564)冬作于山西代州。《山西通志》卷二十二:"明嘉靖四十三年,俺答由马鞍入老营,游击梁平,守备祁谟御之,伏发,七百馀人胥没。"诗人无限边愁,即由此而发。

〔2〕柝(tuò 拓):原指古代巡夜人敲以报更的木梆,引申凡巡夜所敲之器均称柝。

偶　成〔1〕

乡园尚隔越〔2〕,寒暑又经过。晚计身无补,新交事转多。闲
时自天地,静处即烟萝。白鸟忽飞去〔3〕,悠然一浩歌。

〔1〕此诗嘉靖四十三年冬作于代北,抒写羁旅情怀,无限感慨。孔
天胤评曰:"旅况甚切。"(《适晋稿》卷四)
〔2〕隔越:阻隔。
〔3〕白鸟:白羽之鸟,指鹤、鹭之类。

留别正庄主人二首〔1〕

高楼非故国,临眺旅愁生。风雨三秋过,山川几赋成。王孙
别后路,芳草望中情〔2〕。何处偏相忆,霜空雁一声。

久客复何事,楼居长自吟。云山远近色,海鹤去留心〔3〕。后
会嗟华发,中怀托素琴〔4〕。应怜枚马在,梁苑草茅深〔5〕。

〔1〕此诗嘉靖四十四年(1565)春作于山西太原,抒写旅愁别绪,黯
然神伤。冯惟讷评曰:"悲感隐然,不忍再读。"(《适晋稿》卷五)
〔2〕"王孙"句:句意参见《暮秋集小山王孙第,分得新字》诗注
〔3〕。

146

〔3〕海鹤:即江鸥,此自比。高适《酬庞十兵曹》:"别岸迥无垠,海鹤鸣不息。"

〔4〕中怀:内心。素琴:不加装饰的琴。李白《古风》之五十五:"安识紫霞客,瑶台鸣素琴。"

〔5〕"应怜"二句:言好客的赵康王已去世,自己失去了依托。枚马,即西汉文学家枚乘、司马相如。此为自比。梁苑,在今河南开封东,汉代梁孝王刘武建。梁孝王好宾客,枚乘、司马相如皆曾被延居园中。

雨后立夏〔1〕

园中绿已暗,寂寞问花神。兴托清樽酒,愁欺白发人。山城初过雨〔2〕,天地尚馀春。又与东风别,堪嗟羁旅身。

〔1〕此诗嘉靖四十四年初夏作于山西汾阳。诗人惜春,哀而不伤。

〔2〕山城:指汾州(今山西汾阳)。

北园同孔老赋得风字〔1〕

悠然云在空,此意许谁同?身出勋名外,心归恬澹中〔2〕。高楼偏夕照,深竹自凉风。试问今秋兴,还添菊几丛?

〔1〕此诗嘉靖四十四年夏作于汾阳。诗人由云起兴,叹赏孔天胤远离勋名、悠然恬澹的生活。孔老,即孔天胤。详见《至汾州会孔方伯汝

锡园亭同赋》注释〔1〕。赋得,古诗体一种。凡摘取古人成句为诗题,题首多冠以"赋得"二字;亦应用于应制之作及诗人集会分题;即景赋诗者也往往以之为题。

〔2〕"身出"二句:指孔天胤于河南左布政使任上谢政归。

夜雨〔1〕

夜来殊不寐,百感古今情。道在楚骚重,年衰燕侠轻〔2〕。轩庭回爽气〔3〕,风雨失残更。多少人欹枕〔4〕,中心别有营〔5〕。

〔1〕此诗嘉靖四十四年夏作于汾阳。

〔2〕"道在"二句:谓年老力衰,更看重于诗赋和轻生仗义、急人危难。楚骚,代指诗赋。燕侠,泛指行侠仗义、舍己救人者。陆游《水乡泛舟》:"悲歌易水轻燕侠,对泣新亭笑楚囚。"

〔3〕轩庭:居室庭院。

〔4〕欹(qī 欺):斜倚、斜靠。

〔5〕营:思虑。

中秋宿来远店无月,怀孔老〔1〕

雨隔团圆夜,天违浩渺秋。关山增客感,乌鹊向人愁。堠馆谁同赋〔2〕,匡床此独留〔3〕。知君待华月,秉烛在高楼。

〔1〕此诗嘉靖四十四年中秋作于由汾阳赴长治途中,羁旅怀友,情文并茂。孔天胤评曰:"有情有文。"冯惟讷评第二联曰:"曹公诗'月明星稀,乌鹊南飞'。"(引文俱见《适晋稿》卷六)来远店,即来远铺。在山西祁县东。孔老,指孔天胤。

〔2〕堠馆:旅店。

〔3〕匡床:方正安适的床。

秋雨宿权店驿有感〔1〕

驿灯分暝色,野馆滞秋阴。已倦衰年事,偏驰故国心〔2〕。夜凉槐雨滴,月暗草虫吟。归梦不知路,千山云更深。

〔1〕此诗嘉靖四十四年秋作于由汾阳赴长治途中,抒写羁旅乡愁。孔天胤评曰:"意远句新,结句之难得者。"(《适晋稿》卷六)冯惟讷评第三联曰:"夜雨空阶,情同于古。"(同上)陈允衡评曰:"四溟诸律多有伤于迫促处,此独悠闲。"(《诗慰初集·谢茂秦诗选》)汪端评曰:"善写旅况。"(《明三十家诗选》初集卷五)权店驿,在山西武乡石板沟。

〔2〕故国:故乡。

送儿元辉归邺〔1〕

汝父老多病,汝儿娇更痴。中怀行路日,西望到家时。山晚云连色,松寒雪偃枝。计疏淹客邸,应报故人知。

〔1〕此诗嘉靖四十四年冬作于山西长治。冯惟讷评曰:"真语自别。"(《适晋稿》卷六)。邺,即今河南安阳。

寄邺中李德佩二首〔1〕

茫茫一人海,自古混鱼龙〔2〕。气劲写愁赋〔3〕,春酣垂老容〔4〕。池边月明鹤,岭上岁寒松。吟啸谁为侣,嗟予萍水踪〔5〕。

西园帝子去〔6〕,亭榭草莱深〔7〕。登眺同怀古,悲歌独至今。山高不隔梦,月皎更知心。邺树鸣春鸟,因风得好音。

〔1〕此二诗嘉靖四十四年冬作于长治。上首感叹世道混浊,贤愚不分,挚友难觅;下首怀念崇文尚雅、召引四方文士的赵康王,情深意长。冯惟讷评曰:"二作书怀、追述,着着不同。"孔天胤评第一首之首联曰:"慨贤者之寥落也。"(引文俱见《适晋稿》卷六)李德佩,河南安阳人,谢榛友人。
〔2〕混鱼龙:即鱼龙混杂,喻贤愚不分。
〔3〕气劲:气候寒冽。
〔4〕春酣:春盛。垂:将近。
〔5〕萍水踪:萍草随流水漂泊的踪迹。比喻人行踪飘泊不定。
〔6〕帝子:指赵康王朱厚煜。详见《赵王枕易见寄》注释〔1〕。

〔7〕草莱:犹草莽,杂生的草。

上党感怀寄玉泉山刘隐君六首(选三)^{〔1〕}

其一

暮云太惨澹,何处吸丹霞^{〔2〕}?树暝山川隔,窗鸣风雨斜。驱
愁恐助病,说梦转思家。处困无凶吉,残灯尚结花^{〔3〕}。

其四

道气偶相合^{〔4〕},论交无浅深。周旋当日事,去住老年心。露
下菊花圃,秋高枫树林。苍山不改色,万古一知音。

其六

阅世乃如此,无言寥落中。棘花垂暮雨,蕙草向西风^{〔5〕}。客
况寒暄别,人心变化同。沉吟谁会意?寄语鹿皮翁^{〔6〕}。

〔1〕此诗约于嘉靖四十五年(1566)秋作于山西长治(即上党),抒
写羁旅愁情、知己友情和世态人情。玉泉山,此指河南林县西南之玉泉
山,有望仙、朝霞、迎霞三峰和甘泉溪。刘隐君,谢榛友人,馀未详。
〔2〕丹霞:即丹霞浆,传说仙人所用的饮料。

〔3〕灯花:灯心馀烬结成的花状物。俗以灯花为吉兆。

〔4〕道气:超凡脱俗的气质。

〔5〕"棘花"二句:喻奸邪当道,贤良生不逢时。棘花,有芒刺的草木之花。蕙草,香草名,又名薰草、零陵草。

〔6〕鹿皮翁:传说中的人名,也称鹿皮公,汉淄川人。少为府小吏。岑山有神泉,作室其旁,食芝饮泉七十馀年。后百馀年,人又见其下山卖药于市。此指刘隐君。

忆都门酒家王四〔1〕

尚忆高楼饮,青帘出绿杨〔2〕。频赊宁沮兴〔3〕,浩唱不嗔狂〔4〕。谢客惟深醉〔5〕,胡姬自盛妆〔6〕。几回清梦里,听雨滴糟床〔7〕。

〔1〕此诗真率自然。陈允衡评曰:"题可存。"(《诗慰初集·谢茂秦诗选》)。

〔2〕青帘:旧时酒店门口挂的幌子。多用青布制成。

〔3〕频赊(shē 奢):屡次赊欠。沮(jǔ 举)兴:阻止兴致、扫兴。

〔4〕浩唱:放声歌唱。嗔狂:怪罪疯狂。

〔5〕谢客:即南朝宋谢灵运。此为诗人自指。

〔6〕胡姬:原指胡人酒店中的卖酒女,后泛指酒店中的卖酒女。汉辛延年《羽林郎》诗:"依倚将军势,调笑酒家胡。胡姬年十五,春日独当垆。"

〔7〕糟床:榨酒的器具。

吹台吊三贤李白、杜甫、高适曾会于此[1]

异代怀三老,风骚尚可亲。高名相照耀,片石自嶙峋[2]。野旷青云暮,台空碧草春。至今遗响在,神鬼泣何人[3]?

[1] 此诗嘉靖二十四年(1545)春作于河南开封。吹台,又叫繁台、讲武台。在今河南开封东南禹王台公园内,相传为春秋时师旷吹乐之台。

[2] 片石:碑石。嶙峋:形容碑石突兀。

[3] "神鬼"句:杜甫《寄李十二白二十韵》:"笔落惊风雨,诗成泣鬼神。"

秋日即事五首[1]

八月边烽起,燕关入犬戎[2]。檄飞三辅道[3],气激五都雄[4]。戍角寒云外[5],城乌夜色中。不知枕戈者,愁绝竟谁功?

燕赵多愁日[6],兵戈未定时。交游疏旧社,僮仆问归期。驿路当秋断,胡笳带月悲[7]。晓来惊旅鬓,更益镜中丝。

何时偃甲兵,多难滞燕城。寒馆下桐叶,秋风吹雨声。贾生今日泪〔8〕,宋玉昔年情〔9〕。共有龙庭策〔10〕,谁高麟阁名〔11〕?

旅怀方索寞,秋气重萧森。兵甲南归梦,妻孥北望心。闭城山日在,倚剑野云深〔12〕。独有长安客〔13〕,时时问捷音。

叠嶂云仍惨,孤村鸟亦稀。共嗟经铁马〔14〕,谁复守柴扉?战地生寒色,征旗乱夕晖。还思汉飞将〔15〕,逐虏过金微〔16〕。

〔1〕此五首诗嘉靖二十九年(1550)八月作于京师,写俺答侵掠京畿。诗人无限忧虑边防,殷切期盼名将驱虏建功。

〔2〕"八月"二句:指1550年秋,俺答侵犯京畿事件。犬戎,古戎族的一支,在殷周时居于我国西部。此泛指西方和北方的少数民族。燕关,此指河北古北口、黄榆沟。《明史记事本末》卷五十九《庚戌之变》:"秋八月乙亥,俺答帅部下至古北口,以数千骑攻墙。……俺答乃佯督兵缀蓟师,而别遣精骑从间道黄榆沟溃墙出师后。……长驱入内地。"

〔3〕三辅:汉代治理京畿地区的三个职官的合称,亦指其所辖地区。此泛指京畿地区。

〔4〕气激:情绪激愤。五都:这里泛指繁华的城市。豪:豪侠之士。

〔5〕戍角:此指边防驻军的号角声。

〔6〕燕赵:指河北和山西西部一带。

〔7〕胡笳:我国古代的管乐器,详见《西顾》诗注〔2〕。

〔8〕"贾生"句:表达忧国伤时之心。贾生,即贾谊,见《日暮》

诗注〔6〕。

〔9〕宋玉:战国楚辞赋家。其《九辩》开头"悲哉秋之为气也"一段,哀愁凄怨,被誉为"千古绝唱"。

〔10〕龙庭:此指朝廷。

〔11〕麟阁:即麒麟阁,见《赋得胡无人送李侍御化甫巡边》诗注〔7〕。

〔12〕倚剑:执剑。

〔13〕长安客:客游京师之人,此自谓。长安,泛指京城。

〔14〕铁马:配有铁甲的战马。此指战事、兵事。

〔15〕汉飞将:汉时匈奴对汉将李广的称呼。王昌龄《出塞》:"但使龙城飞将在,不教胡马度阴山。"

〔16〕金微:山名。即我国新疆北部及内蒙古境内的阿尔泰山。

对菊〔1〕

东篱何寂寞〔2〕,不似去年秋。菊带凄凉色,人经离乱愁。风庭寒影动,霜院晚香流。客里重阳过,悲歌独未休。

〔1〕此诗嘉靖二十九年九月"庚戌之变"之后作于京师,为战乱而悲歌,境界凄凉。

〔2〕东篱:语出陶潜《饮酒》之五:"采菊东篱下,悠然见南山。"后泛指种菊之处,菊圃。

秋夜

不见同怀侣,悠然独夜思。风凄闻角处[1],月落倚楼时。计拙陶潜酒[2],心忧阮籍诗[3]。千山芳蕙歇,策杖复何之?

〔1〕角:古乐器名。出自西北游牧民族,鸣角以示晨昏。军中多用作军号。

〔2〕陶潜酒:陶潜是古今隐逸诗人之宗,他嗜酒,并且是第一个大量写饮酒诗的人。这尽管包含着相当丰富的内容,但主要是逃避、淡忘尘世,表现了颖脱不群、任真自得的一面。

〔3〕阮籍诗:今存《咏怀诗》八十五首。阮籍生活在黑暗的魏晋之交,采取了隐遁避世的生活态度。其诗隐晦曲折,常以比兴和借古喻今的手法表达他不满现实、反对礼教束缚,又想保全性命、独善其身的矛盾心态。虚无主义色彩、个人求解放的向往、人生如梦的宿命论,是其主调。

邺下秋怀

风尘劳客计[1],词赋寄乡愁。雁避胡天雪,人经邺地秋。几年多放浪,万古自沉浮。抱膝成孤啸[2],苍凉月近楼。

〔1〕风尘:尘事、平庸的世俗之事。

156

〔2〕"抱膝"句:言独自吟啸抒怀。典出《三国志·诸葛亮传》:"亮躬耕垄亩,好为《梁父吟》。"裴松之注引《魏略》:"每晨夕从容,常抱膝长啸。"

送盛明府启元赴安阳二首(选一)^{〔1〕}

其二

中州夏未雨^{〔2〕},为令此心悬。郡县逢今日,诛求异往年^{〔3〕}。山回邺城树,路出滏阳田^{〔4〕}。不见西门豹^{〔5〕},千秋共道贤。

〔1〕此诗嘉靖三十三年(1554)作于京师。诗人忧虑旱灾,告诫安阳知县应效法西门豹,宽政爱民。盛启元,即盛时春。江南上元(治所即今江苏南京)人。嘉靖癸卯(1543)举人,嘉靖中任河南安阳知县。

〔2〕中州:古豫州(今河南一带),因地处九州之中,故谓。

〔3〕诛求:强制征收赋税。

〔4〕滏(fǔ府)阳:在今河北磁县,与安阳为邻。

〔5〕西门豹:战国魏人,魏文侯时任邺令。邺地三老、廷掾勾结女巫,赋敛百姓钱物,每年择民家女子沉入漳河,谓为河伯娶妇。豹至,投女巫、三老于河,恶俗得除。又发民力开凿水渠十二道,引漳水灌田,民得饶足。

秋夜同应驾部瑞伯宿三河驿,得宵字[1]

荒村回远火,古驿驻征轺[2]。蓬鬓人间老,萍踪蓟北遥[3]。
繁星耿秋汉[4],鸣柝乱寒宵[5]。忽忆山中桂,清霜叶又凋。

〔1〕此诗嘉靖二十九年八月一日作于三河驿(在今河北三河),写
旅情,格调苍劲,境界阔远。应瑞伯,即应云鹫,详见《王主簿乐三归自昌
平,赋此志感》注释〔7〕。

〔2〕征轺(yáo 尧):远行的车。轺,轻便的马车。

〔3〕萍踪:浮萍的踪迹,比喻行踪飘泊不定。蓟北:泛指今北京、河
北北部及辽宁西南部一带。

〔4〕耿:明亮。秋汉:秋季的天河。

〔5〕柝(tuò 唾):古代巡夜人敲以报更的木梆。

赴石门峡[1]

石门西去道,烟色树冥冥。秋草地全白,夕阳山更青。闻虫
惊节序[2],立马问边庭。潦倒还词赋,徒惭两鬓星[3]。

〔1〕此诗嘉靖二十九年八月上旬作,颔联写出了边塞的独特风光。
石门峡,在今河北延庆东南八达岭。

〔2〕节序:节气、节令。

158

〔3〕两鬓星:鬓发花白。

石门秋夜有怀^{〔1〕}

歇马空山夕,劳歌塞上归^{〔2〕}。野霜明古剑,峡月冷秋衣。坐里蛮螀乱^{〔3〕},愁边乌鹊飞。酒杯时在手,不与故人挥。

〔1〕此诗嘉靖二十九年八月上旬作。石门,即石门峡,见《赴石门峡》诗注释〔1〕。

〔2〕劳歌:忧伤、惜别之歌。唐骆宾王《送吴七游蜀》诗:"劳歌徒欲奏,赠别竟无言。"

〔3〕蛮螀:蟋蟀和寒蝉。

春雨感怀^{〔1〕}

漠漠春天雨,冥冥晚树花。山云迷客路,海燕落人家。浊酒聊生计,狂歌任岁华。异时怀杜甫,老病滞三巴^{〔2〕}。

〔1〕此诗抒写羁旅情怀,颇多感慨。

〔2〕三巴:即巴郡、巴东、巴西。《华阳国志·巴》:"玮乃改永宁为巴郡,以固陵为巴东,徙义为巴西太守,是为三巴。"此泛指四川。公元760—770年,杜甫曾飘泊于成都、梓州、夔州(奉节)等地。

北园同刘国藩夜酌[1]

花时招酒伴[2]，几度北林游。改席依芳树，鸣琴对碧流。天高微月出，沙迥断烟浮。明日还乘兴，垂竿杜若洲[3]。

〔1〕此诗嘉靖二十五年（1546）前作于河南安阳，抒写悠然自得的幽居生活，兴趣盎然。刘国藩，安阳人，布衣。

〔2〕花时：百花盛开的时节，常指春日。

〔3〕杜若洲：泛指河洲。陆游《幽居》："荡桨蘋花浦，垂竿杜若洲。"杜若，香草名。多年生草本，叶味辛香。夏日开白花，果实蓝黑色。

杜约夫楼中对雨，得寒字[1]

孤鸿复何去？雨色正迷漫。气压千峰暮，声连九泽寒[2]。天时成百感，世故任多端。对尔同怀客，高歌剑一弹[3]。

〔1〕此诗嘉靖二十五年前作于安阳。秋雨迷漫，诗人百感丛生，对知己倾诉了满腹的郁愤。杜约夫（？—1546），安阳人。长于吟咏，与谢榛唱和。嘉靖丙午（1546）夏夜与卫子涵泊西河被船夫所害。

〔2〕九泽：《尚书·禹贡》："九泽既陂。"孔颖达疏："九泽，九州之泽。"《骈雅·释地》："九泽，具区、云梦、圃田、望诸、犬野、弦蒲、猦养、杨纡、昭馀祁也。"

〔3〕"高歌"句:用《战国策·齐策四》载齐人冯谖弹铗之典,抒写穷困郁愤之情。弹剑,即弹铗。李白《玉真公主别馆苦雨赠卫尉张卿》之一:"弹剑谢公子,无鱼良可哀。"

塞上曲[1]

百战多枯骨,秋高白草深。飞雕盘大漠,嘶马振长林[2]。伏虏天王力[3],封侯壮士心。华夷自有限[4],边徼莫相侵[5]。

〔1〕此诗反映了诗人反对侵略战争、以和为贵的思想。塞上曲,新乐府杂题辞,由汉横吹曲辞演化而来。
〔2〕长林:高大的树林。
〔3〕天王:泛指封建帝王。
〔4〕华夷:古称华夏族和中原以外各族。
〔5〕边徼(jiào 较):边界。

述怀[1]

浮生吾自遣,底事役心机。白发成疏懒,黄金有是非。乾坤惟竹杖,寒暑一荷衣[2]。欲访商山叟[3],茫茫何处归?

〔1〕此诗抒写了厌弃世俗、超然世外之情。

〔2〕荷衣:用荷叶编的衣服,此指隐士服。《楚辞·九歌·少司命》:"荷衣兮蕙带,儵而来兮忽而逝。"

〔3〕商山叟:即商山四皓,见《野父杂感》诗注〔3〕。

秋兴四首〔1〕

寥落天涯客,谁堪秋气深?风烟凄大野,霜日净空林。对镜嗟衰白,衔杯任陆沉〔2〕。子云多著述〔3〕,百代有知音。

山昏云到地,江白雨连天。鸿雁寒无赖,芙蓉秋可怜。旅怀须痛饮,世事且高眠。京国迷茫外,空歌美女篇〔4〕。

啸歌谁会意,风色动严城〔5〕。天夕孤鸿过,山秋万树鸣。故人湖海梦〔6〕,游子岁时情。坐惜瑶芳歇,空除又月明〔7〕。

地旷蘼芜老〔8〕,庭空蟋蟀寒。山河秋瑟瑟,风露夜漫漫。白首谁同醉?黄花秖自看。吾生真浪迹,沧海一渔竿。

〔1〕此组诗系羁旅感怀,主要抒写厌世、幽隐、浪游情结。

〔2〕陆沉:陆地无水而沉。此比喻隐居。《庄子·则阳》:"方且与世违而心不屑与之俱,是陆沉者也。"郭象注:"人中隐者,譬无水而沉也。"

〔3〕子云:西汉文学家、哲学家、语言学家扬雄,字子云。蜀郡成都(今属四川)人,汉成帝时为给事黄门郎,王莽时校书天禄阁,官为大夫。

著述颇多,仿《论语》作《法言》,仿《易经》作《太玄》;又有语言学著作《方言》。亦擅作赋。

〔4〕美女篇:乐府篇名。曹植、傅玄、梁简文帝皆有其辞。曹植《美女篇序》:"美女者,以喻君子,言君子有美行,愿得明君而事之,若不遇时,虽见征求,终不屈也。"

〔5〕严城:高峻坚固之城。此指京城。

〔6〕湖海梦:隐逸之心愿。

〔7〕空除:空阶。除,泛指台阶。

〔8〕蘼(mí 靡)芜:草名。芎䓖的苗,叶有香气。

忆征夫〔1〕

凉秋益愁思,飞梦度金河〔2〕。朔野尘沙惨,穷边烽燧多〔3〕。
霜晨应跃马,月夕任横戈。功业归都护〔4〕,长征奈尔何?

〔1〕此诗借女子对征夫的思念,写出征战士艰苦的战斗生活,反对穷兵黩武。

〔2〕金河:又名金川,现名大黑河。经流内蒙古,在托克托境内入黄河。

〔3〕烽燧:即烽火。古代边防报警的两种信号,白天放烟叫烽,夜间举火叫燧。

〔4〕都护:官名。汉置西域都护,晋、宋、唐、元亦置都护,但职权不尽相同。此泛指守边将帅。

北塞[1]

朔漠匈奴遁,长城候骑还[2]。丁男空郡国,甲士壮边关[3]。玉剑横霜冷,雕弓抱月闲。于今多上将,谈笑定天山[4]。

〔1〕此诗写边塞情势,格高气畅,当是诗人早期作品。

〔2〕候骑:担任侦察巡逻任务的骑兵。

〔3〕"丁男"二句:谓青少年都去充军守边。丁男,已及服役年龄的青年男子。

〔4〕天山:即祁连山。匈奴称天山为祁连。

宿淇门驿怀孙方伯性甫、王宪
副廷瞻、江少参伯阳[1]

驻马淇门夕,堂空暑气徂[2]。乱云关树暝,寒雨驿灯孤。身计聊时序[3],乡心复道途。何当报知己,秋雁满江湖。

〔1〕此诗嘉靖十五年(1536)夏作,写羁旅情怀。卢楠评曰:"游子读之心酸。"(李攀龙、陈子龙《明诗选》卷四)李、陈《明诗选》卷四眉批:"'聊'、'亦'字虚字,结见思归之讯。"(同上。按,其诗题作《宿淇门驿》,诗作"驻马淇门夕,空堂暑气徂。暝烟官树合,寒雨驿灯孤。浊酒聊幽兴,悲歌亦壮图。相违旧朋好,三径日荒芜")淇门驿,即今河南滑

县东南之淇门。孙性甫,即孙存(1491—1547),字性甫,号丰山,滁州(今安徽滁县)人。正德甲戌(1514)进士,授礼部主事,累迁河南布政使。有《丰山集》。王廷瞻,《兰台法鉴录》卷十五:"王衮,字廷瞻,四川广安州人。嘉靖二年(1523)进士,九年由行人选湖广道御史,十年督理屯马,十一年巡按湖广,十四年以议大礼廷杖,复职,十五年升河南副使,疏请致仕。"江伯阳,即江东(?—1565)。字伯阳。山东莘县朝城人。嘉靖己丑(1529)进士,历任工部主事、刑部员外郎郎中、河南佥事、副都御史、兵部右侍郎、户部尚书、南京兵部尚书等,卒赠少保,谥恭襄。

〔2〕暑气徂(cú 殂):即暑气盛。《诗经·小雅·四月》:"四月维夏,六月徂暑。"郑玄笺:"徂,犹始也,四月立夏矣,至六月乃始盛暑。"后因称盛暑为徂暑。

〔3〕身计:生计。时序:时间、时光。

表兄周平基书至〔1〕

兄弟成修阻〔2〕,霜空一雁过〔3〕。桑麻怀故国,烟月梦西河〔4〕。短杖徘徊意,孤樽慷慨歌。相思秋又暮,白发竟谁多?

〔1〕周平基:山东临清人,谢榛舅家表兄。
〔2〕修阻:道路遥远而阻隔。
〔3〕"霜空"句:谓秋天有书信来。
〔4〕西河:此指流经临清城西之卫河。

边警[1]

候火惊边郡[2]，胡笳动戍楼。地屯驼马夜，草属犬羊秋[3]。将士心何切，疮痍战不休[4]。请缨复谁子[5]？北顾使人忧。

〔1〕此诗关注边情，充满了忧患意识。

〔2〕候火：烽火。

〔3〕"地屯"二句：谓北方游牧民族侵扰。驼马，骆驼和马。沈约《安陆昭王碑文》："侦谍不敢东窥，驼马不敢南牧。"犬羊，旧时对外敌的蔑称。

〔4〕疮痍：比喻灾害痛苦。

〔5〕请缨：指自告奋勇请求杀敌。典出《汉书·终军传》：终军出使南越，自请曰："愿受长缨，必羁南越王而致之阙下。"

同李汝锡、马伯龄游苏门山，柬王明府[1]

好山同一赏，行坐有莓苔。潭上幽花照，樽前白鸟来。放歌风振木，起舞月临台。欲刻苏门石，惭非谢朓才[2]。

〔1〕李汝锡：未详。马伯龄：即马延，字伯龄，河南辉县人。嘉靖十三年（1534）选贡，曾任山西岚县和陕西麟游知县。苏门山：又名苏岭、百

166

门山,在今辉县西北。王明府:即河南辉县知县王居,"羽林卫人,举人,嘉靖二十年(1541)任"(《河南通志》卷三十四)。

〔2〕谢朓(464—499):字玄晖。其先陈郡阳夏(今河南太康)人,徙居建康(今南京)。南朝齐诗人,"竟陵八友"之一。曾为宣城太守、中书郎、尚书吏部郎。被诬陷下狱,死于狱中。以五言诗见长,其诗作是永明新诗体的典型。

过 山 叟[1]

栗里堪同隐[2],濠梁复一过[3]。衡门开绿野[4],石壁带青萝。偶共山人醉,闲随牧子歌。还怜夜色好,星月湛沧波。

〔1〕此诗中的山叟,乃诗人理想的化身。
〔2〕栗里:在今江西九江南陶村西。陶潜曾居此。
〔3〕濠(háo 豪)梁:即濠上。在今安徽凤阳东南濠水上。《庄子·秋水》记庄子与惠施游于濠梁之上,见儵鱼出游从容,因辩论鱼知乐与否,后因以濠梁指逍遥闲避之所。
〔4〕衡门:横木为门,指简陋的房屋。《诗经·陈风·衡门》:"衡门之下,可以栖迟。"毛《传》:"衡门,横木为门,言浅陋也。"

旅 夜 有 怀[1]

乡国灯前梦,关山客里情。一川秋草色,四野候虫声[2]。飘泊心逾壮,悲歌气未平。美人胡不见[3]? 云渺凤凰城[4]。

〔1〕此诗写旅怀,壮游悲歌,意气高昂,当是诗人嘉靖二十八年之前客游京师时的作品。

〔2〕候虫:随季节而生或发鸣声的昆虫。此指秋天的蟋蟀等。

〔3〕美人:品德美好的人。《诗经·邶风·简兮》:"云谁之思,西方美人。"郑玄注:"思周室之贤者。"

〔4〕凤凰城:指京师。

大梁冬夜[1]

坐啸南楼夜,孤灯客思长。人吹五更笛,月照万家霜。归计身多病,生涯鬓易苍。征鸿向何许? 春意遍湖湘[2]。

〔1〕此诗嘉靖二十三年(1544)作于河南开封(大梁),写羁旅情怀。汪端评曰:"俊亮。"(《明三十家诗选》初集卷下)

〔2〕湖湘:湖南洞庭湖和湘江地带。常代指湖南。

古怨三首(选一)[1]

其二

杨花日飘荡,能复几何春? 远道宁知妾,流年不待人。片云横上国〔2〕,独鸟下西秦。无奈怀君意,清江采绿蘋〔3〕。

〔1〕此诗嘉靖二十四年春作于开封。以怨妇口吻写出,陈卧子评曰:"五、六新矫。"宋辕文评曰:"结意本之三百篇,何其闲丽。"(引文俱见陈子龙等《皇明诗选》卷九)

〔2〕上国:京师。

〔3〕"清江"句:谓持守贞操。《诗经·召南·采蘋》:"于以采蘋,南涧之滨。"其《序》谓:"《采蘋》,大夫妻能循法度也。"

登城有感,奉寄江宁王怀易〔1〕

野风吹客袂,感慨一登城。孤鸟日边没,大河天外倾。年华悲杜甫,世故老虞卿〔2〕。龙剑应相合〔3〕,云霄无限情。

〔1〕此诗嘉靖二十四年春作于开封。江宁王怀易,即朱厚炼(1505—1562),号怀易。正德十六年(1521)封(属赵府),嘉靖四十一年(1562)去世。

〔2〕虞卿:又作虞庆、吴庆,战国时游士。曾进说赵孝成王,被任为上卿,号虞卿。后离赵入魏,困于开封,乃著书讥刺国家得失。

〔3〕"龙剑"句:喻友人相会。傅新德《送郭青字参藩巴蜀》:"万里江湖龙剑合,一尊风雨蓟门分。"龙剑,指丰城龙泉、太阿双剑,详见《赠卢次楩三首(选一)》注释〔2〕。

渡黄河[1]

路出大梁城,关河开晓晴。日翻龙窟动,风扫雁沙平[2]。倚
剑嗟身事,张帆快旅情。茫茫不知处,空外棹歌声。

〔1〕此诗嘉靖二十四年春作,笔力劲健,境界阔畅。沈德潜评曰:
"'翻'字、'扫'字,得少陵诗眼法。"(《明诗别裁集》卷八)
〔2〕雁沙:鸿雁栖止的沙滩。

凤凰山[1]

青山抱灵秀,曾有凤凰来。凤去海天迥,梧桐花自开。五云
当日散[2],百鸟至今哀。惆怅空原暮,长风送客回。

〔1〕此诗李舒章评曰:"从无情写出有情。"(陈子龙等《皇明诗选》
卷九)凤凰山,《明一统志》卷四:"凤凰山在浚县故河东岸,与紫金山东
西相对,碧石壁立,下瞰于河,相传昔有凤凰集此,因名。"
〔2〕五云:五色的瑞云。杜甫《重经昭陵》:"再窥松柏路,还有五云
飞。"

秋日洹上书怀[1]

水边沙草合,林外石桥横。云漫三秋色,河流万古声。野花

欺老鬓,村酒胜浮名〔2〕。我爱桐江叟〔3〕,渔竿不世情。

〔1〕此诗抒写超脱尘世的幽情逸趣,明丽清爽。洹,即洹水,今安阳河,源于河南林县,流经安阳北,东流至内黄入古永济渠。

〔2〕村酒:农家自酿的酒。浮名:虚名。

〔3〕桐江叟:即东汉严光,字子陵,会稽余姚人。少与光武帝刘秀为同学。刘秀称帝,严光即隐姓埋名退隐于桐庐富春山。山下江中(钱塘江中游,一名桐江)有其钓台。

怀玉清阁〔1〕

紫阁登临处〔2〕,秋光入品题。窗吞河岳尽,檐压斗牛低。客路孤城外〔3〕,仙坛万岭西〔4〕。浮丘分袂后〔5〕,望断白云梯。

〔1〕玉清阁:即凭虚阁。在河南沁阳东北明月山上。《大清一统志·怀庆府》:"有古刹自山坳层构而上,最后曰凭虚阁,高峻舒豁,可以登眺。"

〔2〕紫阁:神仙居处,此指玉清阁。

〔3〕客路:旅途。王湾《次北固山下》:"客路青山外,行舟绿水前。"

〔4〕仙坛:此指天坛山。在今河南济源西之王屋山北,山峰突兀,上有小有洞天、王母洞等。

〔5〕浮丘:即浮丘公,传说中的仙人,或谓黄帝时人,或谓列子所称之壶丘公。《神仙传》谓王子乔曾被浮丘公接上嵩山仙去。

春夜有感寄王子济[1]

花下聊杯酒,孤鸿入夜闻。江山仍作客,兄弟久离群。浪迹
惟中散[2],名交自右军[3]。是非高枕外,千古一浮云。

〔1〕此诗流露了诗人郁积于心头的诸多苦闷和忧愤。王子济:未
详。
〔2〕中散:即嵇康,见《对酒》(浊醪尔何物)诗注〔4〕。
〔3〕右军:即王羲之,以其尝官右军将军。此指王子济。

清晓[1]

清晓复何向?出门风飒然。烽烟三晋地[2],霜露九秋
天[3]。御虏谁长策?谈兵自往年。侠儿亦解事,仗剑欲临
边。

〔1〕诗人极为关心边患,此诗流露了强烈的忧患意识。
〔2〕三晋:春秋末,晋国为韩、赵、魏三家大夫瓜分,各立为国,史称
三晋。包括今山西、河南及河北西南部。
〔3〕九秋:即秋天。以秋季九十天,故谓。

送刘佥宪才甫北伐^{〔1〕}

七月边烽动,三河兵气扬^{〔2〕}。乘秋发猛士,计日缚名王^{〔3〕}。剑倚胡天迥,旗连海雾长。燕然一片石^{〔4〕},终古有馀光。

〔1〕此诗雄健昂扬,当为诗人早期的作品。刘才甫,谢榛引为"同乡朋旧",曾为佥都御史(佥宪)。

〔2〕三河:汉时称河东、河内、河南三郡为三河,相当于今河南北部、中部及山西南部地区。

〔3〕名王:此指北方少数民族诸王中著名者。《汉书·宣帝纪》:"单于遣名王奉献。"颜师古注:"名王者,谓有大名以别诸小王也。"

〔4〕燕然一片石:即燕然山铭。东汉永元元年(89),窦宪大破北单于,曾刻石记功,由班固撰《燕然山铭》。燕然,山名,即今蒙古国境内的杭爱山脉。

秋夜寄郭黄州^{〔1〕}

久别多遐思,惊心夜半鸿。霜飞邺台冷,月照楚江空。感慨三秋过,征求万邑同。细侯深有意^{〔2〕},聊尔托长风。

〔1〕此诗期望为政者宽政爱民,寄托了诗人对人民沉重赋役的深切同情。郭黄州,即郭凤仪。《湖广通志》卷四十三:"郭凤仪,字舜符。

祥符(嘉靖丙戌)进士,嘉靖间知黄州。性冲淡,不以家属自随,政务宁谧,比旱祈雨辄应,王廷栋作文纪其事。"官至云南按察副使。黄州,府名,治所即今湖北黄冈。

〔2〕细侯:《后汉书·郭伋传》:"郭伋,字细侯……始至行部,到西河美稷,有儿童数百,各骑竹马,道次迎拜。伋问:'儿曹何自远来?'对曰:'闻使君到,喜,故来奉迎。'"此指郭凤仪。

吴下洞庭两山诗伯每从予游,四十年来凋敝尽矣,率成短律,用志悲感[1]

胜地阖闾国[2],沧波范蠡船[3]。山通转折路,湖抱混茫天。丝管春风里,松楸晚照边[4]。人家几歌哭,谁尽白头年?

〔1〕此诗约作于隆庆四年(1570)之后。洞庭山,在江苏吴县西南太湖中。有东洞庭山和西洞庭山,东西相望,产橘柚。诗伯,诗坛宗伯。此指邹伦、吴子乔、吴少陆、吴少吕、陆子润等人。

〔2〕阖(hé 河)闾(前? 一前496):即吴公子光,春秋末年吴国国君。使专诸刺杀吴王僚而自立为吴王,用伍子胥屡败楚兵。与越王勾践战,兵败伤指而死。

〔3〕范蠡(lǐ 里):春秋楚宛人,字少伯,仕越为大夫,辅佐越王勾践刻苦图强,灭掉了吴国。《史记·货殖传》:"范蠡既雪会稽之耻,乃喟然叹曰:'计然之策七,越用其五,而得意,既已施于国,吾欲用之家。'乃乘扁舟,浮于江湖,变名易姓,适齐为鸱夷子皮,之陶为朱公。"又《吴越春秋》卷十:"(范蠡)乃乘舟出三江,入五湖,人莫知所适。"

〔4〕松楸:松树与楸树。墓地多植,故常代称坟墓。

174

读杨中丞石州陷后之作,感而赋此二首[1]

边郡遭兵火,愁云暗郭门[2]。一朝俱鬼录,万户几人存?大
难嗟何苦,微功激在恩。君诗写忧思,风雨坐黄昏。

制作关时重[3],长吟我亦愁。萧条闪灯夜,惨澹入边秋。月
照犹戎垒,笳鸣宛戍楼。知君不平处,霜下拭吴钩[4]。

〔1〕此二诗作于隆庆元年(1567)。《明史纪事本末》卷六十:"穆宗
隆庆元年……九月……俺答寇山西石州,陷之,杀知州王亮。留壁石州,
剽掠交、汾等处,山西骚动。"杨中丞,即杨巍(1514—1605),字伯谦,海
丰(今山东无棣)人。嘉靖丁未(1547)进士,历官武进知县、兵科给事
中、山西佥事、参议、左佥都御史、右副都御史、兵部左右侍郎,官至吏部
尚书,卒赠少保。其《石州陷后作四首》见四库本《存家诗稿》卷二,兹录
其一:"人与家齐坏,城空真若屠。百年无此变,万命亦何辜。天为冤魂
黯,地将肝脑涂。夜深闻鬼哭,不独恨匈奴。"
〔2〕郭门:外城的门。郭,外城,古代在城的外围加筑的一道城墙。
〔3〕制作:著作。
〔4〕吴钩:泛指利剑。钩,兵器,形似剑而曲。

有感[1]

嗟哉利与名,多事亦劳生。身外千年恨,心间几日平?金银

175

馀夜气〔2〕,松槚自寒声〔3〕。忆昔雍门曲〔4〕,凄其终古情。

〔1〕此诗感发于追名逐利。

〔2〕金银:这里指烧祭亡者用的纸锞、冥镪。夜气:黑暗、阴森的气氛。

〔3〕松槚(jiǎ 甲):松与槚。因其材木可制棺,故为墓地的代称。

〔4〕雍门曲:刘向《说苑·善说》:"雍门子周以琴见乎孟尝君,孟尝君曰:'先生鼓琴,亦能令文悲乎?'……雍门子周曰:'……臣之所为足下悲者一事也。夫声敌帝而困秦者君也,连五国之约南面而伐楚者又君也。天下未尝无事,不从则横。从成则楚王,横成则秦帝。楚王、秦帝必报仇于薛矣。夫以秦、楚之强而报仇于弱薛,譬之犹摩萧斧而伐朝菌也,必不留行矣。天下有识之士,无不为足下寒心酸鼻者,千秋万岁之后,庙堂必不血食矣。高台既以坏,曲池既以渐,坟墓既以下而青廷矣,婴儿竖子、樵采薪荛者,蹢躅其足而歌其上,众人见之无不愀焉,为足下悲之曰:夫以孟尝君尊贵,乃可使若此乎?'于是,孟尝君泫然泣,涕承睫而未殒。雍门子周引琴而鼓之,徐动宫徵,微挥羽角,切终而成曲。孟尝君涕浪汗,增欷而就之曰:'先生之鼓琴,令文立若破国亡邑之人也。'"雍门,即雍门子周,齐人,居雍门。

春日同李于鳞、王元美比部集
韦氏水亭,得韵二首〔1〕

都门联辔出〔2〕,此地访烟萝。共酌清樽酒,还成白苎歌〔3〕。春云花外度,幽鸟水边多。更拟池亭上,相将采芰荷〔4〕。

我来凭水槛,坐久夕阳斜。聊复祛尘事,相将揽物华。河山百战地,桑柘几人家[5]?纵有明春约,还看何处花?

〔1〕此诗嘉靖二十九年作于京师。李于鳞,见《元夕,同李员外于鳞登西北城楼望郭外人家,时经疬后,慨然有赋》注释〔1〕。王元美,见《元夕道院,同公实、子与、于鳞、元美、子相五君得家字》注释〔1〕。比部,刑部司官的通称。韦氏水亭,即韦园。《大清一统志》卷六:韦园"在(京师)左安门外二里,明正德中……建。水木清幽,为当时胜地"。

〔2〕联辔:连骑、并乘。

〔3〕白苎歌:即古乐府《白纻曲》。吴曲。《乐府解题》曰:"古调盛赞舞者之美,宜及芳时行乐。"

〔4〕芰(jì技)荷:指菱叶与荷叶。《楚辞·离骚》:"制芰荷以为衣兮,集芙蓉以为裳。"

〔5〕桑柘(zhè这):此指农桑之事。

春游[1]

古道一鸣鞭,苍茫雨后天。湖明春草外,寺隐暮云边。野浦还垂钓,山房欲问禅。客中幽事少,独愧白头年。

〔1〕此诗嘉靖二十九年作于京师。

寄张太原[1]

忆昔南楼别,相思动隔年。晋山春草外[2],燕树早莺边。烽燧何时息？征求此日偏[3]。不知尹铎后，保障几人贤[4]？

〔1〕此诗嘉靖二十九年作于京师。诗人对边患、赋役困扰中的人民寄予了深切的同情，期望为政者宽政安民。张太原，即张祉。《山西通志》卷八十八："张祉，（河南）固始人。嘉靖间以进士任太原知府。恺悌慈仁，数遇水旱，躬为祈祷。敌骑入犯，士民惶恐内徙，祉冒雨登陴，昼夜巡警。累官陕西巡抚，祀名宦。"

〔2〕晋山：山西之山。

〔3〕偏：多。白居易《病后重赠晦叔》："老伴知君少，欢情向我偏。"

〔4〕"不知"二句：期望为政者宽政安民。尹铎，春秋晋人，赵简子家臣。《国语·晋语》："赵简子使尹铎为晋阳，请曰：'以为茧丝乎？抑为保障乎？'简子曰：'保障哉！'尹铎损其户数。"此言政宽民安。

和王比部元美喜浚人卢楠冤雪之作[1]

春从邹律动[2]，近得破愁颜。心事孤灯下，年光万死间[3]。赋成馀白发，身在有青山。共尔烟霞约，飘然去不还。

〔1〕此诗嘉靖三十一年（1552）秋作于安阳。和，指和韵。即用原诗同一韵部的字作为韵脚，但不用原诗的韵脚写诗。王世贞（字元美）《闻卢生将出狱志喜》共三首，见《弇州山人四部稿》卷二十三。比部，刑部司官的统称。卢楠，见《张令肖甫郊饯闻笛，兼慰卢次楩》注释〔1〕。

〔2〕"春从"句：用邹衍吹律事，谓卢楠冤狱昭雪。《列子·汤问》："微矣子之弹也，虽师旷之清角，邹衍之吹律，亡以加之。"张湛注："北方

有地,美而寒,不生五谷,邹子吹律暖之,而禾黍滋也。"

〔3〕年光:年华、岁月。

咏史

沛公得秦鹿[1],复向白登城[2]。十载战争苦,一朝和议成[3]。黄云秋倚剑,紫塞日屯兵[4]。独有幽并子[5],长含千古情。

〔1〕沛公:即汉高祖刘邦。秦二世元年(前209)刘邦起兵于沛,以应陈涉,众共立为沛公。秦鹿:指秦国的帝位。《史记·淮阴侯列传》:"秦失其鹿,天下共逐之。"裴骃集解引张晏曰:"以鹿喻帝位也。"

〔2〕"复向"句:谓前200年刘邦亲率兵三十二万迎击匈奴冒顿,结果被冒顿纵四十万精兵围困在白登山(在山西大同东北)。白登城,又名白登堡、白登铺。在山西阳高南,城为明永乐年间筑,非刘邦被围之处。

〔3〕"十载"二句:谓刘邦用陈平计,厚赂阏氏(匈奴皇后),解白登之围后,接受刘敬的建议,与匈奴签"和亲约"。刘邦从起兵至和亲,已征战十年。

〔4〕紫塞:指长城。因秦筑长城,土色皆紫,汉塞也一样,故称。

〔5〕幽并子:喻豪侠之士。语出曹植《白马篇》:"借问谁家子,幽并游侠儿。"幽并,两州名。在今河北、山西和陕北的一部分地方。

端午忆儿元炜、元烛[1]

坐感辟兵丝[2]，遥怜斗草儿[3]。端阳回首处，落日候门时。
邺下聊衣食，天涯几梦思。何当对蒲酒[4]，听汝诵吾诗。

〔1〕此诗约嘉靖二十七年(1548)作于京师，写亲子之情。端午，我
国传统的节日，农历五月初五日。

〔2〕坐：因。辟兵丝：通称辟兵缯，古代传说可以避兵害的丝织物。
梁宗懔《荆楚岁时记》："按仲夏茧始出，妇人染练，咸有作务日月星辰鸟
兽之状，文绣金缕，贡献所尊，一名长命缕，一名续命缕，一名辟兵缯。"

〔3〕斗草：古代民俗，五月初五日有踏百草之戏，唐人称斗百草。

〔4〕蒲酒：菖蒲酒。唐殷尧藩《端午日》："不效艾符趋习俗，但祈蒲
酒话升平。"

遣怀[1]

天地此生浮，贪名岂道流[2]？何为儿女计，徒遣岁时忧？取
醉江花日[3]，行歌岭树秋。向平元有约[4]，南尽白云游。

〔1〕此诗抒写超脱世俗、云游四海之志。

〔2〕道流：道士之辈。

〔3〕江花日：即春天。白居易《望江南》之一："日出江花红胜火，春

来江水绿如蓝。"

〔4〕向平:即向长,字子平,东汉朝歌人。汉光武帝建武中,子女婚嫁已毕,遂不问家事,出游名山大川,不知所终。

出门〔1〕

出门何所见?车马日纷驰。空滞白头客,长怀青桂枝〔2〕。
砧声秋动处〔3〕,桐影月来时。数有山中梦,还从甪里期〔4〕。

〔1〕此诗抒写厌弃世俗、隐居山野的理想。

〔2〕青桂枝:孟郊《病起言怀》:"终伴碧山侣,结言青桂枝。"青桂,即桂树。因枝叶常绿,故称。

〔3〕砧声:捣衣声。

〔4〕甪(lù 鹿)里:秦末汉初隐士,"商山四皓"之一。

秋夜宗子相宅,赋得君字〔1〕

独嗟苏李后〔2〕,作者自纷纭。得失何时定,输心此对君〔3〕。
禁钟飘万井〔4〕,海月度层云。且复同尊酒,狂歌向夜分。

〔1〕此诗嘉靖三十三年(1554)作于京师。当为与李攀龙诗学主张发生分歧而发。赋得,见《赋得胡无人送李侍御化甫巡边》注释〔1〕。

〔2〕苏李:指汉苏武、李陵。二人友善,以诗文相酬答著称。《新唐

书·宋之问传》:"语曰:'苏李居前,沈宋比肩。'"

〔3〕输心:表露真心。

〔4〕禁钟:此指宫禁中的钟声。万井:地方万里。《汉书·刑法志》:"地方一里为井,一同百里,提封万井。"

闻雁

闻雁每愁思,今秋思转多。年光成老病[1],朔气入兵戈。终遂沧洲计[2],聊为白石歌[3]。夜来有归梦,乘月渡西河[4]。

〔1〕年光:年华、岁月。

〔2〕"终遂"句:谓终于实现了归隐的心愿。沧洲,滨水的地方,古时常用以称隐士的住地。

〔3〕白石歌:即《白石郎》,又名《白石郎曲》。其词曰:"白石郎,临江居,前导江伯后从鱼。"

〔4〕西河:此指流经临清城西之卫河。

冬夜吴比部鸣仲宅同张茂参、 方禹绩二兵部作[1]

有美东瓯客[2],招携夜未归。巷深传柝响,檐敞动星辉。郡县仍凋弊,边关各是非。老夫愁易醉,不敢问戎机[3]。

〔1〕此诗约于嘉靖二十七年(1548)作于京师。字里行间流露了诗人对边防和人民苦难的忧虑。吴鸣仲,浙江温州人,曾任职于刑部,谢榛客游京师时结识。张茂参,即张才,陕西西安人。嘉靖甲辰(1544)进士,历官按察金事。方禹绩,即方九叙,字禹绩,钱塘人。嘉靖甲辰进士,除兵部主事,守山海关,任承天知府,以忤直忤巨阉,罢归。

〔2〕东瓯(ōu 欧):即今浙江温州。古越族东海王摇的都城。

〔3〕戎机:指战争、军事。《木兰诗》:"万里赴戎机,关山度若飞。"

送卢司业浚卿再赴南都三首(选一)〔1〕

其二

神交千里外〔2〕,书寄十年间。南北月孤照,江湖云自闲。君来同浊酒,此别两衰颜。建业春应早〔3〕,梅花谁共攀〔4〕?

〔1〕此诗嘉靖二十八年前后作于京师。卢浚卿,即卢宗哲(1505—1574)。字浚卿,号涞西,山东德州人。嘉靖乙未(1535)进士,选庶吉士,授翰林检讨,丁未(1547)擢南京国子监司业,累官光禄卿,官至户部侍郎,为严嵩所格罢归。司业,学官名。为国子监副长官,协助祭酒掌儒学训导之政。南都,明代指南京。

〔2〕神交:彼此仰慕而未谋面,仅以精神相交。

〔3〕建业:今南京。

〔4〕攀:拗折、折取。

春日过山村漫兴[1]

何物清人思？西山对郭门。渔樵春草路[2]，鸡犬夕阳村。
水动烟霞色，沙留杖屦痕[3]。向来樗散意[4]，一醉任乾坤。

〔1〕此诗清新如画，诗人悠然自得的情怀跃然纸上。
〔2〕渔樵：渔夫和樵夫。泛指劳动人民。
〔3〕杖屦(jù巨)：拄杖漫步。
〔4〕樗(chū初)散：语出《庄子》之《逍遥游》和《人间世》。本指像
樗木那样被散置的无用之材。此用以比喻不合世用。樗，即臭椿，其材
粗硬，不耐水湿。散，即散木，指因无用而享天年的树木。

谢子明别业对酌二首(选--)[1]

其二

背郭茅亭子[2]，联镳薄暮来[3]。田夫扫径罢，庭雀出墙回。
地僻隐狐兔，园荒迷草莱。主人久不到，黄菊向谁开？

〔1〕此诗极尽环境的幽僻。谢子明，疑为安阳人。别业，即别墅。
〔2〕背郭：北面的城郭。背，北面。郭，外城。

〔3〕联镳(biāo 标)：马衔相连，指并骑而行。

耽诗二首〔1〕

平生有底事〔2〕，闭户独长吟。采玉缘山险，探珠入海深〔3〕。
上通千古脉〔4〕，后满几家心？向夕谁相和？风鸣万竹林。

共讶耽诗癖，狂歌倒角巾〔5〕。英华吐不尽，糟粕咀犹新。待
兔堪嗟我〔6〕，屠龙岂让人〔7〕！闭门心更远，收得万山春。

〔1〕此二诗抒写沉醉于创作境界的情景和执着的追求，体现了诗
人的诗学观。耽诗，嗜好诗。
〔2〕底：何、什么。
〔3〕"采玉"二句：喻精心构思，神思飞越，不避艰难。
〔4〕"上通"句：谓继承千古传统。
〔5〕角巾：方巾、有棱角的头巾。古代隐士的冠饰。
〔6〕待兔：此以守株待兔的典故喻等待灵感。《诗家直说》卷二：
"诗有天机，待时而发，触物而成，虽幽寻苦索，不易得也。"
〔7〕屠龙：《庄子·列御寇》："朱泙漫学屠龙于支离益，单千金之
家，三年技成，而无所用其巧。"此喻高超的诗艺。苏轼《次韵张安道读
杜集》："巨笔屠龙手，微官似马曹。"

可叹二首〔1〕

几醉覃怀酒〔2〕，兹来何苦辛。龙精剑自古〔3〕，燕石宝非

真〔4〕。天地长容客,云雷暗有神。浮生莫太急,朝露槿花新〔5〕。

世事底相迫,人间谁独醒?行歌仍白石〔6〕,把阅且黄庭〔7〕。山迥云时出,天高霜夜零。葽葹无久色〔8〕,松柏向人青。

〔1〕此诗隆庆二年(1568)秋作于河南沁阳。诗人感叹世道混浊、良莠混杂、是非不分,字里行间充溢着愤然不平之气。

〔2〕覃怀:旧怀州及怀庆路、怀庆府的别称。治所在今河南沁阳。

〔3〕龙精:指丰城双剑龙泉、太阿。详见《赠卢次楩三首(选一)》注〔2〕。

〔4〕燕石:燕山所产石,有符彩婴带,似玉。《后汉书·应劭传》:"宋愚夫亦宝燕石,缇缊十重。"李贤等注引《阙子》:"宋之愚人得燕石梧台之东,归而藏之,以为大宝。周客闻而观之,主人父斋七日,端冕之衣,衅之以特牲,革匮十重、缇巾十袭。客见之,俛然而掩口,卢胡而笑曰:'此燕石也,与瓦甓不殊。'主人父怒曰:'商贾之言,竖匠之心!'藏之愈固,守之弥谨。"

〔5〕朝露槿花:比喻生命短暂。槿花,朝开夕凋。

〔6〕白石:此指《宁戚饭牛歌》:"南山粲,白石烂,生不逢尧与舜禅。"

〔7〕黄庭:即《黄庭经》,道经名。讲道家养生修炼之道,称脾脏为中央黄庭,于五脏中特重脾脏,故名《黄庭经》。有《黄庭内景经》、《黄庭外景经》、《黄庭遁甲缘身经》、《黄庭玉轴经》等。

〔8〕葽葹:即葽草和葹耳,皆恶草。此喻丑恶。见《述感》诗注〔2〕。

秋雨太多，赋诗志感，以示同怀者和之[1]

秋来农事苦，久雨失全功[2]。日晷冥冥外[3]，天心默默中[4]。恩深自古患，怨少几人同？遥望垂衣主[5]，谁为击壤翁[6]？

〔1〕此诗隆庆二年秋作于河南孟县，感叹秋雨成灾，农事无获。和，指和韵。即用原诗同一韵部的字作为韵脚，但不用原诗的韵脚写诗。

〔2〕全功：功业完美，泽披万物。

〔3〕日晷（guǐ 鬼）：日影。冥冥：昏暗迷蒙。

〔4〕天心：天意。

〔5〕垂衣主：《易·系辞下》："黄帝尧舜垂衣裳而天下治，盖取诸乾坤。"此用来称颂明皇帝无为而治。

〔6〕击壤翁：《乐府诗集》卷八十三："《帝王世纪》曰：帝尧之世，天下太和，百姓无事，有八九十老人击壤而歌曰：'日出而作，日入而息；凿井而饮，耕田而食，帝何力于我哉！'"

苦雨后感怀[1]

苦雨万家愁，宁言客滞留。蛙鸣池水夕，蝶恋菜花秋。天地惟孤馆，寒喧一敝裘。须臾古今事，何必叹蜉蝣[2]？

187

〔1〕此诗隆庆二年秋作于河南孟县。

〔2〕蜉蝣:虫名。幼虫生于水中;成虫褐绿色,有四翅,常在水面飞行,寿命很短,只有数小时至一星期左右。

孟县道中三首〔1〕

村家农事毕,积雨漫成河。白聚野凫净,红垂秋柿多。年衰仍浪迹,转调是劳歌〔2〕。一诵鹪鹩赋〔3〕,归钦向薜萝。

去去已云倦,秋天菊正花。阴晴客在路,南北雁为家。薄俗身难定,浮生鬓易华。仙人不可见,何处问丹砂〔4〕?

客行淫雨后,细雨亦堪愁。林鸟畏沾湿,河鱼争荡游。草寒黄色动,山黑暮云浮。戴笠谁家子,荒坡尚牧牛。

〔1〕此三诗隆庆二年秋作于河南孟县,写旅途所见所感,前二首流露了明显的倦游情绪,后一首生动如同水墨画。

〔2〕劳歌:忧伤、惜别之歌。

〔3〕鹪鹩(jiāo liáo 交辽)赋:西晋张华撰。《鹪鹩赋》云:"鹪鹩,小鸟也,生于蒿莱之间。"

〔4〕丹砂:此指丹砂炼成的丹药。

春雪忆儿元烛〔1〕

新年多雨雪,山路更行难。剩作人间瑞〔2〕,偏增马上寒。冻

188

痕连涧合,春色满林看。何处儿沽酒? 杯应到手干。

〔1〕此诗嘉靖四十四年(1565)作于山西太原。冯惟讷评曰:"近语深情。"(《适晋稿》卷五)
〔2〕瑞:瑞雪。古人以为初春的雪兆丰年,故称瑞雪。

雨中赴长子[1]

出门三十里,人在雨中行。黯黯云无色,萧萧树有声。泥深车马道,日晚仆夫情。欲问谁家宿,前村烟火明。

〔1〕此诗嘉靖四十二年(1563)秋作,写羁旅艰难,如在目前。长子,县名,今属山西。

送儿元烛归邺[1]

汝兄在家病,汝病复西来。又历关山险,遥冲风雪回。天涯两念切,岁尽一书裁。母老望游子,斜阳门半开。

〔1〕此诗嘉靖四十二年冬作于山西长治。

过云岫竹亭,雨雹有感[1]

竹亭闲白昼,风雨坐来闻。天改山川色,林停鸟雀群。阶鸣乱走雹,雷转暗驱云。田父更愁思,无眠耿夜分[2]。

〔1〕此诗嘉靖四十三年(1564)夏作于山西长治。冯惟讷评曰:"雹诗不多见,写得肖似。"(《适晋稿》卷二)但更主要的是诗人对农民疾苦关注。云岫,乾隆《长治县志》卷六:"陵川宗人……勋金,字云岫。留心经济。"

〔2〕耿:烦躁不安。《诗经·邶风·柏舟》:"耿耿不寐,如有隐忧。"夜分:夜半。

咏史[1]

言失有言后,事生无事中。至人餐沆瀣[2],教我隐蒿蓬[3]。黄绮匡伏别[4],荀扬著述同[5]。从来贵玄默[6],高枕听松风。

〔1〕此诗嘉靖四十三年夏作于长治。诗人感于言多有失,借咏史倡言玄默,以躲避是非。冯惟讷评首联曰:"似老庄语。"评全诗曰:"有感而发,言简意多。"孔天胤评首联曰:"至理名言。"(引文俱见《适晋稿》卷二)

〔2〕至人:此为道家所谓超凡脱俗、达到无我境界之人。沆瀣(xiè谢):夜间的水气、清露。旧谓仙人所饮。

〔3〕蒿蓬:泛指杂草,这里指山野之地。

〔4〕黄绮:即秦末汉初商山四皓中的夏黄公和绮里季。匡伏:安稳地隐居。

〔5〕荀扬:即荀子和扬雄。

〔6〕玄默:沉静无为。《淮南子·主术》:"君人之道,其犹零星之尸也,俨然玄默而吉祥受福。"

寄李学宪于鳞二首〔1〕

西尽三秦胜,拂衣归故林〔2〕。搜诗惨淡色,远世寂寥心。坐想古人在,行看秋草深。千年白雪调〔3〕,谁和郢中音〔4〕?

著述今垂老,湖山自一家。道存闲日月,心赏旧烟霞。问字翻多扰〔5〕,馀杯不复赊。相看非俗物,篱落有黄花〔6〕。

〔1〕此诗嘉靖四十三年秋作于山西太原。李于鳞,即李攀龙。

〔2〕"西尽"二句:谓李攀龙嘉靖三十七年(1558)辞去陕西提学副使(学宪)归乡。三秦:指陕西关中一带。项羽三分关中,封章邯为雍王,司马欣为塞王,董翳为翟王,合称三秦。

〔3〕白雪:古琴曲名,传为春秋晋师旷所作。此喻指高雅的诗歌。罗隐《秋日有酬》:"腰间印佩黄金重,卷里诗裁白雪高。"

〔4〕郢(yǐng 影)中音:即郢中白雪。典出宋玉《答楚王问》:"客有歌于郢中者……其为《阳春白雪》,国中属而和者不过数十人……是其曲弥高,其和弥寡。"此指高雅的诗歌。

〔5〕问字:从人受学或向人请教。

〔6〕黄花:菊花。

栗晋川留饯园亭,以诗志别,分韵得秋字[1]

盍簪方燕晤[2],引耆复西游。草白晋阳路[3],霜清汾水秋[4]。诗名无去住,客计有淹留。心在浮云外,飘然不系舟。(见《诗家直说》三四二则)

〔1〕此诗嘉靖四十三年作于山西长治。《诗家直说》三四二则曰:"甲子岁秋日,予赴晋阳故人之招,栗晋川留饯园亭,以诗志别,分韵得'秋'字,援笔立就,一气浑成。涌若长江大河,滔滔拍天,而划然中断,其意见于言表,清雅不减刘文房,气格过之。"栗晋川,即栗应麟,字仁夫、仁甫,号晋川。嘉靖己丑(1529)进士,历官河南陈州知州、直隶顺德府同知,迁陕西佥事。弃官归筑舍五龙山下,屏迹不入城市。有《去陈集》。分韵,旧时作诗方式之一。即作诗时先规定若干字为韵,各人分拈韵字,依韵作诗。

〔2〕盍簪:聚首。盍,合。簪,代指衣冠。燕:同宴。

〔3〕晋阳:今山西太原。

〔4〕汾水:源于山西宁武管涔山,经太原南流,至新降而西,于河津入黄河。

忆雁门[1]

昔年雁门路,霜气逼征鞍。野望天何惨,山行老更难。人烟隔水静,鬼火照沙寒。战伐空悲感,风凄成角残。(见《诗家直说》四〇九则;汪端编《明三十家诗选》初集卷五;钱谦益《列朝诗集》丁集,以下简称"列本";《山西通志》卷二百二十三)

〔1〕此诗作于诗人晚年,边患如同不散的阴云,时刻萦系其心头。《诗家直说》四〇九则曰:"诗中'火'言'寒'者罕见。庾子山诗:'络纬无机织,流萤带火寒。'下句甚奇,惜其对不称尔。予得一联:'人烟隔水静,鬼火照沙寒。'状其沙塞荒凉,宛然销魂矣。"雁门,即雁门关,也叫西径关。故址在今山西代县北雁门山上,是山西省南北交通要冲,有重要的军事意义。

送卢次楩归黎阳[1]

入邺柳条黄,还家柳叶长。一樽轻世事,三径老春光[2]。赵瑟谁同调[3],燕歌尔独狂[4]。古来重知己,生死不相忘。(见王本卷下)

〔1〕卢次楩:即卢楠。黎阳:今河南浚县。

〔2〕三径:西汉末,王莽专政,兖州刺史薛诩告病辞官,隐居乡里,于院中辟三径,唯与求仲、羊仲往来。后因常用三径指家园。

〔3〕赵瑟:指瑟。因战国时曾流行于赵国,渑池会上秦王又令赵王鼓瑟,故称。

〔4〕燕歌:战国时燕太子丹命荆轲入秦刺秦王,至易水上,高渐离击筑,荆轲作歌曰:"风萧萧兮易水寒,壮士一去兮不复还!"后以"燕歌"

泛指悲壮的燕地歌谣。

老怀[1]

残年百事过,阅世几人存。风雪双蓬鬓[2],穷愁一酒樽。交游能自定,文字有时论。易了浮生意,难酬国士恩[3]。(见李攀龙编《古今诗删》卷二十六,以下简称"李本")

〔1〕此诗蒋仲舒评曰:"似杜。"(李攀龙、陈子龙《明诗选》卷四)
〔2〕蓬鬓:鬓发蓬乱。
〔3〕国士:此指一国中最优秀的人物。

秋夜[1]

罢酒南楼夜,翛然起越吟[2]。关河双雁迥,风雨一灯深。老破当年梦,秋生久客心。故园常在眼,去住总浮沉。(见李本卷二十六;彭孙贻《明诗》卷三,以下简称"彭本";卢纯学《明诗正声》卷二十六,以下简称"卢本")

〔1〕此诗写秋怀,情景交融,感慨深沉。蒋仲舒评曰:"其思深到。"(李攀龙、陈子龙《明诗选》卷四)陆云龙、丁允和评曰:"凄凉景。"(《翠娱阁行笈必携·诗最卷一》)
〔2〕翛然:迅疾的样子。越吟:战国时越人庄舄仕楚,爵至执珪,虽

富贵,不忘故国,病中吟越歌以寄乡思。后因以喻思乡念国之情。

过故居留别王南村先生[1]

尔居吾旧业,吾弟久相依。往事今谁好?浮生会自稀。河亭聊别酒[2],桑梓共斜晖[3]。百感愿常健,终心殊不违[4]。(见盛以进编刻《四溟集》卷三,以下简称"盛本";《四库全书》载《四溟集》卷三,以下简称"四库本";胡思敬编《问影楼丛书》载《四溟山人诗集》卷三,以下简称"问本")

〔1〕此诗嘉靖四十年(1561)作于山东临清。王南村,临清人。
〔2〕河亭:河边的驿亭。亭,此指供旅客食宿的馆舍。
〔3〕桑梓:此借指故乡。语出《诗经·小雅·小弁》:"维桑与梓,必恭敬止。"
〔4〕终心:即终身、终生。

送李给事元树奉使云中诸镇[1]

琐闱朝下促飞旌[2],岁暮看君塞上行。戍角动人多苦调[3],戎衣走马半新兵。关开涿鹿云连树[4],路出蜚狐雪满城[5]。计日楚才封事上[6],君王深见九边情[7]。

〔1〕此诗嘉靖三十年(1551)作于京师。陈允衡评曰:"山人中此调

亦少,酸气尽除矣。"(《诗慰初集·谢茂秦诗选》)李元树,即李幼滋。详见《李行人元树宅同谢、张二内翰话洞庭湖三首(选一)》注释〔1〕。

〔2〕琐闱:镂刻有连琐的宫中侧门,此代指宫廷。

〔3〕戍角:此指边防驻军的号角声。

〔4〕涿鹿:今属河北。

〔5〕蜚狐:要隘名,在河北蔚县南。两岸峭立,仅通一道,古代为河北平原与北方边郡间的交通咽喉。

〔6〕计日:形容短暂,为时不远。楚才:楚地的人才,这里指李元树,因其是湖北应城人。封事:密封的章奏。

〔7〕九边:指明代设在北方的九个边防重镇,即辽东、宣府、大同、延绥、宁夏、甘肃、蓟州、偏头关、固原。

望北塞有感〔1〕

沙场白骨总堪哀,胡虏凭陵自古来。秦帝北忧期万世〔2〕,周家上策见群才〔3〕。孤城走檄风尘动,百战成功边地开。莫话封侯好归去,零霜秋满郭生台〔4〕。

〔1〕此诗嘉靖三十年作于京师。诗人关心边防,感叹统治者只顾扩边略地、不重视人才。

〔2〕秦帝:指秦始皇。

〔3〕上策:最好的计策和办法。《汉书·沟洫志》:"千载无患,故谓之上策。"

〔4〕"零霜"句:谓人才不再受重用。郭生台,即燕昭王为郭隗所筑

196

黄金台。故址在今河北易县东南。

哭驾部郎中朱伯邻[1]

四载论交道气多[2]，天亡鲍叔奈予何[3]。病来还拟文园
赋[4]，身后空悲蒿里歌[5]。月下归魂辞绛阙[6]，雪中飞旐
渡黄河[7]。亲朋恸哭松楸日[8]，应待东方白马过[9]。

〔1〕此诗嘉靖三十年作于京师，痛悼友朋，情深意浓。朱伯邻，即朱
家相。归德府（治所在今河南商丘南）人。嘉靖戊戌（1538）进士，曾为
兵部车驾司郎中。

〔2〕道气：超凡脱俗的气质。

〔3〕鲍叔：指春秋时齐国大夫鲍叔牙。与管仲交，知管仲贤。管仲
尝曰："生我者父母，知我者鲍子也。"此指朱伯邻。

〔4〕文园：汉文帝的陵园。因司马相如曾为文园陵令，故诗文中常
以文园指司马相如。

〔5〕蒿里歌：古挽歌名。传汉初田横自杀，门人伤之，为之悲歌。其
歌曰："蒿里谁家地，聚敛魂魄无贤愚。鬼伯一何相催促，人命不得少踟
蹰。"

〔6〕绛阙：宫殿前的朱色门阙。此代指朝廷。

〔7〕旐（zhào 兆）：魂幡，出丧时为棺枢引路的旗。潘岳《寡妇赋》：
"飞旐翩以启路。"

〔8〕松楸：松和楸二树。坟墓多植，故常代指坟墓。

〔9〕白马：此指朱伯邻的灵魂。《墨子·明鬼》："杜伯乘白马

素车。"

春日忆弟[1]

漳南十见柳条新[2],白发疏狂任此身。儿女渐多空自老,弟兄久别复谁亲?乱云愁色偏经眼,孤雁哀鸣欲向人。昨夜当歌转惆怅,樽前不是故园春。

〔1〕此诗嘉靖二十三年(1544)春作于安阳,手足之情感人至深。
〔2〕"漳南"句:谓客居安阳已十年。漳南,漳水之南。此指安阳。

春日洹上闲居[1]

芳草洲边春水生,苍茫霁色动柴荆[2]。风吹杨柳幽人卧[3],日上梨花独鸟鸣。泉石自能忘俗事,壶觞聊复寄闲情[4]。千年好忆东方朔[5],金马能兼大隐名[6]。

〔1〕此诗嘉靖二十三年春作于安阳,抒写悠然自得的闲居之情。洹上,指安阳。洹,即洹水,今安阳河。
〔2〕霁(jì寂)色:晴朗的天色。柴荆:指用柴荆做的简陋的门户。
〔3〕幽人:幽隐之士、隐士。
〔4〕壶觞:俱为酒器,这里指饮酒。
〔5〕东方朔(约前161—前93),字曼倩。汉平原厌次(今山东无

198

棣)人。汉武帝时待诏金马门,官至太中大夫。以奇计俳辞得亲近,为武帝弄臣。以诙谐滑稽著名。著有《答客难》《七谏》等。

〔6〕金马:汉代宫门名,学士待诏之处。大隐:指身居朝市而志在玄远的人。

暮春〔1〕

寒食又过羁旅间〔2〕,风光满眼非家山〔3〕。啼鸟聒聒昼眠起,落花冥冥春事闲。四壁有琴对绿酒,百年无药回朱颜。杖藜何处遣吾意,溪上白云时往还。

〔1〕此诗嘉靖二十三年作于安阳。

〔2〕寒食:节名。在清明前一日或二日。相传人民同情介子推的遭遇,相约于其忌日禁火(禁烟),以为悼念。

〔3〕家山:指故乡。

公子行〔1〕

少年公子美容光,共羡豪华倾大梁。花柳旋开驰马路,金珠乱掷斗鸡场。青楼对舞春无歇〔2〕,白纻娇歌夜未央〔3〕。独有侯生空老大〔4〕,夷门风雨自悲凉〔5〕。

〔1〕此诗约于嘉靖二十三年秋作于河南开封(大梁)。

〔2〕青楼:此指妓院。

〔3〕白纻(zhù 住):即古乐府《白纻曲》,吴曲。《乐府解题》曰:"古调盛赞舞者之美,宜及芳时行乐。"

〔4〕侯生:即侯嬴(前? —前257),战国魏隐士。家贫,年七十馀,为大梁夷门的守门小吏,后被信陵君迎为上客。曾献计信陵君窃兵符夺兵权胜秦救赵。

〔5〕夷门:即侯嬴所守之夷门。《史记·魏公子传赞》:"吾过大梁之墟,求问其所谓夷门。夷门者,城之东门也。"

还家

久客还家百感生,萧条独掩旧柴荆。黄尘已倦妻孥计[1],白发相怜父老情。携剑入燕非郭隗[2],著书留赵亦虞卿[3]。悲歌且复开樽酒,岁暮鸦啼雪满城。

〔1〕妻孥:妻子和儿女的统称。

〔2〕郭隗(wěi 伟):战国燕人。燕昭王为筑黄金台,师事之。

〔3〕虞卿:战国游说之士。赵孝成王任为上卿,佩相印,故称虞卿。后奔魏,困于大梁(开封),著《虞氏春秋》。

送谢武选少安犒师固原因还蜀会兄葬[1]

天书早下促星轺[2],二月关河冻欲消。白首应怜班定

200

远〔3〕,黄金先赐霍嫖姚〔4〕。秦云晓度三川水〔5〕,蜀道春通万里桥〔6〕。一对郫筒肠欲断〔7〕,鹡鸰原上草萧萧〔8〕。

〔1〕此诗约作于嘉靖二十七年(1548)前后。李舒章评曰:"结叙二事轻重有体,有情。"(陈子龙等《皇明诗选》卷十二)沈德潜评曰:"将题意逐层安放,一气转折,有神无迹,与高青丘《送沈左司》诗,三百年中不易多见者也。"(《明诗别裁集》卷八)沈德潜又评曰:"七言《送谢武选》一章,无迹有神,与高青丘《送沈左司》诗,并推神来之作。"(《说诗晬语》卷下)毛先舒评曰:"茂秦'天书早下促星轺',末结出武选葬兄,点次轻稳,善于避险。"(《诗辩坻》卷三)王文濡评曰:"凄楚之音,不堪卒读。"(《宋元明诗评注读本》)谢少安,即谢东山。字少安,自号高泉子。四川射洪人。嘉靖辛丑(1541)进士,历兵部武选司郎中、贵州提学副使,累迁右副都御史,巡抚山东。有《近辔轩集》等。固原,今属宁夏。明九边之一。

〔2〕星轺(yáo 摇):古代称帝王使者为星使,因称使者所乘的车为星轺。

〔3〕班定远:即班超(33—102),字仲声,汉扶风安陵(今陕西咸阳东北)人。班彪少子,班固弟。曾为官府抄书,尝投笔叹曰:"大丈夫……安能久事笔砚间乎!"后出使西域,在外十一年,官至西域都护,封定远侯,故称"班定远"。

〔4〕霍嫖姚:即汉霍去病(前 140—前 117),汉河东平阳(今山西临汾西南)人。曾为嫖姚校尉。六次出击匈奴,涉沙漠,远至狼居胥山。封冠军侯,为骠骑将军。

〔5〕三川:此指陕西泾、渭、沏三条河。皆发源于岐山。

〔6〕万里桥:在四川华阳。三国蜀费祎奉使去吴,诸葛亮送之,祎曰:"万里之路,始于此桥。"因以为名。

〔7〕郫(pí皮)筒:酒名。郫人截大竹长二尺以上,留一节为底,刻其外为花纹,或朱或黑或不漆,用以盛酒,故谓。

〔8〕鹡鸰:鸟名,又作脊令。此喻兄弟。典出《诗经·小雅·常棣》:"脊令在原,兄弟急难。"

夜饯周时隆表兄东归[1]

弟兄此别重伤神,况复淹留一病身[2]?白发相看偏堕泪,清樽才罢转愁人。江鸿北转燕山夜,河柳东连鲁甸春[3]。若到乡关逢故老,为言游子倦风尘。

〔1〕此诗写手足之别离,情深依依,伤感不已。周时隆,临清人。谢榛舅家表兄。
〔2〕淹留:久留。
〔3〕鲁甸:山东地区的原野,这里指作者故乡。

送何进士振卿谪乐平少尹[1]

都亭同醉采芳菲[2],别后关山梦不违。平野北看燕树断,大江西去楚帆飞。百花洲上还闻雁[3],五老峰头独振衣[4]。胜地且留何逊赋[5],春风应见贾生归[6]。

〔1〕此诗嘉靖二十七年前后作于京师。陈卧子评曰:"跌荡流美。"

202

宋辕文评曰:"亦本嘉州。"(引文俱见陈子龙等《皇明诗选》卷十二)何振卿,《四库全书总目》卷七十四:"(何)镗,字振卿,号宾岩。处州卫人。嘉靖丁未(1547)进士,官至江西提学佥事。"乐平,县名,今属江西。少尹,州县的副职。

〔2〕都亭:都邑中的传舍。秦法,十里一亭。郡县治所则置都亭。

〔3〕百花洲:地名。在江西南昌东湖北面。

〔4〕五老峰:即江西庐山之五老峰。李白《登庐山五老峰》:"庐山东南五老峰,青天削出金芙蓉。"振衣:抖衣去尘、整衣。

〔5〕何逊(?—518):字仲言,山东郯城人。曾任梁奉朝请,建安王萧伟水曹行参军、掌书记,安成王萧秀参军事兼尚书水部郎中。有《何逊集》。诗与阴铿俱以描摹山水著称,有"阴何"之称。

〔6〕贾生:即贾谊,西汉政论家、文学家。详见《日暮》诗注〔6〕。

中秋无月,同李子朱、王元美、 李于鳞比部赋得城字〔1〕

四野苍茫云雾生,月华暗度凤凰城〔2〕。樽前不辨银河影,楼外空传玉笛声。鸿雁清秋游子意,梧桐白露故园情。谢庄欲赋还惆怅〔3〕,今夜关山何处明?

〔1〕此诗嘉靖二十七年作于京师。李子朱,即李孔阳。字子朱,号三溪。河北武邑人。嘉靖戊戌(1538)进士,己酉(1549)由刑部郎中调东昌知府。解职归田,安享遐龄。王元美,即王世贞。李于鳞,即李攀龙。

〔2〕凤凰城:指京师。

〔3〕谢庄(421—466):字希逸,南朝宋阳夏(今河南太康)人。官至光禄大夫,谥宪子。善歌赋,有诗文四百馀篇。此谢榛自比。

寄洞庭山邹子序[1]

雁书寄意三秋过,龙剑藏灵两地分[2]。旧日交游思共醉,他乡风物感离群。笛中夜落关山月,楼外天连海峤云[3]。老去相逢定悲怆,吴歌对酒不堪闻。

〔1〕此诗怀念挚友,期盼重聚,情真意切,格调悲怆。邹子序,即邹伦,太湖洞庭山人。布衣。

〔2〕龙剑:指丰城龙泉、太阿二剑。此喻自己和邹伦。

〔3〕海峤:近海山岭。峤,尖峭的山。

宿榆林驿[1]

寒夜榆林门独开,愁看霜露满苍苔。驿灯孤照征人梦,边月高悬落雁哀。胡虏几窥青海戍[2],烽烟又上白登台[3]。当年李广空遗恨[4],萧飒天风正北来。

〔1〕此诗与以下《望云中塞》、《望卢龙塞》二诗同作于嘉靖二十六年(1547)秋。写北方边塞风光、形势以及旅怀,境界苍莽,格调悲凉,感

情深沉。李舒章评曰:"结悲劲。"(陈子龙等《皇明诗选》卷十二)榆林驿,即榆林堡。在今河北怀来东。

〔2〕青海戍:即今青海之青海湖。李白《关山月》:"汉下白登道,胡窥青海湾。"

〔3〕白登台:在今山西大同东北白登山上。汉高祖曾被匈奴冒顿单于围困于此。

〔4〕李广(?—前119):陇西成纪(今甘肃静宁西南)人。西汉名将,善骑射。曾任右北平太守,匈奴数年不敢犯,称"飞将军"。

望云中塞〔1〕

几年欲向塞门游〔2〕,北渡桑干重旅愁〔3〕。画角悲凉孤馆夜〔4〕,黄榆摇落九边秋〔5〕。壮心未掷班生笔〔6〕,浪迹堪怜季子裘〔7〕。回首江湖任鸥鸟,漫嗟华发滞燕州〔8〕。

〔1〕云中塞:此指山西大同。

〔2〕塞门:边关。

〔3〕桑干:河名。今河北永定河上游。

〔4〕画角:古管乐器,自西羌传入。形如竹筒,本细末大,以竹木或皮革制成,亦有用铜者,外加彩绘,故称画角。发音哀厉高亢,古时军中多用以警昏晓、振士气;帝王外出也用以报警戒严。

〔5〕黄榆:树木名。落叶乔木,产于我国东北、华北和西北边境。九边:明代北方边防辽东、宣府、大同、延绥、宁夏、甘肃、蓟州、偏头关、固原九处要镇。

〔6〕班生笔:即班超笔。典出《汉书·班超传》:"(超)家贫,常为官佣书以供养。久劳苦,尝辍业投笔叹曰:'大丈夫……安能久事笔研间乎!'"乃投笔从戎。

〔7〕季子裘:指苏秦(字季子)入秦求仕,资用耗尽而归之事。典出《战国策·秦策》:"(苏秦)说秦王书十上而说不行。黑貂之裘弊,黄金百斤尽,资用乏绝,去秦而归……形容枯槁,面目犁黑。"后以之谓旅途或客居中处境困顿。

〔8〕燕州:北魏太和中置,治所在今河北涿鹿。此指京师。

望卢龙塞〔1〕

迢递漠南行侣稀〔2〕,壮游碣石宁言归〔3〕?空山曲径缓征骑,白日清霜沾客衣。秋冷河亭燕子去,风生塞笛梅花飞〔4〕。悠然四顾共谁语,独立大荒吟夕晖。

〔1〕卢龙塞:在今河北喜峰口附近,古为河北平原通向东北的要道。

〔2〕迢递:遥远貌。

〔3〕碣石:山名。在今河北昌黎北。

〔4〕梅花:笛曲《梅花落》的省称。羌族乐曲名,为乐府横吹曲。

寒食夜感怀〔1〕

帝里年华重旅愁〔2〕,几回清梦到沧洲〔3〕。看花多病虚寒食,秉烛何人共夜游？乡思转添春过雁,剑歌初断月当楼〔4〕。梁园旧侣今零落〔5〕,天际黄河空自流。

〔1〕此诗嘉靖二十七年(1548)作于京师,羁旅情怀,百感交集。

〔2〕帝里:犹言帝都、京都。

〔3〕沧洲:滨水的地方。古时常称隐者所居。

〔4〕剑歌:即齐人冯谖寄食孟尝君门下弹剑而歌"食无鱼","出无车"。典出《战国策·齐策四》。

〔5〕梁园旧侣:即司马相如、枚乘、邹阳等。西汉梁孝王建东苑(梁园),广纳宾客,其人均为座上客。

早发坡泉薄暮至太行山下〔1〕

地分三晋此山川〔2〕,形胜迢遥在马前〔3〕。乱石斜通秋草路,太行横断夕阳天。漫垂云气孤村雨,时聒乡心几树蝉〔4〕。不及阮宣随处醉,兴来即解杖头钱〔5〕。

〔1〕此诗嘉靖二十七年秋作。陈允衡评曰:"三四自是大家,音节固高,情致更细。"(《诗慰初集·谢茂秦诗选》)《诗慰初集》民国董氏刻本眉批:"茂秦诗如苏绰学周官,自具才略,蔑视王介甫、方希古一辈人伎俩。"(同上)坡泉,亦作陂泉。《畿辅通志》卷二十三:"陂泉,又名黄帝泉,在保安州(今河北怀来西北新保安)东南。"太行山,绵亘于山西、河南、河北边界。

〔2〕三晋:春秋末,晋国被韩、赵、魏三家大夫瓜分,各立为国,史称

三晋。包括山西、河南和河北西南部。

〔3〕迢遥：远貌。

〔4〕聒（guō 郭）：喧闹、声音嘈杂。

〔5〕"不及"二句：晋阮修（字宣子），官鸿胪丞，太子洗马。避乱南行，为寇所害。《晋书》卷四十九谓其"常步行以百钱挂杖头，至酒店便独酣畅……家无儋石之储，晏如也。"

梦吴人张德良同泛扬子江，偶得一联："黄芦港外群峰出，青石滩头独鹤鸣。"醒而足之〔1〕

不见词人忆旧盟，清秋梦到阖闾城〔2〕。黄芦港外群峰出，青石滩头独鹤鸣〔3〕。共傍江湖存逸气〔4〕，自怜萍梗寄浮生〔5〕。一樽忽罢仍南北，落月空梁无限情〔6〕。

〔1〕张德良：未详。扬子江：指今江苏扬州附近的长江。

〔2〕阖闾城：苏州别称。

〔3〕黄芦港、青石滩：皆非实指。

〔4〕逸气：超脱世俗的气概、气度。

〔5〕萍梗：浮萍断梗。因漂泊流徙，故以喻人行止无定。

〔6〕"落月"句：舒逊《李谪仙》："何由见颜色，月落照空梁。"

九日齐明府思钦见过〔1〕

天涯节序酒樽空〔2〕，扶杖登高索寞中〔3〕。旅雁一声辞朔塞,寒砧几处乱西风。今嗟白首亲朋隔,旧采黄花儿女同。慰我羁怀有陶令[4],非关秋色过篱东[5]。

〔1〕此诗嘉靖四十二年(1563)九月九日作于山西长治。孔天胤评曰:"雅调凄清。"(《适晋稿》卷一)齐思钦,即齐宗尧。河北昌黎人。曾任汾州知州、忻州知州。

〔2〕节序:节令、节气。此指重阳节。

〔3〕索寞:寂寞无聊、失意消沉。

〔4〕陶令:即陶潜。曾为彭泽令,故谓。

〔5〕"非关"句:化用陶潜名句"采菊东篱下,悠然见南山"(《饮酒二十首》之五)。

雪中感怀二首[1]

客怀无定几晴阴,晋俗那知半古今。孤馆劲风翻积雪,千松寒色隐危岑[2]。镜垂鹤发嗟年老,剑养龙精动夜深[3]。昨向庭前驱斗雀,解纷还似鲁连心[4]。

天教强健老年身,自觉诗成调转新。三晋关河无旅雁[5],万家风雪几愁人。樽中醴酒堪怀古[6],笛里梅花未是春[7]。形胜肯淹青玉杖[8],乾坤何愧白纶巾[9]。

〔1〕此诗嘉靖四十二年冬作于长治。诗人虽然年迈,但行侠仗义、漫游四海的情志不减。冯惟讷评第一首曰:"细事自寄亦佳。"孔天胤评

第一首曰:"何慕鲁连之深。"(引文俱见《适晋稿》卷一)

〔2〕危岑:高峻的山峰。

〔3〕龙精:指丰城剑。详见《赠卢次梗三首(选一)》注释〔2〕。

〔4〕鲁连心:指行侠仗义之心。鲁连,即鲁仲连,战国齐人。有计谋,但不肯做官。尝周游各国,排难解纷。事见《史记·鲁仲连邹阳列传》。

〔5〕三晋:此指山西。

〔6〕醴酒:甜酒。《汉书·楚元王刘交传》:"穆生不耆酒,元王每置酒,常为穆生设醴。"

〔7〕梅花:笛曲《梅花落》的简称。

〔8〕青玉杖:竹杖。青玉,竹的别名。

〔9〕白纶(guān 官)巾:白头巾。白居易《题玉泉寺》:"手把青筇杖,头戴白纶巾。兴尽下山去,知我是何人。"

雪中柬南泉君〔1〕

当年齐客剑歌雄〔2〕,落落襟期谁复同〔3〕?特地晓寒侵逆旅〔4〕,极天春雪滞归鸿。诗缘老后格逾健,酒到愁边樽易空。岂待黄花秋寂寞,白衣方遣过篱东〔5〕。

〔1〕此诗嘉靖四十三年春作于长治。冯惟讷评第二联曰:"壮!"孔天胤评第三联曰:"极是性情。"冯惟讷评第四联曰:"寂寞语,不寒俭。"(引文俱见《适晋稿》卷二)

〔2〕"当年"句:用孟尝君食客冯谖弹铗之典。详见《离感篇远示元

210

灿、元辉诸儿》诗注释〔4〕。

〔3〕落落:磊落。襟期:襟怀、志趣。

〔4〕特地:特别。逆旅:客舍、旅馆。

〔5〕"岂待"二句:《续晋阳秋》:"陶潜九日无酒,出篱边怅望久之,见白衣人至,乃王弘送酒使也。"白衣,指白衣使者,即赠酒之使者。

次韵酬张召和见寄〔1〕

危栏直傍白云层,与客论诗向晚凭。泽国云霞多变幻,海天风浪欻崩腾〔2〕。浑雄自可追前代,古澹由来是上乘〔3〕。横槊千年独魏武〔4〕,相期并马吊西陵〔5〕。

〔1〕此诗嘉靖四十三年夏作于长治,体现了诗人的艺术追求和诗学观。孔天胤评曰:"超然远览。"(《适晋稿》卷二)次韵,亦称步韵。即依照所和诗中的韵及用韵的先后次序写诗。张召和,即张卤(1523—1598)。字召和,号浒东。仪封(今河南兰考)人。嘉靖己未(1559)进士,历任山西高平知县、礼科和兵科给事中、太常寺少卿、右副都御史、大理卿、太常寺卿。有《浒东集》。

〔2〕欻:忽然。

〔3〕"浑雄"句:"浑雄"、"古澹"均为论诗语。

〔4〕"横槊(shuò 朔)"句:元稹《唐故工部员外郎杜君墓系铭》:"建安之后,天下文士遭罹兵战,曹氏父子鞍马间为文,往往横槊赋诗,故其抑扬怨哀悲离之作,尤极于古。"槊,即杆儿比较长的矛。

〔5〕西陵:曹操陵墓。在今河北临漳西南。

秋日旅怀[1]

家在太行东复东,西来垂白感飘蓬[2]。野情自出浮沉外,道气谁全寂寞中。片雨满城秋落木,孤灯背枕夜鸣虫。为嗟今日平原馆[3],却忆当年国士风[4]。

〔1〕此诗嘉靖四十三年作于长治。冯惟讷评中四句曰:"二联惊策。"(《适晋稿》卷三)

〔2〕垂白:白发下垂。谓年老。

〔3〕平原馆:在河北邯郸。徐陵《为梁贞阳侯与裴之横书》:"平原之馆,乃乏如锥;田文之家,差有弹铗。"此指客寓之处。

〔4〕"却忆"句:谓景仰战国时赵国平原君赵胜(？—前251)招贤纳才的举措和风范。国士风,举国推重的才能出众的人的风格。

周子才见过谈诗[1]

诗家超悟方入禅[2],画蛇添足何争先？半夜冰霜苦自取,三春花鸟愁相牵。神游浩渺下无地,气转混茫中有天[3]。杜陵老子昨梦见[4],笑来更拍狂夫肩。

〔1〕此诗嘉靖四十三年秋作于山西太原,是首论诗诗,体现了诗人重妙悟、尚苦思、强调驰骋神思的诗学思想。冯惟讷评第三联曰:"奇思,

壮语。"（《适晋稿》卷三）周子才，即周斯盛。字子才，号陬岩。明宁州（今江西修水）人。嘉靖癸丑（1553）进士，曾任山西提学副使，筑河汾书院大兴文教。

〔2〕超悟：即彻悟，超越于人而大悟。《晋书·鸠摩罗什传》："大师聪明超悟，天下无二。"

〔3〕混茫：指广大无边的境界。

〔4〕杜陵老子：指杜甫。

左溪君招饮浩然台值雨，同王明甫赋得临字〔1〕

高台置酒邀登临，骑马共游泥泞深。绝塞烟云白雁没〔2〕，乱松风雨苍龙吟〔3〕。闲中胜境几人兴，醉后狂歌千古心。世事从来变仓卒，出门谁预知晴阴。

〔1〕此诗嘉靖四十三年秋作于太原。孔天胤评曰："此兴此心，实不易语。"（《适晋稿》卷三）左溪君，明宗室，居太原。浩然台，在太原东关延寿寺后。王明甫，即王道行，字明甫（又作明辅），详见《酬王郡丞明辅见寄》注释〔1〕。

〔2〕白雁：候鸟。体色纯白，似雁而小。

〔3〕苍龙吟：喻松涛声。苍龙，青龙。

过朱道甫留酌，分得秋字〔1〕

为爱君才王勃流〔2〕，樽前相对赋高秋。关山回首偏多路，风雨惊心各一楼。老去自知能放达,古来谁不重交游。匣中宝剑藏灵异,莫使龙光天外浮〔3〕。

〔1〕此诗嘉靖四十三年秋作于太原。孔天胤评中二联曰:"四句非老于世故,深于旅怀,断不能及。"(《适晋稿》卷三)朱道甫,未详。

〔2〕王勃(650—676?):字子安,绛州龙门(今山西河津)人。自幼为神童,曾为沛王府修撰,是"初唐四杰"之一。有《王子安集》。

〔3〕"匣中"二句:化用丰城剑之典,见《赠卢次楩三首(选一)》注〔2〕。此喻才高不外露。龙光,指宝剑的光芒。王勃《秋日登洪府滕王阁饯别序》:"物华天宝,龙光射牛斗之墟。"

寓邺怀洞庭山人陆子润〔1〕

遥忆江东陆士衡〔2〕,目穷天畔碧云横。芳洲独立漫长啸〔3〕,兰棹不来虚旧盟〔4〕。林屋烟霞千里梦,洞庭书信十年情。吴枫邺柳俱秋色,日暮关山雁一声。

〔1〕此诗写思念友人,一往情深。陆子润,名不详,江苏太湖洞庭山人,布衣。

〔2〕陆士衡:即陆机,字士衡。此喻指陆子润。

〔3〕芳洲:芳草丛生的小洲。谢朓《怀故人》:"芳洲有杜若,可以赠佳期。望望忽超远,何由见所思。"长啸:撮口发出悠长清越的声音,古人常以此述志。岳飞《满江红·写怀》:"仰天长啸,壮怀激烈。"

〔4〕兰棹(zhào 兆):即木兰舟。棹,船桨,此代指船。

暮春有感

世故悠悠鬓易华,岁时多病转堪嗟。小园春上蘼芜色[1],古
道风吹杨柳花。黄鸟独鸣纷旅思,白云无定寄生涯。狂歌
忽忆当年事,月满长安醉酒家。

〔1〕蘼芜:香草名,即芎䓖苗。

有感[1]

出门何处觅丹丘[2],天地茫茫鬓欲秋。贾傅上书空有
意[3],扬雄识字竟多愁[4]。云飞碧落还无定[5],水到沧溟
自不流[6]。客子孤怀成浩叹,长虹斜挂凤凰楼。

〔1〕此诗俯察古人,感慨才能和抱负于世无补,向往求道寻仙。

〔2〕丹丘:传说中的神仙所住之地。韩翃《同题仙游观》:"何用别
寻方外去,人间亦自有丹丘。"

〔3〕贾傅上书:贾谊数次上疏陈政事,欲多所匡建。详见《日暮》诗
注释〔6〕。

〔4〕扬雄识字:扬雄自幼好学,博览群书,学问渊博,不仅精通经学、
辞章,而且兼长小学,多识奇字。明王燧《题扇和张文伯韵》:"扬雄识字
竟何成,贾傅抱才曾受谪。"

〔5〕碧落:天空、青天。

〔6〕沧溟:大海。

秋暮书怀[1]

木落风高万壑哀,山川纵目一登台。夕阳满地渔樵散[2],秋水连天鸿雁来。白发无情淹岁月,黄花有意照樽罍[3]。西园公子虚陈迹[4],词客于今说爱才。

〔1〕此诗隆庆三年(1569)作于河南安阳,境界浑阔,感慨深沉。

〔2〕渔樵:渔夫和樵夫。泛指劳动人民。

〔3〕樽罍(léi 雷):盛酒器具。

〔4〕西园:在河北临漳西,魏武帝所建。曹丕《芙蓉池作》:"乘辇夜行游,逍遥涉西园。"曹植《公燕诗》:"清夜游西园,飞盖相追随。"

病怀[1]

鬓发萧萧昼不冠,他乡风物若为看[2]。花庭晒药日将午,茅屋烹茶春尚寒。久别亲朋谁问病,深怜儿女自加餐。是非高枕浮云过,遥忆西河旧钓竿[3]。

〔1〕此诗隆庆三年作于安阳,抒写羁旅病中情景及思乡念亲之情。汪端评曰:"可悲在'谁'字、'自'字。"(《明三十家诗选》初集卷五)

216

〔2〕若为:如何、怎样。

〔3〕西河:此指流经临清西的卫河。

中秋宴集〔1〕

满空华月好登楼〔2〕,坐倚高寒揽翠裘〔3〕。江汉光翻千里雪〔4〕,桂花香动万山秋。黄龙塞上征夫泪〔5〕,丹凤城中少妇愁〔6〕。词客共耽今夜酒,谩弹瑶瑟唱伊州〔7〕。

〔1〕此诗隆庆三年作于安阳,神思飞腾,境界宏阔。李舒章评曰:"燕集诗最难得此遥慨。"(陈子龙等《皇明诗选》卷十二)

〔2〕华月:皎洁的月亮。

〔3〕翠裘:即翠云裘。以翠羽制作,上有云彩文饰之裘。

〔4〕江汉:指长江和汉水之间及附近一些地区。

〔5〕黄龙塞:即黄龙府。治所在今吉林农安。

〔6〕丹凤城:京师。

〔7〕伊州:商调曲。系唐西凉节度使盖加运所进。白居易《伊州》:"老去将何散老愁,新教小玉唱伊州。"

暮雨〔1〕

忽漫浓云西北生,斜风骤雨入重城〔2〕。大川波动鱼龙气,空谷雷搜木石精〔3〕。阮籍感时心独苦,杜陵忧国意难平〔4〕。

万家暝色孤灯外,弹剑长歌此夜情。

〔1〕此诗状骤雨忽至,气势磅礴;感怀愤激,颇多忧患意识。

〔2〕重城:古代城市在外城中又建内城,故称。此泛指城市。

〔3〕木石精:即木石之怪,山中的怪物。《国语·鲁语下》:"丘闻之,木石之怪曰夔、蝄蜽。"韦昭注:"木石,谓山也。或云,夔一足,越人谓之山缲,音'骚',或作'獟',富阳有之,人面猴身,能言。或云独足。"

〔4〕"阮籍"二句:阮籍生不逢时,其今存诗统名《咏怀》,或嗟生,或忧时,或愤世,或嫉俗,充分表现了他既不满现实,反对礼教束缚,又想保全性命,独善其身的矛盾心理和复杂的思想状况。杜陵即杜甫,杜甫诗反映现实,忧国忧民。

秋夜登覃怀城楼〔1〕

满城寒杵送人愁,霜气偏侵季子裘〔2〕。浮海有心聊阅世〔3〕,御风无术且登楼〔4〕。虚檐高映苍云暮〔5〕,古堞平连翠嶂秋〔6〕。回首不堪乡国远,断鸿飞下蓼花洲〔7〕。

〔1〕此诗隆庆二年(1568)秋作于河南沁阳,抒写羁旅愁怀。覃怀,即旧怀州及怀庆路、怀庆府的别称。治所在今沁阳。

〔2〕季子裘:苏秦(字季子)的貂裘。此谓旅途或客居中处境困顿。典出《战国策·秦策》,详见《望云中塞》诗注〔7〕。

〔3〕浮海:浮游海上,谓寻仙。阅世:经历世事。

〔4〕御风:乘风而行。《庄子·逍遥游》:"夫列子御风而行,泠然

善也。”

〔5〕虚檐:凌空的房檐。

〔6〕古堞:古老的城墙。堞,女墙,即城墙上端凸凹状的矮墙,此代指城墙。翠嶂:青绿色的耸立如屏障的山峰。

〔7〕断鸿:失群的孤雁。蓼花洲:生满蓼花的沙洲。

晚登天坛绝顶下有王母洞〔1〕

遥向蓬壶探海月〔2〕,谩扶藜杖啸天风。路盘翠壁千层上,人在苍山万点中。王母鸾归深洞闭,轩皇龙去古台空〔3〕。凭虚极望断消息,柿叶满岩秋自红。

〔1〕此诗隆庆二年秋作于沁阳,紧扣“登”字,层层展开,江山如画,诗人勃勃兴致跃然纸上。天坛,山名。《河南通志》卷七:“天坛山在济源县西一百二十里王屋山北,山峰突兀,其东曰精,西曰华,绝顶有石坛,名清虚小有洞天,旦夕有五色影,夜有仙灯,即唐司马承贞得道之所。”王母洞,在天坛绝顶北。

〔2〕蓬壶:仙山名,即蓬莱山。

〔3〕“轩皇”句:宋陈师道《谈丛》卷十八:“王屋天坛,道书云黄帝礼天处。”轩皇,即黄帝。传说黄帝姓公孙,居于轩辕之丘,故名轩辕。

秋夜闻笛〔1〕

塞鸿欲下何迟迟,长笛隔楼谁一吹?月冷关山不尽意,风高杨柳无全枝。征人空馆梦回处,少妇孤灯肠断时。况我朋游半凋落,山阳作赋千年悲〔2〕。

〔1〕此诗作于隆庆四年(1570)八月二十日李攀龙去世之后。秋夜的笛声,使诗人念及"朋游半凋落",伤感万分,颔联和颈联即有力地渲染了这一情怀。

〔2〕山阳作赋:《晋书·向秀传》:秀经山阳旧庐,"于时日薄虞泉,寒冰凄然,邻人有吹笛者,发声嘹亮,追想曩昔游宴之好,感音而叹",乃作《思旧赋》。山阳,故城在今河南焦作东南墙南村北侧,因在太行山南部,故名。

秋日怀弟〔1〕

生涯怜汝自樵苏〔2〕,时序惊心尚道途。别后几年儿女大,望中千里弟兄孤。秋天落木愁多少,夜雨残灯梦有无。遥想故园挥涕泪,况闻寒雁下江湖!

〔1〕此诗汪端评曰:"茂秦所以胜于沧溟,只是诗中有怀抱耳。"(《明三十家诗选》初集卷五)叶矫然评曰:"谢茂秦诗多矜重而出,独有《秋日怀弟》一律,情真笔老,若不经意为工。"(《龙性堂诗话续集》)王文濡评曰:"即景写情,极缠绵悱恻之致。"(《宋元明诗评注读本》)

〔2〕樵苏:此指日常生计。

朱仙镇吊岳武穆[1]

中原何幸见将军,一剑长驱胡马群。战伐功高天意在,庙堂策定帝图分[2]。只今营垒空秋月,终古旌旗有暮云。遗恨几多堤上柳,冷风凄雨不堪闻。

〔1〕此诗嘉靖二十四年(1545)春作于河南开封,凭吊民族英雄,怀古伤今,感慨深沉。朱仙镇,在今河南开封西南。南宋绍兴十年(1140),岳飞大败金兵乘胜进军至此。岳武穆,即岳飞(1103—1142)。南宋抗金名将。字鹏举。汤阴(今属河南)人。曾率军收复建康、襄阳、信阳、郑州、洛阳等地,在郾城大败金军。因投降派诬陷被杀。宋孝宗时追谥"武穆",宋宁宗时追封"鄂王"。有《岳武穆遗文》,诗词散文都慷慨激昂。

〔2〕庙堂:朝廷。

闻老兵谈边事[1]

少小从军老病侵,铁衣征战岁年深。天寒野火烧荒塞,月黑山精啸古林[2]。千载干戈堪洒泪,三秋笳鼓数惊心。平沙乱草迷枯骨,汉武穷兵怨至今[3]。

〔1〕此诗借老兵之口,反映了征战的艰难,表达了对统治者穷兵黩武政策的强烈不满。

〔2〕山精:传说中的山中怪兽。说法不一:或曰"人形,长大,面黑色,身有毛,足反踵,见人而笑";或曰"如人,一足,长三四尺,食山蟹,夜出昼藏"。

〔3〕汉武:即汉武帝刘彻(前156—前87)。公元前140—前87年在位。一度扩边略地、穷兵黩武而徭役繁重,使农民大量破产流亡。

林虑北园待李子周不至〔1〕

北园台榭雨晴初〔2〕,坐对群峰澹自如。四野暝烟飞白鸟,半池秋水落红蕖〔3〕。海天月近幽栖处,石树风生浩唱馀。清夜放怀须酒伴,隔林犹自听来车。

〔1〕林虑:县名。今河南林县。李子周,林县人。馀不详。
〔2〕台榭:泛指楼台等建筑物。
〔3〕红蕖(qú渠):红荷花。蕖,芙蕖,即荷花。

忆天坛山〔1〕

目极天坛路渺茫,往时高步采琼芳。白云窲断笙音度,红叶林空酒气香。仙客并游心自逸〔2〕,野猿一见意相忘。醉呼童子收诗草,月上千峰卧石床。

〔1〕天坛山:在今河南济源西之王屋山北,山峰突兀,绝顶有石坛,

名清虚小有洞天,传唐司马承贞得道于此。杜甫、白居易、元稹皆有诗。

〔2〕仙客:此指隐者或道士。

怀仙诗[1]

我爱琴高乘鲤鱼[2],洞天六六是行庐[3]。万年松下丸灵
药[4],千仞峰头著道书。衡岳夫人招不去[5],流沙老子问
何如[6]?有时独枕云根卧[7],秋月辉辉满太虚[8]。

〔1〕此诗描述的仙人生活,是诗人的理想和向往。

〔2〕琴高:传说为战国赵人。能鼓琴,为宋康王舍人,学修炼长生之
术,游于冀州、涿城之间。后入涿水中取龙子,与弟子期某日返。至时,
琴高果乘鲤鱼而出,留一月,复入水去。

〔3〕洞天六六:即三十六洞天,道家称神仙居住的地方。任昉《述
异记》卷下:"人间三十六洞天,知名者十耳,馀二十六天出《九微志》,不
行于世也。"行庐:出游寄宿处。

〔4〕丸灵药:制灵药成丸。

〔5〕衡岳夫人:即南岳夫人。道家所称女仙名。姓魏,名华存。任
城人。嫁南阳刘文,生二子。一意修道,至晋成帝咸和九年(334)病死,
年八十三岁。位为紫虚元君,称南岳夫人。

〔6〕流沙老子:刘向《列仙传》:"老子西游关,令尹喜,知真人当过,
物色而得之,与老子俱至流沙之西,服苣胜实,莫知所终。"流沙,指我国
西北部的沙漠地区。

〔7〕云根:指山石。

〔8〕太虚:指宇宙。

无题二首(选一)

其二

窗有蛛丝镜有尘,小楼岑寂坐伤神[1]。鸳鸯哺子空经眼,桃李飞花不待人。洛浦佳期孤皓月[2],湘江幽怨寄青蘋[3]。玉环旧日徒相赠[4],肠断归鸿又一春。

〔1〕岑寂:高而静。

〔2〕洛浦佳期:泛指男女相会。张衡《思玄赋》:"载太华之玉女兮,召洛浦之宓妃。"洛浦,洛水之滨。

〔3〕湘江幽怨:指舜南巡死于苍梧,其娥皇、女英二妃哀伤泪下,染竹即斑,遂溺于湘水。

〔4〕玉环:玉制的环。此指定情之物。

答武进李宰元素惠六朝诗[1]

故人送我六朝诗[2],夜半灯前坐读时。清庙朱弦弹古调[3],玉楼琼树发春姿。共言苏李传骚雅[4],那识曹刘是路岐[5]。极望江山增感慨,长风吹雁报君知。

〔1〕此诗对六朝诗给予了较高的评价,有助于全面认识诗人的诗学观。武进,县名,今属江苏常州市。李元素,《江南通志》卷一百一十四:"李画,字元素。林县人。嘉靖中令武进……著六曹职掌书,名曰《武进掌故》。"

〔2〕六朝:三国吴、东晋、南朝的宋、齐、梁、陈,都以今南京为首都,合称六朝。

〔3〕清庙:此指古代帝王祭祀祖先的乐章。《礼记·乐记》:"《清庙》之瑟,朱弦而疏越,一倡而三叹。"郑玄注:"清庙谓作乐歌《清庙》也。"朱弦:用熟丝制的琴弦。

〔4〕苏李:西汉诗人苏武和李陵的并称。《文选》载李陵《与苏武诗》三首、苏武诗四首。另外,《古文苑》还收李陵《录别诗》八首、苏武《答诗》一首。这些诗以哀婉凄怨的情调抒发人生的悲苦艰辛,是艺术相当成熟、形式较为完整的五言古诗。但至六朝以来,一般都认为这些诗非出自苏李之手。

〔5〕曹刘:三国魏曹植、刘桢的合称。语出锺嵘《诗品序》:"昔曹刘殆文章之圣。""次有轻薄之徒,笑曹刘为古拙……徒自弃于高明,无涉于文流矣。"

征夫叹〔1〕

漠北单于耽射猎〔2〕,云中都护拥旌旄〔3〕。征夫泪堕故乡远,戍角声悲寒月高。绝塞胡霜侵剑戟,阴山鬼火照蓬蒿〔4〕。从来百战轻生死,独倚辕门感二毛〔5〕。

〔1〕此诗体现了诗人对征夫的深切同情。

〔2〕单(chán婵)于:匈奴最高首领的称号"撑犁孤涂单于"之简称。匈奴语"撑犁"是"天"、"孤涂"是"子"、"单于"是"广大"之意。耽:酷嗜。

〔3〕云中:此指今山西大同。都护:官名。汉宣帝时始置西域都护。此指领兵将帅。旌旄(jīng máo 精毛):军中指挥的旗子,代指兵权。

〔4〕阴山:即今内蒙古境内的阴山山脉。

〔5〕辕门:领兵将帅的营门。二毛:头发斑白。

还家〔1〕

二十馀年寄邺城,归来谁不讶狂生。白头况带风尘色,青眼深知父老情〔2〕。共话江湖多故事,自怜词赋亦空名。仲宣踪迹犹无定〔3〕,遥指浮云意未平。

〔1〕此诗嘉靖四十年(1561)秋作于山东临清。诗人自嘉靖十三年(1534)移家客居河南安阳(邺城),已经二十七年了。诗真实地抒写了久别还乡的激动感慨和乡亲父老们的深情厚谊。

〔2〕青眼:器重。《书言故事·会遇类》:"荷人爱厚云极辱青眼。"典出《世说新语》刘孝标注引《晋百官名》,晋阮籍能为青白眼,常以青眼对所器重的人。

〔3〕仲宣:"建安七子"之一的王粲之字。此自比。

226

北园偶成示炬上人[1]

吾生浪迹鬓幡然[2],结社东林信有缘[3]。独卧上方聊习静[4],相过竹院又谈禅。一泓水底窥时月[5],百尺竿头立处天。石踞松蟠龙虎在,松枯石烂定何年?

〔1〕此诗嘉靖四十四年(1565)夏作于山西汾阳。冯惟讷评曰:“自解禅语。”(《适晋稿》卷五)炬上人,汾阳某寺僧人,馀未详。

〔2〕幡(pó 婆)然:尽白的样子。

〔3〕结社东林:谓与高僧结交。晋太元中,慧远法师曾与刘遗民等十八人在江西庐山东林寺结白莲社,称“东林十八贤”。东林,此泛指寺院。

〔4〕上方:住持僧居住的内室,此指寺院。

〔5〕一泓(hóng 宏):清水一道或一片。

寄怀吴少吕,时寓邺台[1]

君客梁园几见秋[2],吾踪西转路悠悠。著书未满山林意[3],携剑何为关塞游?明月一樽孤授简[4],停云两地各登楼[5]。雁门岁晚淹归计[6],却向邹阳问去留[7]。

〔1〕此诗嘉靖四十三年(1564)冬作于山西代县。孔天胤评曰:“朋

情旅况殆尽。"(《适晋稿》卷四)吴少吕,江苏太湖洞庭山人,布衣。邺台,此代指河南安阳。

〔2〕梁园:在今河南开封东南,西汉梁孝王刘武修。此指安阳赵王府。

〔3〕山林意:隐居之志。

〔4〕授简:给予笔札,谓嘱人写作。

〔5〕停云:陶潜《停云》诗四首自序曰:"停云,思亲友也。"

〔6〕雁门:即雁门关,也叫西径关。故址在今山西代县北雁门山上。

〔7〕邹阳:西汉文学家,齐(今山东东部)人,曾与枚乘、司马相如等为梁孝王座上客。此喻指吴少吕。

久客志感〔1〕

寄迹天涯久未归,孤城霜日惨无辉。苦吟易老计何拙,浊酒驱愁功亦微。兵气横关催走檄,仙云绕阙护垂衣〔2〕。自从河套停边议,将相于今远是非〔3〕。

〔1〕此诗嘉靖四十三年冬作于代县。诗人忧虑边患,感叹国无定策、将相失职。冯惟讷评曰:"畎亩之忠,一唱三叹。"孔天胤评曰:"微言深计。"(引文俱见《适晋稿》卷四)《诗慰初集》民国董氏刻本眉批:"感慨自深,觉贵溪、介溪两相俱失,而后更不如。"

〔2〕"仙云"句:谓明世宗朱厚熜迷信道教,深居宫中,专意斋醮,疏于朝政。垂衣,称帝王无为而治。此暗含贬义。

〔3〕"自从"二句:指夏言、曾铣因谋划收复河套被杀后,文武大臣回避言及此事。河套,指内蒙古和宁夏境内贺兰山以东、狼山和大青山

以南的地区。因黄河由此流成一个大弯曲,故名。

有客醉谈[1]

冬来云物常多惨[2],雪后边烽何太频?自抱深愁征战日,相逢一哭乱离人。天横正气全归汉,地接长城尚忆秦[3]。有客经过论世事,且倾樽酒唱阳春。

〔1〕此诗嘉靖四十三年冬于山西雁门关忧虑边患而作。冯惟讷评第二联曰:"得杜之骨。"(《适晋稿》卷四)陈允衡评曰:"学杜前半胜。"(《诗慰初集·谢茂秦诗选》)《诗慰初集》民国董氏刻本眉批:"此亦画少陵也。"(同上)

〔2〕云物:景物。

〔3〕"天横"二句:由边烽不熄,忆及汉、秦牢固的防卫,以相对照。正气,此指正常的生活氛围。

李廷实兵宪署中饯别[1]

守邺相逢见素心[2],西来边郭感何深[3]。胡鹰远猎生愁思,代马闲骑听捷音[4]。几醉壶觞春浩瀚,一谈战伐气萧森。知君别后经纶著[5],白发青山空自吟。

〔1〕此诗嘉靖四十四年正月上旬作于代县。冯惟讷评曰:"边愁别

思可想。"孔天胤评曰:"真有唐人边塞意。"(引文俱见《适晋稿》卷五)李廷实,即李玳,明直隶霸州(今河北霸县)人。嘉靖丙辰(1556)进士,历官彰德知府、山西按察副使。兵宪,又名兵备道、整饬兵备、兵备副使,属提刑按察司。其职责是监管军事并直接参与军事行动。

〔2〕素心:心地纯朴。

〔3〕边郭:边城。郭,外城。

〔4〕代马:北地所产良马。代,古代郡地,后泛指北方边塞地区。

〔5〕经纶:泛指处事才能和学问。

谢侍郎与德郊亭饯别[1]

昔会燕台今白头[2],东归分袂倍离愁[3]。年华易改谁长健?世路无穷客倦游。春雪模糊荒岭树,夕阳惨淡古边楼。此情欲寄滹沱水[4],千折波声尚北流。

〔1〕此诗与上诗作于同时。冯惟讷评曰:"感旧恨别,流出胸次。"(《适晋稿》卷五)陈允衡评曰:"感旧怅别,可被管弦。"(《诗慰初集·谢茂秦诗选》)谢与德,《山西通志》卷一二八:"谢兰,字与德,代州人。嘉靖丙辰(1556)进士,授正定府推官……擢监察御史,按辽东,再按浙江。历右副都御史,抚江西,入为兵部侍郎。致仕归卒,年七十九岁。"

〔2〕燕台:又名黄金台,在今河北易县东南,相传为战国燕昭王筑。

〔3〕分袂(mèi妹):离别。

〔4〕滹(hū乎)沱水:即滹沱河。源出山西繁峙秦戏山,东流入河北平原,在献县汇入子牙河。

230

清明游西园有感[1]

客转汾阳时禁烟[2],太行云渺故乡天。齐中一弟悲西垅,邺下诸儿走北阡。桃李未花春气晚,河山独赋老怀偏[3]。重来祇恐芳菲尽,啼杀黄鹂空自怜。

〔1〕此诗嘉靖四十四年春作于山西汾阳,抒写羁旅思乡念亲及惜春之情。西园,在汾阳。

〔2〕"客转"句:谓诗人寒食由太原至汾阳。

〔3〕偏:多、深。白居易《醉后重赠晦叔》:"老伴知君少,欢情向我偏。"

中秋夜集周时隆表兄宅有感[1]

天涯对月几团圞[2],乌鹊翻枝栖未安。兄弟共须今夕醉,妻孥犹是异乡看[3]。光流浩荡千家白,影落苍茫二水寒[4]。仙桂花开秋正好,不知人世有悲欢。

〔1〕此诗嘉靖四十年(1561)作于山东临清,抒写兄弟重会的情景及其感慨。周时隆,临清人,谢榛舅家表兄。

〔2〕团圞(luán 栾):形容月圆。

〔3〕"妻孥"句:谓妻子儿女尚在安阳。

〔4〕二水:指流经山东临清的会通河和运河。

登岱〔1〕

绝顶登攀海日明,下看蚁垤隐孤城〔2〕。玉童不见云霞
渺〔3〕,丹侣相从杖屦轻〔4〕。汉石尘迷千古字〔5〕,秦松风起
半天声〔6〕。欲探灵异来迟暮,自觉人间负此生。

〔1〕此诗嘉靖四十年秋作于山东泰安。

〔2〕蚁垤(dié 蝶):蚁穴外隆起的小土堆,此喻泰山周围的山峰。
孤城:指泰安。

〔3〕玉童:仙童。

〔4〕丹侣:道士。道家持修丹炼气之说,故称。杖屦:拄杖漫步。

〔5〕汉石:汉石表,即泰山顶无字碑。

〔6〕秦松:即秦始皇封五大夫松,在泰山云步桥北。

同何治象、梁公济登会仙山〔1〕

野菊迎霜犹自开,漫乘幽兴一追陪。谈玄更欲寻瑶草〔2〕,举
白聊须坐石苔〔3〕。落日半山松掩映,闲云满地鹤徘徊。仙
人去后馀风景,知有千年我辈来。

〔1〕此诗嘉靖四十年秋作于山东平阴。何治象,即何海晏,字治象,

平阴人。嘉靖甲辰(1544)进士,官山西副使、河南参政。梁公济,即梁成,字公济,平阴人。嘉靖辛丑(1541)进士,授行人,迁兵部员外郎,官至江西按察司副使。因不满严嵩柄国,遂拂袖归,杜门二十年。会仙山,《大清一统志·泰安府》:"会仙山在平阴县东府志门外,有石迹,俗传仙人所履。"

〔2〕谈玄:此指谈论宗教义理。瑶草:又作荛草,传说中的香草。《文选》李善注江淹《别赋》:"《山海经》曰:'姑瑶之山,帝女死焉……化为荛草。其叶胥成,其花黄,其色如兔丝,服者媚于人。'"

〔3〕举白:举杯。白,此指酒杯。

春日怀冯汝言〔1〕

岸帻行吟向落晖〔2〕,西原聊自采芳菲。白驹转眼浮生老〔3〕,黄鸟惊心旧侣违。扬子风涛南望远,秣陵春信北来稀〔4〕。还思并马渔阳路〔5〕,回首孤云塞上飞。

〔1〕此诗嘉靖三十一年(1552)作于河南安阳。冯汝言,即冯惟讷。当时正任南都(今南京)户部员外郎。详见《中秋寄南都冯户部汝言,去岁此夕会汝言潞阳,时警虏变,感旧赋此》注释〔1〕。

〔2〕岸帻(zé 则):掀起头巾,露出前额。形容衣着简率不拘。

〔3〕白驹:《庄子·知北游》:"人生天地之间,若白驹之过郤,忽然而已。"引申即以白驹指光阴。

〔4〕秣陵:今南京。

〔5〕渔阳:地名。秦郡和唐郡辖境不一,此指北京一带。

暮秋酬王元美见寄[1]

仙郎久别听征鸿[2]，两地登高怅望同。河岳愁云连赵北[3]，海天佳气满吴中[4]。老来避世家难定，乱后悲秋赋转工。篱畔黄花应自惜，一枝留取傲霜风[5]。

〔1〕此诗嘉靖三十二年（1553）秋作于安阳，抒写怀念友人之情及清高孤傲的情操。王元美，即王世贞。此时奉诏南使案决庐、扬、凤、淮四郡之狱并便道回乡已逾年。

〔2〕征鸿：即征雁，迁徙的雁。江淹《赤亭渚》："远心何所类，云边有征鸿。"

〔3〕河岳：黄河与五岳的并称，泛指山川。赵北：山西北部。

〔4〕吴中：泛指以苏州为中心的太湖平原一带。

〔5〕"篱畔"二句：谓保持超然世俗、高雅孤傲的情操。

夜集陆道函官舍，同丁子学、张肖甫谩赋[1]

乌鹊翻飞月满城，可堪漂泊旅魂惊。三秋共赋嗟吾老，四海论心见友生。天转明河分夜色[2]，风摧落木乱寒声。醉来击筑高台上[3]，燕赵悲歌自古情。

〔1〕此诗嘉靖三十二年深秋作于河北魏县，友朋高会，悲歌慷慨。

陆道函,即陆柬(1510—1577),字道函,号梦洲,河南开封人。嘉靖庚戌(1550)进士,历知南昌、魏县,官终都匀知府。丁子学,未详。张肖甫,即张佳胤。详见《张令肖甫郊饯闻笛,兼慰卢次楩》注释〔1〕。

〔2〕明河:天河。

〔3〕击筑:喻指慷慨悲歌。典出《史记·刺客列传》:"至易水之上,既祖,取道,高渐离击筑,荆轲和而歌,为变徵之声,士皆垂泪涕泣。"筑,古代一种弦乐器,以竹尺击之,声音悲壮。

暮秋郊行偶述〔1〕

太行迢递起苍烟,凄断鸣鸿倚杖前。南阳黄巾愁落日〔2〕,东游皂帽感当年〔3〕。山城秋老行边树,河甸寒生战后天〔4〕。独有王孙多侠气,千金骏马猎荒田。

〔1〕此诗嘉靖三十二年作于河南安阳,感时伤世,充满了忧患意识。

〔2〕黄巾:东汉末年张角领导的农民起义军。此指河南柘城盐民师尚召起义。

〔3〕皂帽:黑色帽。《三国志·魏志·管宁传》:"宁常著皂帽布襦袴布裙,随时单复。"杜甫《严中丞枉驾见过》:"扁舟不独如张翰,皂帽还应似管宁。"

〔4〕河甸:黄河流域。

送郭山人次甫游秦中[1]

马上吴歌壮尔行[2]，度关非是弃缥生[3]。黄金剩买新丰醉[4]，红树遥含故国情[5]。地出三峰雄陕服[6]，天分八水杂秦声[7]。霸陵纵目多秋兴[8]，日夕雕飞蔓草平。

〔1〕此诗李舒章评曰："高健。"（陈子龙等《皇明诗选》卷十二）朱琰评曰："苍健。"（《明人诗钞》正集卷十）郭次甫，《明诗综》卷五十："（郭）第，字次甫。丹徒人。隐于焦山，尝为嵩岱游。有《广篇》。"

〔2〕吴歌：吴地之歌，亦指江南民歌。《晋书·乐志下》："吴歌杂曲，并出江南。东晋以来，稍有增广。"

〔3〕弃缥生：指汉终军，详见《榆河晓发》注释〔4〕。

〔4〕新丰：县名。治所在今陕西临潼东北阴盘城。汉高祖为其父太上皇依故乡丰邑街里房舍格局改筑骊邑而设。太上皇居新丰，日与故人饮酒高会，心情愉快。后乃用作游宴作乐之典。

〔5〕红树：秋时霜降树叶红黄。

〔6〕三峰：指华岳三峰。《陕西通志》卷八："华岳三峰，芙蓉、明星、玉女也。(《方舆胜鉴》)华岳有三峰，直上数千仞，基广而峰峻，叠秀迄于岭表。(《寰宇记》)"陕服：陕西。

〔7〕八水：即八川。《初学记》卷六《泾水》引《关中纪》："泾与渭、洛，为关中三川，与渭、灞、浐、涝、潏、沣、滈，为关中八水。"

〔8〕霸陵：汉文帝刘恒墓。在陕西西安东北。

236

北望有感寄梁公济、陈宪卿、
张子畏、万言卿四职方[1]

直北云霄几度看,燕京不异汉长安。边关飞檄黄尘惨,吴越
连兵白日寒[2]。画策应知司马重[3],抡才转见职方难[4]。
古来久将功名定,好向彤廷议筑坛[5]。

〔1〕此诗表现了诗人对边塞和吴地兵患的深切关注,期待名将靖
边安国。梁公济,即梁成,详见《同何治象、梁公济登会仙山》注释〔1〕。
陈宪卿,即陈柏(1506—1580)。字宪卿,一字子坚,号苏山,湖北沔阳人。
嘉靖庚戌(1550)进士,选兵部职方司主事,官至井陉兵备副使。有《苏
山集》。张子畏,《明诗综》卷四十四:"四知,字子畏,汝阳人。嘉靖庚戌
进士,除刑部主事,转兵部郎中,出为四川按察佥事。有《韵亭集》。"万
言卿,李腾鹏辑《皇明诗统》卷二十三:"万虞龙,字言卿,号西原,南昌
人。嘉靖庚戌进士。"职方,即兵部职方司,掌军政、舆图、征讨、镇戍。
〔2〕"边关"二句:谓北寇南倭猖獗,国情不宁。
〔3〕司马:此泛指兵部职方司职官。
〔4〕抡才:选拔人才。
〔5〕彤廷:常作"彤庭",汉代宫廷。因以朱漆涂饰,故称。此泛指
皇宫。筑坛:即筑坛拜将。《汉书·高帝纪上》:"汉王斋戒设坛场,拜信
为大将军,问以计策。"

中秋夜卫河泛舟,同王元美、顾圣少醉赋[1]

王郎乘舸下重滩,相送清樽一尽欢。客路艰虞知己在,老年
离合定期难。月光初上孤帆落,秋气平分万木寒。后夜登
楼叹圆缺,回瞻北斗是长安[2]。

〔1〕此诗嘉靖三十五年(1556)秋作于河北大名。本年春王世贞
(字元美)以刑部郎中为治狱使者,北察燕赵,事竣,会谢榛于大名。《弇
州山人四部稿》卷三十五有《月夜发大名,谢茂秦、顾季狂追会卫河舟中
作》一诗。卫河,源出今河南辉县苏门山百门泉,东北流经浚县、大名等
至临清与大运河会合。顾圣少,又作顾圣之、顾圣甫,字季狂,号天臣,明
吴郡(今江苏苏州)南宫里人。布衣。年四十始称诗,游燕、赵、齐、鲁、
楚间,客诸王邸中,死于闽。有《顾圣少诗集》。

〔2〕长安:泛指京师。

送田户曹子仁督饷秦中[1]

几年郎署见多筹,西度函关得壮游[2]。旗影极天开驿路,剑
光终夜照边楼。吴江百战苍生泪[3],秦地长征白发愁。共
道转输非旧日[4],帝京遥望朔云秋。

〔1〕此诗送友人赴秦中(今陕西中部平原地区),侧面反映了战争

238

和徭役给人民带来的灾难和痛苦。田子仁:即田汝麟,字子仁。涿州(治所即今河北涿县)人。嘉靖庚戌(1550)进士,授户部主事。

〔2〕函关:即函谷关。原在今河南灵宝东北,战国秦置;西汉元鼎三年(前114)徙置今河南新安东。

〔3〕吴江:又作吴松(淞)江、松江。源出太湖,东入大海,明以后改入黄浦江。

〔4〕转输:转运物资。

汪子挺见过赠别〔1〕

疏才实愧建安人〔2〕,茅屋频过见尔真。甘向清朝藏玉璞〔3〕,自知幽事在纶巾〔4〕。酒杯动落关山月,诗篋能收海岳春〔5〕。老病送君成一笑,相看谁是葛天民〔6〕?

〔1〕汪子挺:布衣,谢榛友人。馀未详。
〔2〕建安人:指三曹和"建安七子"等。
〔3〕藏玉璞:喻才能藏而不露。
〔4〕纶巾:古代用丝带做的头巾。此指飘逸潇洒之人。
〔5〕海岳:四海与五岳。
〔6〕葛天民:即葛天氏(传说中的古帝号,在伏羲之前)时逍遥纯朴、忘世虑、断尘缘之人。

初春酬龚宪副性之见寄〔1〕

昨报襄阳使者过〔2〕,归鸿雪后度关河。遥知游宦惊时序,不惜缄书到薜萝[3]。日出汉江春气远,云连楚树晓阴多。岘山谁与同临眺[4],羊祜碑前一浩歌[5]。

〔1〕此诗宋辕文评曰:"流转生情。"(陈子龙等《皇明诗选》卷十二)龚性之,《明诗综》卷四十三:"(龚)秉德,字性之,濮州人。嘉靖辛丑(1541)进士,历官湖广按察副使。有《三幻集》。"

〔2〕襄阳:今湖北襄樊。

〔3〕缄(jiān 兼)书:书信。薜萝:薜荔和女萝,代指隐士住所。

〔4〕岘(xiàn 现)山:此指岘首山,在今湖北襄樊南汉江西岸。

〔5〕羊祜(hù 户)碑:《大清一统志·襄阳府》:"羊侯庙,在襄阳县南岘山西,祀晋羊祜。"羊祜(221—278),字叔子,晋南城(今山东费县西南)人。晋封钜平侯,都督荆州诸军事,长达十年。死后,南州人为之罢市巷哭,其部属于岘山羊祜平生游息处建碑立庙。

九日寄魏顺甫,兼忆社中诸友[1]

寂寞襟期对菊丛[2],思君几听北来鸿。暮云遥度燕台上,秋色偏归楚赋中。兵罢龙荒馀杀气,笳鸣狐塞更悲风[3]。群才无那成修阻[4],此日登高怅不同。

〔1〕此诗约于隆庆元年秋作于河南安阳。谢榛虽因诗学主张与李攀龙等人不同而被除名于"五子"、"七子"之列,但仍念念不忘结社京师,怀念诸位诗友。魏顺甫,即魏裳(1519—1574),湖北蒲圻人,嘉靖庚戌(1550)进士,授刑部主事,迁员外郎,出为济南知府,晋山西按察副使。

罢归,杜门著书,为后进所师事。有《云山堂稿》。

〔2〕襟期:襟怀、志趣。

〔3〕狐塞:即飞狐塞。在今河北涞源北,跨蔚县界。陈子昂《送魏大从军》:"雁山横代北,狐塞接云中。"

〔4〕无那:无奈。修阻:路途遥远而阻隔。

寄范方伯尧卿[1]

别后星霜远寄声[2],滇南何意念狂生[3]。千山不隔三秋梦,片月高悬万里情。江海战馀仍走檄,渔樵业废半知兵[4]。秣陵形胜劳长望[5],自古艰虞好著名[6]。

〔1〕此诗叙写友情,而更关心的则是国难和劳动人民的痛苦。范尧卿,即范钦,详见《送范中丞尧卿镇赣州四首(选一)》注释〔1〕。

〔2〕星霜:指年岁。

〔3〕滇(diān 颠)南:云南的别称。

〔4〕渔樵:渔夫和樵夫。此泛指劳动人民、老百姓。

〔5〕秣陵:今南京。形胜:地理位置优越,地势险要。

〔6〕艰虞:艰难忧患。

季夏有感[1]

南风太狂吹树柯,愁催旅鬓镜中皤[2]。炎天不雨征求急,朔

241

塞先秋战伐多。桑柘几家存旧业[3]，烟霞何处有高歌？少年应募千金赏，昨日腰弓飞骑过。

〔1〕此诗感叹边患和沉重的赋税给人民带来的灾难。季夏，夏天的末了。

〔2〕皤:白色。

〔3〕桑柘:此指农桑之事。

闲居张伊嗣见过[1]

邺都形胜带衡漳[2]，风土相依即故乡。闲到白头真是拙，醉逢青眼不知狂[3]。城云无色日将暮，篱菊多花天有霜。世故莫谈心自远，随君好去卧沙庄[4]。

〔1〕此诗抒写闲居悠然自得的情趣。蒋仲舒评曰:"颇出意气语。"（李攀龙、陈子龙《明诗选》卷七）张伊嗣，《皇明诗统》卷三十八:"张承，字伊嗣，号石河，安阳人。南宫司训，魏县教谕。所著有《石河集》。"

〔2〕带:环绕。衡漳:即漳水。孔颖达疏《尚书·禹贡》:"衡，即古横字。漳水横流入河，故云横漳。"

〔3〕青眼:器重。详见《还家》（二十馀年寄邺城）诗注〔2〕。

〔4〕沙庄:即沙村。杨巨源《送章孝标校书归杭州因寄白舍人》:"若访郡人徐孺子，应须骑马到沙村。"

友人李元博、杜约夫、徐子静、 陈石卿相继沦没，悲感赋此[1]

药裹当窗岁月过[2]，其如老病哭人多。徐陈已矣但衰草，李杜茫然空逝波[3]。荒野暮烟迷怅望，孤城秋气动悲歌。文章不共浮云尽，异日相传竟几何？

〔1〕此诗悼念挚友，老泪纵横，感情深沉悲痛。李元博、徐子静、陈石卿，皆为河南安阳人，布衣。杜约夫，安阳人，布衣，嘉靖丙午（1546）夏夜与卫子函泊西河被船夫所害。
〔2〕药裹：药包、药袋。
〔3〕逝波：流去的光阴。

晓起

老去翻多惜子孙[1]，朝来且复问鸡豚。杖藜何处堪频往[2]，诗草经年秪半存。白发懒梳书在手，青苔不扫客过门。闲云肯为山人住，好对西窗浊酒樽。

〔1〕翻：反而。
〔2〕杖藜：执持藜杖。杖，通仗。藜，一年生草本植物，茎直立，老可为杖。

夜话李孺长书屋,因忆乃翁左纳言^[1]

忘年尔我重交情,论事相同见老成^[2]。月到广除寒有色^[3],鸦归疏柳夜无声。三农更苦江南税^[4],百战方休海上兵。岁暮银台应感叹^[5],几人封事为苍生?

〔1〕此诗忧虑倭患和赋税给江南人民造成的沉重灾难,对统治者不关心苍生疾苦表示了强烈的不满。沈德潜评曰:"时江南增税,海寇方息,诗人感事及之,非泛作忧时语。"(《明诗别裁集》卷八)李孺长,河南临漳人。左纳言,指李泰(1517—1586),字仲西,号东冈,河北临漳人。嘉靖乙未(1535)进士,历官刑科给事中、吏科左给事、大名府推官、户部郎中、武选郎中等,官终通政司左参政。纳言,官名。《尚书·尧典》:"命汝作纳言,夙夜出纳朕命,惟允。"孔安国传:"纳言,喉舌之官,听下言纳于上,受上言宣于下。"明代相当于通政司。
〔2〕老成:阅历多而练达世事。
〔3〕广除:宽阔的台阶。
〔4〕三农:古谓居住在平地、山区、水泽地区的农民。后泛指农民。
〔5〕银台:官署名。此指通政司。

对酒示五子^[1]

冰雪频惊岁序过^[2],向平心事独蹉跎^[3]。贫欺老子疏狂

244

在,懒到儿曹感叹多。鸿雁暮依沙岸草,凤凰时下玉山禾[4]。且倾陶令杯中物[5],月白空庭一放歌。

〔1〕五子:即元灿、元辉、元炜、元炳、元烛。

〔2〕岁序:岁月。

〔3〕向平:即向长,字子平,东汉朝歌人。光武帝建武中,子女婚嫁已毕,遂出游名山大川,不知所终。蹉跎(cuō tuó 磋驼):失意。

〔4〕玉山禾:传说中的昆仑山的木禾。鲍照《代空城雀》:"诚不及青鸟,远食玉山禾。"

〔5〕陶令:即陶潜。曾为彭泽县令,故称。

暮秋夜登楼望西河有感[1]

步屧河桥访旧游[2],野情物色自迟留。风林萧飒喧清夜,云月迷茫失素秋[3]。元亮老看荒径菊[4],仲宣今倚故乡楼[5]。吾生浪迹何时定?独对沧波愧白鸥。

〔1〕此诗嘉靖四十年(1561)作于山东临清,与下一首同写回到阔别的故乡的无限感慨。西河,此指流经临清城西的卫河。

〔2〕步屧(xiè 谢):行走、漫步。

〔3〕素秋:秋季。按五行之说,秋属金,其色白,故称。

〔4〕元亮:陶潜字。

〔5〕仲宣:王粲字。其《登楼赋》淋漓尽致地抒写了去国怀乡之情。

留别王维岱姑丈[1]

早岁相违滞邺台[2],还家应惜旅颜颓。共论离合日西下,一话存亡风北来。秋色满园黄叶树,世情千古浊醪杯[3]。眼前惟有丈人行,相对寒松空自哀。

〔1〕此诗嘉靖四十年秋作于临清。王维岱,山东临清人。谢榛的姑父。

〔2〕邺台:此代指河南安阳。

〔3〕浊醪:浊酒。

寄黄质山征君[1]

古来词客自悲秋,江上斜阳正倚楼。南望战云迷越徼[2],北移王气绕燕州[3]。几家避乱偏多苦,诸将成功各自谋。今日黄生须献赋[4],千金宁复买吴钩[5]。

〔1〕此诗感叹浙江一带战云迷漫,人民流离失所、痛苦不堪,而诸将则功成之后"各自谋"。黄质山,即黄姬水(1509—1574),字志淳、淳父,号质山,江苏苏州人。幼有文名,晚年诗名益盛,为东南诸诗人之冠。有《黄淳父集》《白下集》等。

〔2〕越徼:越地。徼,边界。

246

〔3〕王气:指象征帝王运数的祥瑞之气。

〔4〕献赋:作赋献给皇帝,用以颂扬或讽谏。

〔5〕吴钩:泛指利剑。钩,兵器,形似剑而曲。

玉清道院听余逸人弹琴〔1〕

调高今作伯牙看〔2〕,俗物相侵自不弹。指下朱弦谁会意〔3〕?兴中白雪共知难〔4〕。泉声忽迸三秋爽,松色偏增四壁寒〔5〕。王屋更期听一曲〔6〕,仙人并倚石栏干。

〔1〕此诗隆庆二年(1568)秋作于河南沁阳。玉清道院,即玉清宫。在沁阳城西北,明宣德五年建。余逸人,未详。

〔2〕伯牙:春秋时人,传说以精于琴艺著名。《荀子·劝学》:"伯牙鼓琴而六马仰秣。"杨倞注:"伯牙,古之善鼓琴者,亦不知何代人。"

〔3〕朱弦:用熟丝制的琴弦。

〔4〕白雪:古琴曲名。《乐府诗集》卷五十七《白雪歌序》:"《琴集》曰:白雪,师旷所作,商调曲。"

〔5〕"泉声"二句:以比喻渲染琴声凄清激越。

〔6〕王屋:相传黄帝曾访道于王屋山,故以泛指修道之山。

渡黄河有感二首〔1〕

重经周甸昔人非〔2〕,怀古苍茫对落晖。浊水天藏龙马窟[3],平流日缓鬼神威。目穷旷若通仙岛,神定闲如坐钓矶[4]。却讶高秋正风雨,惊涛荡舸欲何依?

晚渡黄河正素秋[5],倚篷聊尔问阳侯[6]。源从西极昆仑出,势荡中原瀚海收。俯仰心神齐得丧,往来身世共沉浮。试看九曲风涛恶,博望焉能见斗牛[7]?

〔1〕此二诗隆庆二年秋作于河南孟津。

〔2〕周甸:此指东周京城(今河南洛阳)郊外的地方。甸,古时郭外称郊,郊外称甸,指京城百里之外二百里之内的地方。

〔3〕龙马:古代传说中的龙头马身的神兽。《水经注·河水一》:"粤在伏羲,受龙马图于河,八卦是也。"

〔4〕钓矶:钓鱼时坐的岩石。

〔5〕素秋:秋属金,其色白,故称。

〔6〕阳侯:传说中的波涛之神。《淮南子·览冥训》高诱注:"阳侯,陵阳国侯也。其国近水。溺死于水,其神能为大波,有所伤害,因谓之阳侯之波。"

〔7〕"博望"句:陈耀文《天中记》卷二引《荆楚岁时记》谓汉武帝令张骞使大夏,张骞寻河源,乘槎经月曾见织女织布、牛郎牵牛饮于河。博望,即西汉张骞,曾被封为博望侯。

即席次刘子礼登高韵[1]

西风吹雁下河洲[2],坐感颓年聚旧游。抚景独惭今日赋,遣怀何异故乡楼？尘中浪迹陪高宴,篱下黄花笑白头。京洛层城试登览,疏云惨澹数峰秋。

〔1〕此诗隆庆二年秋作于河南洛阳。刘子礼,即刘赞,字子礼,号西塘,洛阳人。嘉靖庚戌(1550)进士,由山西平阳府推官选吏科给事中,升通政司右参议,谪凤阳推官,仕至山东按察司副使免官。次韵,亦称步韵,即依照所和诗中的韵及用韵的先后次序写诗。

〔2〕河洲:河中可住之陆地。

寄谢子厚〔1〕

思君逸兴感衰残,几欲登临学谢安〔2〕。倚杖青山愁里赋,当樽黄菊病馀看。清辉自可藏珠玉,文彩谁应惜孔鸾〔3〕？皎月一天人两地,茫茫秋色不胜寒。

〔1〕此诗隆庆二年秋作于洛阳。谢子厚,未详。

〔2〕谢安(320—385):东晋政治家、文学家。曾寓居会稽,放情山水丘壑。

〔3〕孔鸾:孔雀和鸾鸟。常喻指美好而高贵者。

刘节推行可、尚宝仕可出饯郭外,赋此志别〔1〕

杯酒仓忙强自吟,江淹能赋别时心〔2〕。绿波春草魂犹断,白首寒天感益深。布泽二龙周海宇[3]，栖闲孤鹤老山林[4]。谁知多病仍飘泊，雨雪愁人几暮阴。

〔1〕此诗隆庆二年秋作于河南孟县。刘行可、仕可，河南孟县人。与谢榛结识于河南开封。徐未详。

〔2〕"江淹"句：江淹有《别赋》，写离别之情，感伤溢于字里行间。

〔3〕"布泽"句：喻指刘行可、仕可兄弟二人。

〔4〕"栖闲"句：谢榛自比。

送客游洞庭湖[1]

相逢楚客问巴州[2]，此去扬帆湖上游。天汉长连洞庭水[3]，云霞半入岳阳楼[4]。低空白雁投寒渚，隔浦丹枫照暮秋。莫向湘君听鼓瑟[5]，黄陵月冷不胜愁[6]。

〔1〕陈卧子评曰："萧瑟峥嵘。"（陈子龙等《皇明诗选》卷十二）陈允衡评曰："当时甚费推敲，但久看成一熟境。"（《诗慰初集·谢茂秦诗选》）洞庭湖，在湖南北部、长江南岸，详见《李行人元树宅同谢、张二内翰话洞庭湖三首（选一）》注释〔1〕。

〔2〕巴州：即巴陵。今湖南岳阳。

〔3〕天汉：银河。

〔4〕岳阳楼：即湖南岳阳西门城楼。始建于唐，宋滕子京重修。气势雄伟，巍峨壮观，是江南三大名楼之一。

〔5〕"莫向"句：《楚辞·远游》："使湘灵鼓瑟兮，令海若舞冯夷。"

湘君,湘水之神。历来说法不一,此指娥皇、女英。《史记·秦始皇本纪》:"上问博士曰:'湘君何神?'博士对曰:'闻之,尧女舜之妻而葬于此。'"

〔6〕黄陵:庙名。在湖南湘阴北。《水经注·湘水》:"大舜之陟方也,二妃从征,溺于湘江……故民为立祠于水侧焉。"

喜黄实甫至留酌[1]

自别梁园岁几徂[2],故人消息断江湖。相逢白鬓知多少,一醉黄金问有无[3]。地接边关秋气早,树翻乌鹊月明孤。向来离合殊难定,犹向天涯说壮图。

〔1〕黄实甫:乾隆《杞县志》卷十一:"黄叔华,字实甫。正德时人。博学能文,尤工于诗……七举于乡不售,嘉靖庚戌以明经荐肥城训导。尝论诗忤督学旨,督学有愠色……遂拂衣而归……著有《蟋蟀吟》行于世。"
〔2〕梁园:此代指河南开封。徂(cú 殂):过去、逝。
〔3〕黄金:指酒杯。

为卢楠赋呈内台、比部、大理诸公[1]

黎阳河水咽寒声[2],词客凄凉气未平。白首才传鹦鹉赋[3],青天遥望凤凰城[4]。夏台久待秋云破[5],春雨还看枯草生。独有郦炎同此恨〔6〕，怜才复见古人情。

〔1〕此诗嘉靖二十六年（1547）秋作于京师。谢榛《诗家直说》三一七则曰："浚人卢浮丘，豪俊士也，负才傲物，人多忌之。曾以诗忤蒋令，令枉以疑狱，几十五年不决，余爱其才，且悯其非罪，遂之都下，历于公卿间暴白而出之。"卢楠，见《张令肖甫郊饯闻笛，兼慰卢次楩》注释〔1〕。内台，即御史台。比部，指刑部。大理，即大理寺。主复审大案，平反冤狱。

〔2〕黎阳：指今河南浚县。

〔3〕"白首"句：谓卢楠以赋著称。鹦鹉赋，汉祢衡在黄祖席上作，笔不停缀，文不加点，一挥而就。

〔4〕青天：比喻清官。凤凰城：指京师。

〔5〕夏台：夏代监狱，又名均台。在今河南禹县南。《史记·夏本纪》："乃召汤而囚之夏台。"司马贞索引："狱名，夏曰均台。皇甫谧云：'地在阳翟，是也。'"此泛指监狱。

〔6〕郦（h 立）炎：字文胜，东汉范阳人。有文才，解音律，系狱而死。

夜集吴比部鸣仲宅，赋得秋月〔1〕

庭草惊秋白露垂，冰轮渐觉度河迟〔2〕。光临凤阙清钟断〔3〕，寒入龙庭画角悲〔4〕。天际几看鸿雁影，山中又老桂花枝。共知庾亮南楼夜，曾为勋名感鬓丝〔5〕。

〔1〕此诗嘉靖二十六年秋作于京师。宋辕文评曰："情景清切。"

(陈子龙等《皇明诗选》卷十二)朱琰评曰:"三、四凄怆中有峥嵘之象,六句自寓。"(《明人诗钞》正集卷十)毛先舒评曰:"茂秦'庭草惊秋'一首,尝见其旧刻,与《四溟全集》所载多不同,知其先后改定之佳。今录之,以旧诗附注:'庭草惊秋白露垂(旧作"玉露初惊沾草重"),冰轮渐觉渡河迟。光临凤阙清钟断(旧作"清樽断",乃不成语),寒入(旧作"气接")龙庭画角悲。天际几看鸿雁影,山中又老桂花枝。共(旧作"不")知庾亮南楼夜(旧作"下"),曾为勋名感鬓丝。'"(《诗辩坻》卷三)叶矫然评曰:"于鳞'万里银河接御沟',旧稿'何处不逢玉树笛';茂秦'庭草惊秋白露垂',旧稿'玉露初惊沾草重'。二首起句改得工拙迥异,诗不厌改,拙速巧迟,讵不然也。"又:"'四更山吐月,残夜水明楼',东坡谓两语千古绝唱。茂秦咏秋月云'银汉光翻千里雪,桂花香动万山秋',又'光临凤阙疏钟断,寒入龙庭画角悲',可谓异调同工。"(《龙性堂诗话续集》)吴鸣仲,浙江温州人。曾任职于刑部。谢榛客游京师时结识。

〔2〕冰轮:明月。河:指天河。

〔3〕凤阙:原为汉代宫阙名,后泛指皇宫。

〔4〕龙庭:古代匈奴单于祀天地之处。画角:古乐器名。自西羌传入。形如竹筒,本细末大,以竹木或皮革为之,亦有用铜者,外加彩绘,故称画角。发音哀厉高亢,古时军中多用以警昏晓、振士气;帝王外出也用以报警戒严。

〔5〕"共知"二句:《晋书·庾亮传》:"亮在武昌,诸佐吏殷浩之徒,乘秋夜往共登南楼,俄而不觉亮至,诸人将起避之,亮徐曰:'诸君少住,老子于此处兴复不浅。'便据胡床与浩等谈咏竟坐。"庾亮(289—340),字元规。东晋颍川鄢陵(今河南鄢陵西北)人。历仕元帝、明帝、成帝三朝,任中书令、执朝请。曾镇武昌、任征西将军,握重兵。北伐失败,忧愤而死,卒谥文康。

登遵化阁[1]

凌虚楼阁郁崔嵬[2]，四望青山宿雾开。日上海关边色尽，天连沙漠雁声来。仲宣赋就千年事[3]，张载铭成一代才[4]。怀古不堪空伫立，秋风吹鬓放歌回。

〔1〕此诗嘉靖二十九年(1550)秋作。遵化，今属河北。
〔2〕崔嵬(wéi围)：高大。
〔3〕"仲宣"句：谓王粲《登楼赋》千古传诵。
〔4〕张载：字孟阳。晋安平(今属河北)人。官至中书侍郎，掌著作。因见世乱告归，卒于家。明人辑有《张孟阳集》。《晋书·张载传》："太康初，至蜀省文，道经剑阁，载以蜀人恃险好乱，因著铭以作赋曰……益州刺史张敏见而奇之，乃表上其文，武帝遣使镌之于剑阁山焉。"

登五峰山有感[1]

树杪跻攀石磴悬[2]，手扶藜杖出风烟。东分辽海千重岭[3]，北尽胡沙万里天。秋草征夫烽堠外[4]，夕阳归鸟戍楼边。时看白骨成悲感，为忆嫖姚战伐年[5]。

〔1〕此诗嘉靖二十九年秋"庚戌之乱"之前作。面对北方边塞的辽阔风光和紧张形势，诗人悲感战伐不已、白骨遍野，期盼名将能靖边安

民。五峰山,在北京密云东北。

〔2〕跻(jī机)攀:攀登。

〔3〕辽海:此为地域名。泛指辽河流域以东至大海地区。

〔4〕烽堠:烽火台。

〔5〕嫖姚:此指西汉霍去病。曾为嫖姚校尉。前后六次出击匈奴,解除了匈奴对汉朝的威胁。

八月十六日予归自渔阳,值北虏犯京,时周一之在安州,作此怀之〔1〕

易水东流朔雁飞〔2〕,孤城阻绝几斜晖。共忧胡马书难达,应讶渔阳人未归。大野暝烟沉汉垒,乱山秋雨滞戎衣。即今世事堪杯酒,与尔江南访钓矶〔3〕。

〔1〕此诗嘉靖二十九年作于京师,怀念友人,慨叹俺答侵掠京畿,感情深沉。渔阳,此指今天津蓟州区。北虏,指俺答。周一之,即周同,字一之,苏州之盘门人。太医院医士。嘉靖二十九年秋随仇鸾北伐,调护五军将士六年而罢归,卒年六十。安州,今河北安新西南安州。

〔2〕易水:有北易、南易、中易之分,皆源于河北易县。

〔3〕钓矶:钓鱼时坐的岩石。此指东汉严光在浙江桐庐垂钓处。

暮秋柬沈参军禹文〔1〕

参军逸气佩吴钩〔2〕,烽火惊心又暮秋。乱后登临仍有赋,望中风景独深愁。边隅树色空军垒,东北笳声断戍楼。应惜中原多猛士,几人相见话封侯?

〔1〕此诗嘉靖二十九年作于京师,慨叹俺答之乱,充满了忧患意识。沈禹文,即沈大谟,字禹文。明吴中人。"得太常薄,参两督府,迁肇庆守。竟以好客,故产尽削,寄死,为若敖之馁久矣。"(王世贞《弇州四部稿·送沈禹文画册》)

〔2〕吴钩:泛指利剑。

秋夜有感〔1〕

凉宵力疾步莓苔,欲赋高秋愧楚才〔2〕。白发衹缘人事老,黄花偏傍客愁开。樽前独坐星河转,灯下悲歌风雨来。还忆重阳离乱后,故园惆怅一登台。

〔1〕此诗嘉靖二十九年作于京师,抒写羁旅愁怀,悲慨深沉。

〔2〕楚才:楚地人才。此指宋玉,其《九辩》系咏秋名篇。

夜集应员外瑞伯宅闻吴山人
子充谈匡庐之胜,得山字〔1〕

吴楚遨游鬓已斑,对人犹自说庐山。九江形胜来樽外〔2〕,五老云霞生座间〔3〕。古洞月明今夜梦,满天秋色几时攀?何如早结东林社〔4〕,瀑布声中任往还。

〔1〕此诗嘉靖二十九年秋作于京师。应瑞伯,即应云鸾,详见《王主簿乐三归自昌平,赋此志感》注释〔7〕。吴子充,即吴扩,字子亮,江苏昆山人。布衣。曾游览武夷、匡庐、台宕诸胜地,入京师,至边塞,历太行群山。有《长吟阁稿》、《贞素堂集》等。匡庐,即江西庐山。慧远《庐山记略》:"有匡裕先生者,出自殷国之际……受道于仙人,遂托室崖岫,即岩成馆,故时人谓其所止为神仙之庐,因以名山焉。"

〔2〕九江:府名,今属江西。庐山在其南。

〔3〕五老:即五老峰。李白《庐山五老峰》:"庐山东南五老峰,青天削出金芙蓉。"

〔4〕东林社:指东晋高僧慧远在庐山东林寺与十八高贤所结莲社。

范子宣见过〔1〕

世情满眼殊未定,之子相逢可共论。自是胜游疏客计,非关浪迹久都门〔2〕。雪中坐索梅花赋,月下还开竹叶樽〔3〕。更约扬帆下春水,三江南去访桃源〔4〕。

〔1〕此诗嘉靖二十九年冬作于京师。范子宣,即范大澈(1524—1610),字子宣、子静,号讷庵。郑梁《讷庵公传》:"从仲父兵部右侍郎游京师,官鸿胪寺序班。使琉球、辽东、朝鲜等处,玺书七下,进秩二品。……年六十七致仕……万历庚戌九月八日卒,春秋八十有七。所著有《灌园丛谈》、《卧云山房遗稿》。"

〔2〕都门:京都城门。此代指京师。

〔3〕竹叶:酒名,亦泛指美酒。晋张华《轻薄篇》:"苍梧竹叶清,宜城九酝醨。"

〔4〕三江:解说不一。此应指长江上、中、下游。

除夕吴子充、周一之、文德承、
李时明、方信之、王希舜集旅寓,有感〔1〕

一年忧喜今宵过,两鬓风霜明日新。书剑自怜多病客〔2〕,江湖同是放歌人。宫中烛映西山雪,笛里梅传上国春〔3〕。他日听莺怀旧侣,不知谁共醉芳晨。

〔1〕此诗嘉靖二十九年作于京师。陈允衡评曰:"此起亦不容易。"(《诗慰初集·谢茂秦诗选》)汪端评曰:"五、六雅丽,颇近盛唐。"(《明三十家诗选》初集卷五下)吴子充,即吴扩,详见《夜集应员外瑞伯宅闻吴山人子充谈匡庐之胜,得山字》注释〔1〕。周一之,即周同,字一之,苏州之盘门人。太医院医士。卒年六十。文德承,即文伯仁(1502—1575),字德承,号五峰、葆生、摄山老农,长洲(今江苏苏州)人。庠生。善画山水、人物,效王蒙,笔力清劲,岩峦郁茂。李时明,浙江杭州人,谢榛在京师结识。方信之,即方廷玺,安徽歙县人。正德间举人,官山阴知县。王希舜,王世贞《冠带医士渔洋王君暨配山孺人合葬志铭》:"吾郡王昌年希舜者……始通籍太医院得冠带……明年忽感寒疾卒……年仅四十有六耳……君世家吴阊门里。"

〔2〕书剑:书和剑为古代文人随身携带之物,因以指文人生涯。

〔3〕笛里梅:指笛子吹出的《梅花落》一曲。

初春夜同沈子文、梁公实、
薛思素进士、宗子相比部赋得声字[1]

雪尽长风吹禁城[2]，梅花零落此时情。关河月暗迷鸿影，宫
殿春寒涩漏声。乱后骚人同百感，年来壮士苦长征。樽前
莫话边庭事，弹剑悲歌气未平。

〔1〕此诗嘉靖三十年（1551）作于京师。友朋高会，诗人仍念念不
忘边患，愤然之气溢于字里行间。沈子文，即沈应魁，字子文，江苏常熟
人。嘉靖庚戌（1550）进士，曾任礼部主事。梁公实，即梁有誉，详见《元
夕道院，同公实、子与、于鳞、元美、子相五君得家字》注释〔1〕。薛思素，
即薛天华，字君恪，号思素，晋江（今福建泉州）人。嘉靖庚戌进士，历官
重庆知府、云南提学副使、广东按察使、福建布政使。宗子相，即宗臣，详
见《元夕道院，同公实、子与、于鳞、元美、子相五君得家字》注释〔1〕。赋
得，见《赋得胡无人送李侍御化甫巡边》注释〔1〕。

〔2〕禁城：宫城。

送沈郎中宗周出守顺庆[1]

明星当户动征鞍，此去春光道路看。巴子地形天外转[2]，嘉
陵江色郡中寒[3]。三秋战伐抡才急[4]，四海诛求出牧
难[5]。沈约未须裁八咏，倚楼时复望长安[6]。

〔1〕此诗嘉靖三十年春作于京师。陈卧子评曰:"工稳。"(陈子龙等《皇明诗选》卷十二)沈宗周,即沈桥,字宗周。浙江会稽(今绍兴)人。嘉靖辛丑(1541)进士,由郎中出为顺庆(四川南充)知府,官至按察使。

〔2〕巴子:即巴国。其故都在今四川巴县。

〔3〕嘉陵江:长江上游的支流。源出陕西凤县西北秦岭。

〔4〕抡才:选拔人才。

〔5〕诛求:强制征收赋税。出牧:出任州府长官。

〔6〕"沈约"二句:在浙江金华有八咏楼,南朝齐隆昌初年沈约建,并为之题《八咏》诗。楼原名元畅楼,后改为八咏楼。沈约(441—513),字休文。吴兴武康(今浙江德清武康镇)人。仕宋、齐二代,后助梁武帝登位,为尚书仆射,封建昌县侯,官至尚书令,卒谥隐。有《宋书》、《沈约集》、《四声谱》等。长安,指京师。

春日潞河舟中饯别莫子良、
吴峻伯、徐汝思、袁履善,赋得樽字〔1〕

自怜多病留京国,复送群才下蓟门〔2〕。帆外夕阳催去鸟,水边春草对离樽。交游渐老天涯梦,湖海难期醉后论〔3〕。不待江淹词赋就〔4〕,才临南浦自消魂〔5〕。

〔1〕此诗嘉靖三十年作于京师,抒写对友人的依依惜别之情。潞河,也称白河、北运河,在今北京通州区。莫子良,即莫如忠(1508—1588),字子良,号中江。嘉靖戊戌(1538)进士,授南京工部主事,改礼部,擢贵州提

学副使,补湖广副使,历河南参政、陕西按察使、浙江布政使。有《崇兰馆集》。吴峻伯,即吴维岳,详见《端午集吴郎中峻伯宅,得山字》注释〔1〕。徐汝思,即徐文通,字汝思,永康(今属浙江)人。嘉靖甲辰(1544)进士,历官山东按察使。袁履善,即袁福征,字太冲,号履善,华亭(今上海松江)人。嘉靖甲辰进士,授刑部主事,迁郎中,历沔阳知州、唐府长史。以注误下狱,久之始解。享年八十馀。

〔2〕蓟门:说法不一。此所指当在今天津蓟州区东。

〔3〕湖海:泛指四方各地。

〔4〕江淹词赋:此指《别赋》。江淹(444—505),南朝著名文学家。字文通,祖籍济阳考城(今河南民权东北)人。历仕宋、齐、梁三朝。梁时官至金紫光禄大夫。有《江文通集》。其诗赋文辞精美,情调悲凉凄婉。

〔5〕南浦:南面的水边,后常指离别之处。江淹《别赋》:“春草碧色,春水绿波,送君南浦,伤如之何。”

青龙桥上有感二首〔1〕

去秋胡骑此纵横〔2〕,骠骑乘时议北征〔3〕。四野晴烟犹惨色,千村寒食重悲声。黄鹂独啭杏花尽,白日低临湖水平。万户征求今转剧,何人驻马问春耕?

落落狂歌一阮公〔4〕,旗亭把酒送归鸿〔5〕。湖光不定春风里,山气偏多夕照中。满眼莺花双鬓改〔6〕,百年愁思几人同?边庭李牧空遗迹〔7〕,此日谁论破虏功?

〔1〕此诗嘉靖三十年春作于京师。诗人系念边患和人民的疾苦，对统治者横征暴敛、不顾国家安危，表示了强烈的不满。青龙桥，《明一统志》卷一："青龙桥在(顺天)府西北三十五里，跨七里泊河。"

〔2〕"去秋"句：谓俺答掳掠京畿地区。

〔3〕骠骑：将军名号。此泛指将军。

〔4〕落落：形容孤高，难与人合。阮公：即阮籍。

〔5〕旗亭：指酒楼。

〔6〕莺花：莺啼花放，用以概括春景。

〔7〕李牧(？—前229)：战国赵将。守北疆，匈奴不敢犯。曾大败秦军，封武安君。秦行离间计，被杀。

春日即事〔1〕

和戎共拟静边声，抗疏谁当悉虏情〔2〕？燕地去秋曾几战，汉家今日更多兵。春城雨后寒逾重，曙角风前怨未平〔3〕。直北烟尘时极目，乌鸢飞入亚夫营〔4〕。

〔1〕此诗嘉靖三十年作于京师，感叹统治者靖边无定策。

〔2〕"和戎"二句：本年正月赵贞吉请勿许俺答求贡，独锦衣卫沈炼支持曰："炼愤国无人，致寇猖獗。请以万骑护陵寝，万骑护通州军储，合勤王师十馀万，击其惰归，可大得志。"结果被"谪佃保安"。三月，仇鸾、严嵩定议与俺答互市，杨继盛"以雠耻未雪，示弱辱国，乃奏言十不可、五谬"，结果又被下诏狱(《明鉴》卷六)。和戎，古称与别族媾和修好。抗

262

疏,谓臣子对君命或廷议有所抵制,上疏极谏。

〔3〕曙角:清晨的号角。

〔4〕"乌鸢"句:谓军纪松弛。乌鸢,乌鸦和老鹰。《周礼·夏官》谓军旅亦有"射鸟氏""以弓矢殴乌鸢"。亚夫营,见《王主簿乐三归自昌平,赋此志感》注释〔16〕。此泛指戒备森严的军营。

秋夜李隆仲、杨虚卿、查性甫、宗子相四吏部饯予杨氏园亭二首(选一)[1]

京华客久欲东还,良夜清樽更一攀[2]。金谷风光燕市里[3],瑶琴幽兴水亭间。当秋戎马仍多事,此日樵渔未是闲[4]。纤策共须宁赤县[5],采薇堪自老青山[6]。

〔1〕此诗嘉靖三十年作于京师。李隆仲,谢榛在京师结识,供职于吏部。馀未详。杨虚卿,即杨载鸣(1514—1563),字虚卿,江西泰和人。嘉靖戊戌(1538)进士,授潮州推官,累升至通政使。有《大拙堂集》等。查性甫,即查秉彝(1504—1561),浙江海宁人,字性甫,号近川。嘉靖戊戌进士,授黄州推官,征授礼科给事中,历户科左右给事中,谪为定远典史,稍迁建宁推官,升刑部主事,改吏部,进郎中,迁太常少卿,改大理少卿,转太仆卿,终顺天府尹。有《觉庵存稿》。宗子相,详见《元夕道院,同公实、子与、于鳞、元美、子相五君得家字》注释〔1〕。

〔2〕攀:说、谈。

〔3〕金谷:即金谷园,晋石崇筑,在河南洛阳西北之金谷涧。

〔4〕樵渔:樵夫和渔夫。此泛指劳动人民、老百姓。

〔5〕纤策:反复谋略。赤县:赤县神州的省称,借指中国。

〔6〕"采薇"句:谓隐居不出。采薇,《史记·伯夷列传》载伯夷、叔齐隐避首阳山采薇而食,后因以"采薇"喻隐居不仕。

十四夜即席呈应职方瑞伯,因忆去秋是夕同瑞伯归自盘山复酌潞阳官舍,时北虏已走三河,慨然赋此〔1〕

去年遥自蓟城回,旷逸堪怜越客才〔2〕。驿柳清秋还并辔,潞河良夜坐传杯。青山别后边烽起,明月歌中胡马来。今夕相看感离乱,西风吹雨不胜哀。

〔1〕此诗嘉靖三十年八月十四日作于京师。俺答侵掠京畿,留在诗人心中的阴影不散,时过一年,仍为其感伤不已。应瑞伯,即应云鹭。详见《王主簿乐二归自昌平,赋此志感》注释〔7〕。职方,兵部职方司,掌军政、舆图、征讨、镇戍。盘山,在天津蓟州区北。潞阳,即潞河(今北京通州区的白河)之阳。北虏,指俺答。三河,县名,今属河北。

〔2〕越客:指应瑞伯。因其为浙江象山人。

十五夜集徐子与宅,得光字〔1〕

桂树花开禁苑香,月轮西转更飞觞。高歌自觉云霄近,佳会偏宜秋夜长。塞下征夫悲独影,闺中思妇对清光。人生苦乐何须道,笛里关山总断肠。

〔1〕此诗嘉靖三十年八月十五日作于京师。友朋欢聚,诗人仍不忘"征夫"、"思妇"之苦。徐子与,即徐中行。详见《元夕道院,同公实、子与、于鳞、元美、子相五君得家字》注释〔1〕。

九日寄邹子序[1]

少小论交已白头,别来幽事负沧洲[2]。吴中旧侣惟君在,江上青山重我愁。竹叶漫倾孤馆月[3],菊花空老故园秋。欲乘兰棹东归去[4],共息尘机对海鸥[5]。

〔1〕此诗怀念挚友,情殷意浓。邹子序,即邹伦,字子序,江苏太湖洞庭山人。布衣。曾客居临清,与谢榛相识。
〔2〕幽事:幽景、胜景。负:辜负。沧洲:滨水的地方,古称隐者所居之地。
〔3〕竹叶:酒名。亦泛指美酒。
〔4〕兰棹:即木兰舟。
〔5〕尘机:尘俗的心计和意念。

送张少参子明还任山东[1]

蓟门挝鼓发楼船[2],送别君侯南浦边[3]。秋水晴分鸿雁渚,晓霜寒动菊花天。东方赋敛嗟今日,上国兵戈忆往年^[4]。遥想四愁吟不尽^[5],鹊山湖上渺风烟^[6]。

〔1〕此诗嘉靖三十年秋作于京师。张子明,即张旦,字子明,江苏宝应人。嘉靖乙未(1535)进士,历任户部郎中,升云南兵备副使,转山东左参议,官至四川左参政,以忧归。

〔2〕蓟门:说法不一。此所指当在今天津蓟州区东。挝(zhuā 抓)鼓:击鼓。

〔3〕南浦:泛指水边离别之处。

〔4〕"上国"句:指嘉靖二十九年俺答侵掠京师。

〔5〕四愁:《文选》载张衡《四愁诗》四首,七言骚体,其《序》曰:"张衡……出为河间相……时天下渐弊,郁郁不得志,为《四愁诗》。"

〔6〕鹊山湖:原在山东济南北,北岸有鹊山。

暮秋感怀^[1]

燕郊叶下早霜繁,有客登台忆故园。计拙转忧儿女大,病多犹喜弟兄存。青山胜迹还堪赋,白首交情未易论。漫向人间怅岐路^[2],秋风归去掩柴门。

〔1〕此诗嘉靖三十年作于京师,抒写羁旅情怀,感慨万端。

〔2〕怅岐路:典出《淮南子·说林训》:"杨子见逵(大道)路而哭之,为其可以南,可以北。"岐,通"歧"。

魏县东城同陆道函、张肖甫、丁子学晚眺[1]

多难逢君感慨同,登临未遣酒杯空。无端世事兵戈后,不尽交情聚散中。三晋河山低晚照[2],千家砧杵乱秋风。萍踪无定邹枚老[3],回首梁园有断鸿[4]。（见王本卷下、百本、彭本卷五、郑云竹宗文书舍刻《国朝七子诗集注解》卷四）

〔1〕此诗嘉靖三十一年(1552)作。魏县,今属河北。陆道函,即陆柬(1510—1577)。详见《夜集陆道函官舍,同丁子学、张肖甫谩赋》注释〔1〕。张肖甫,即张佳胤。详见《张令肖甫郊饯闻笛,兼慰卢次楩》注释〔1〕。丁子学:未详。

〔2〕三晋:春秋末,晋国为韩、赵、魏三家大夫瓜分,各立为国,史称"三晋"。包括今山西、河南及河北西南部分。

〔3〕邹枚:即西汉文学家邹阳和枚乘。《水经注》卷二十四《睢水》:"(梁孝王)大治宫室,为复道,自宫连属于平台……与邹枚司马相如之徒,极游于其上。"此自比。

〔4〕梁园:在今河南开封东南。西汉梁孝王刘武修。断鸿:失群的孤雁。

奉怀于鳞[1]

十载交游满蓟门[2],浮云回首几人存？古来意气谁当合？

老去文章尔共论。北极寒星摇短剑,西山暮雪照青樽[3]。于今尚醉平原馆[4],何日能酬国士恩[5]?（见李本卷二十九、彭本卷五）

〔1〕此诗嘉靖三十五年（1556）作于安阳。郑平子评曰:"绝似元美。"（李攀龙、陈子龙《明诗选》卷七）

〔2〕蓟门:说法不一。此当指北京德胜门外土城关,代指北京。

〔3〕青樽:盛酒的酒杯。酒别名绿蚁,故称。

〔4〕平原馆:战国时平原君赵胜之馆舍,在河北邯郸。此指赵王府。

〔5〕国士:一国中最优秀的人物。此指李攀龙。

忆儿元烛,时寓晋阳[1]

一骑飞来报羽书[2],严城日暮重踌躇[3]。晋兵太苦边霜下,胡马仍嘶野烧馀[4]。长夜梦魂无定处,异乡骨肉更离居。遥知北望愁烽火,祇恐淹留隔岁除[5]。（见《适晋稿》卷四、诗慰本）

〔1〕此诗嘉靖四十三年岁末作于山西代县,写骨肉之情,更关心国难。冯骥惟讷评曰:"凄婉。"（《适晋稿》卷四）晋阳,今山西太原。

〔2〕羽书:古代征调军队的文书,插鸟羽以示紧急,必须迅速传递。

〔3〕严城:高峻坚固的城。此指代州（今代县）。

〔4〕野烧:野火。

〔5〕淹留:长期逗留。

读战国策[1]

河山形胜天地开,东周无主千年哀[2]。冯驩弹铗有何意[3],苏秦上书空腹才[4]。中原蛟龙转相斗[5],阿阁凤皇殊不来[6]。老夫北望动遐思,暮云横断黄金台[7]。(见朱观㷭选刻《海岳灵秀集》卷十七,以下简称"海本")

〔1〕此诗借古讽今,感叹世道混乱,期盼明主任用贤能。战国策,亦称《国策》,传为战国时各国史官或策士辑录。西汉时,经刘向整理,被编为三十三篇。主要记述当时谋臣、策士们的政治主张和斗争策略。

〔2〕"东周"句:谓周王室衰微。东周,朝代名。指从公元前770年周平王东迁洛邑(今河南洛阳)至前256年被秦所灭为止。

〔3〕冯驩弹铗:用战国齐孟尝君门客冯谖弹铗故事。典出《战国策·齐策四》。冯驩,即冯谖。

〔4〕"苏秦"句:见《望云中塞》注释〔7〕。

〔5〕"中原"句:喻各诸侯国互相争斗。

〔6〕"阿阁"句:谓世道混乱。阿阁凤皇,孙珏段编《古微书》卷四曰:"黄帝时,天气休通,五行期化,凤凰巢阿阁,欢于树。"又曰:"尧即政七十载,凤凰止于庭。伯禹拜曰:'黄帝轩提象,凤凰巢阿阁。'"指太平治世。

〔7〕黄金台:燕昭王为郭隗所筑。故址在今河北易县东南。

席上赠卢次楩〔1〕

有才流落感当时,怜尔清狂但酒卮〔2〕。梁狱上书千年恨〔3〕,楚台作赋九秋悲〔4〕。星霜荏苒愁颜在〔5〕,日夜伶仃白发知〔6〕。秉烛虚堂醉今夕〔7〕,明年还赴菊花期。(见《国朝七子诗集注解》卷四)

〔1〕卢次楩:即卢楠。详见《张令肖甫效钱闻笛,兼慰卢次楩》注释〔1〕。

〔2〕酒卮(zhī 支):酒杯。

〔3〕梁狱上书:汉邹阳被诬陷系狱,自狱中上书梁孝王辩白,终于获释,并成为梁孝王上客。此指卢楠冤狱。

〔4〕"楚台"句:谓宋玉曾与楚襄王游于兰台之宫,作《风赋》等。其《九辩》悯惜屈原忠而被放逐,以述其志,成为千古悲秋名篇。宋玉,常被后人称为"楚台客"、"楚台风骚客"。九秋,即秋天。

〔5〕星霜:指年岁。荏苒:形容时光易逝。

〔6〕伶仃:孤独、没有依靠。

〔7〕虚堂:高堂。

答徐子与,兼怀宗子相〔1〕

昨夜孤鸿度邺城〔2〕,长安旧社忆同盟〔3〕。只因飘泊怜王粲,不为疏狂薄祢衡[4]。落月西楼千里梦,浮云北塞几年情。江淮更念风骚侣,谁折梅花一寄声[5]?（见王企埥编《明诗百卅名家集钞》卷十三）

〔1〕徐子与、宗子相:即徐中行、宗臣。详见《元夕道院,同公实、子与、于鳞、元美、子相五君得家字》注释〔1〕。

〔2〕"昨夜"句:谓鸿雁传书,徐中行（字子与）书信至。

〔3〕长安旧社:指"后七子"诗社。

〔4〕"只因"二句:谓徐中行不慢待自己。王粲、祢衡,皆自比。

〔5〕"江淮"二句:谓怀念宗臣（字子相）,盼望得到他的音讯。此句用陇头梅之典。盛弘之《荆州记》:"陆凯与范晔相善,自江南寄梅花一枝,诣长安与晔,并赠花诗曰:'折花逢驿使,寄与陇头人。江南无所有,聊赠一枝春。'"江淮,泛指安徽、江苏、河南,以及湖北东北部长江以北、淮河以南地区。

塞下二首[1]

青山行不断,独马去迟迟。宿雾开军垒,寒城见酒旗[2]。沙连天尽处,霜重日高时。惨淡兵戈气,萧条榆柳枝。乾坤疲战伐,将相系安危。寄语筹边者,功名当自知。

路出古云州[3],风沙吹不休。乌鸢下空碛[4],驼马渡寒流[5]。地旷边声动,天高朔气浮。霜连穷海夕,月照大荒秋[6]。击鼓番王醉,吹笳汉女愁。龙城若复取[7],侠士几封侯。

〔1〕此诗作于嘉靖二十六年(1547),写边塞风光和形势,期待"将相"、"侠士"靖边安民。陈允衡评曰:"近人恐难下笔,愿一观之。"(《诗慰初集·谢茂秦诗选》)

〔2〕酒旗:即酒帘、望子。悬在酒店前的标帜。

〔3〕云州:治所即今河北赤城北云川。

〔4〕空碛(qì泣):无草木的沙漠。

〔5〕驼马:骆驼和马。沈约《安陆昭王碑文》:"侦谍不敢东窥,驼马不敢南牧。"

〔6〕大荒:最荒远的地方。左思《吴都赋》:"出乎大荒之中,行乎东极之外。"

〔7〕龙城:又称"龙庭"。古代匈奴单于祭天地之处。在今蒙古国鄂尔浑河西侧的和硕柴达木湖附近。

送董克平宰六合〔1〕

君才试百里〔2〕,乘晓出长安〔3〕。樽俎沙头别〔4〕,帆樯天际看。东南应星宿,淮海得郎官。王气秣陵近〔5〕,潮声瓜步寒〔6〕。早莺啼县郭,春草遍江干。宝剑还谁识,瑶琴且自弹。歌谣知俗变,案牍坐更残。若忆风骚侣,迢遥寄楚兰〔7〕。

〔1〕此诗宗臣评曰:"宋延清排律,秀达清妙,此诗似之。"(李攀龙、

陈子龙《明诗选》卷九)李、陈《明诗选》卷九眉批："前四语切题面。"(同上)董克平,即董邦政,字克平,山东阳信人。嘉靖中由选贡任六合(今属江苏)知县、浙江兵备佥事。

〔2〕"君才"句:《后汉书·明帝纪》:"(帝)谓群臣曰:'郎官上应列宿,出宰百里,有非其人,则民受其殃……"下文"东南"、"淮海"二句亦指此意。

〔3〕长安:泛指京城。

〔4〕樽俎:古代盛酒和盛肉的器具。此指送别的宴席。沙头:沙洲边。

〔5〕秣陵:今南京。

〔6〕瓜步:镇名。在六合东南,南临大江,南北朝时为兵家必争之地。

〔7〕楚兰:即香草兰。因盛产于楚地,屈原《楚辞》中又多所歌咏,故称。

早游盘山憩古公兰若〔1〕

蓟门随去住〔2〕,游眺此身轻。云起千峰白,泉流一涧清。寒沙馀马迹,初日散鸦声。恰自长林转,翻依峭壁行。空中孤磬落,松下老僧迎。碧玉开禅径〔3〕,黄金作化城〔4〕。共言超有象〔5〕,谁会入无生〔6〕?何必匡庐上,遥寻惠远盟〔7〕?

〔1〕此诗作于嘉靖二十九年八月。盘山,在天津蓟州区北。三国魏田盘隐居于此,因称田盘山,简称盘山。或曰山势峻峭,盘旋而登,故曰

273

盘山。兰若,即佛寺。

〔2〕蓟门:说法不一。此当指北京德胜门外土城关,代指北京。

〔3〕禅径:佛寺中的小道。

〔4〕化城:佛家语。一时幻化的城郭。比喻小乘禅所达到的境界。

〔5〕有象:即有相。佛家语。佛教主张万有皆空,心体本寂。称造作之相或虚假之相为"有相"。"凡有相者,皆是虚妄"(唐一行《太日经疏》卷一)。

〔6〕无生:佛家语。谓没有生灭,不生不灭。晋王该《日烛》:"咸淡泊于无生,俱脱骸而不死。"

〔7〕"何必"二句:谓不必去遥远的庐山(匡庐)东林寺与东晋高僧慧远(又作惠远)结盟(慧远曾与十八高贤结莲社)。

兵后〔1〕

胡骑驰燕甸〔2〕,人家避凤城〔3〕。桑田归计后,儿女乱中情。道路逢亲友,悲凉话死生。加餐心稍定,伏枕梦犹惊。侠士横孤剑,元戎集五兵〔4〕。谁能沙漠外,跃马一纵横?

〔1〕此诗作于嘉靖二十九年俺答掳掠京畿地区之后,抒写人民遭受的灾难痛苦和期盼良将驱虏安邦的愿望。

〔2〕燕甸:指京畿地区。

〔3〕凤城:京城。

〔4〕元戎:主帅。五兵:即中兵、外兵、骑兵、别兵、都兵。泛指军队。

送杨挥使本善归关中，

乃祖容堂总戎向有倾盖之雅,慨然赋此[1]

楼船杨仆后[2]，三世见交情。聚散星霜隔,存亡涕泪横。旌旗空楚岸,河岳限秦京[3]。为客逢多事,因君慨不平。青年知献策,白首愧论兵。候火羽书动[4],秋风龙剑鸣[5]。气凌投笔者[6],才掩弃繻生[7]。跃马怜西去,闻鸡想北征[8]。主恩重延揽[9],将种滞功名。月下关山笛[10],还吹出塞声。

〔1〕此诗卢柟评曰:"雄劲似云中健儿。"(李攀龙、陈子龙《明诗选》卷四)李、陈《明诗选》卷四眉批:"工从熟得。"(同上)杨容堂,即杨宏(1463—1541),字希仁,号容堂,大河卫(治所即今江苏淮安)人。以荫为西安左卫指挥使,嘉靖癸巳(1533)以都督同知致仕。著有《容堂杂稿》、《漕运志》等。总戎,主将、统帅。此指都督。杨本善,杨宏之孙,袭指挥使。

〔2〕楼船杨仆:西汉宜阳(今属河南)人,武帝时为楼船将军。此谓杨宏。

〔3〕河岳:此指黄河和西岳华山。秦京:咸阳。

〔4〕候火:烽火。羽书:古代征调军队的文书,插鸟羽以示紧急,必须迅速传递。

〔5〕龙剑:指丰城龙泉、太阿双剑。此泛指宝剑。

〔6〕投笔者:指班超。曾为官府抄书,尝投笔叹曰:"大丈夫……安

能久事笔砚间乎!"后出使西域,在外十一年,官至西域都护,封定远侯。

〔7〕弃襦生:指汉武帝时济南人终军。详见《榆河晓发》注释〔4〕。

〔8〕"闻鸡"句:用闻鸡起舞之典。《晋书·祖逖传》:"中夜闻荒鸡鸣,(逖)蹴琨觉曰:'此非恶声也。'因起舞。"

〔9〕延揽:招致。

〔10〕关山笛:张九龄《同綦母学士月夜闻雁》:"月思关山笛,风号流水琴。"

夏日同李于鳞、贾守准、
刘子成、宗子相四比部南溪泛舟〔1〕

散步过林塘,相随上野航〔2〕。沿流狎鱼鸟〔3〕,嚼藕得冰霜。
共拟西湖胜,还乘北渚凉。桂樽移白日〔4〕,兰棹转沧浪〔5〕。
杨柳绿堤合,菰蒲出水长〔6〕。酣歌意不尽,晚色正苍茫。

〔1〕此诗嘉靖三十年(1551)作于京师。李于鳞,即李攀龙。贾守准,即贾衡,字守准,河北束鹿人。嘉靖丁未(1547)进士,授刑部主事,迁工部营缮司员外郎,出为佥事,巡河北。被严世蕃阴谋中伤罢归。刘子成,即刘景韶(1517—1578),字子成,号白川,湖北崇阳人。嘉靖甲辰(1544)进士,授潮阳县令,历贵州佥事、淮阴道副使,官至右佥都御史,巡抚凤阳。著有《太白原稿》、《秋蛰》、《燕台》等。南溪,在北京。宗子相,即宗臣。

〔2〕野航:野外水中之舟。戴叔伦《春江独钓》:"心事同沙鸟,浮生寄野航。"

〔3〕狎(xiá 侠):亲近。

〔4〕桂樽:酒器的美称。

〔5〕兰棹:即木兰舟。

〔6〕菰(gū 孤)蒲:菰和蒲,都是浅水植物。

七夕留别汪伯阳、李于鳞、王元美,得知字[1]

久客言归计,留连几故知。鹊桥星夜度[2],燕馆月沉时[3]。
天上才欢洽,人间有别离。晴分绛河影[4],秋动白榆枝[5]。
桂醑还成醉[6],萍踪不可期。年年湖海上,今夕定相思。

〔1〕此诗嘉靖三十年七月七日作于京师。汪伯阳,即汪来,字君复,
号伯阳,天津人。嘉辛丑(1541)进士,历任甘肃庆阳知府、山西按察司副
使。王元美,即王世贞。

〔2〕"鹊桥"句:神话传说每年农历七月七日夜牛郎、织女相会,鹊
鸟衔接为桥以渡银河。

〔3〕燕馆:宴饮的馆子。

〔4〕绛河:银河。

〔5〕白榆:星名。

〔6〕桂醑(xǔ 许):桂花酒。此泛指美酒。

同张虞部观戎器有感[1]

轩辕制兵后[2],征伐故相仍[3]。夜月刀环动,秋霜剑气凝。

天王更神武[4]，胡骑敢凭陵[5]。北塞金笳振[6]，中原羽檄征[7]。材官驰白马[8]，侠士臂苍鹰。无战谁长策？临风感慨增。

〔1〕此诗嘉靖三十年秋作于京师，充分表达了强烈的反战思想。张虞部，未详。虞部，即工部虞衡司，掌山泽、采捕、陶瓷、铁冶、鼓铸等。戎器，兵器。

〔2〕"轩辕"句：《史记》卷一："黄帝者，姓公孙，名曰轩辕。……轩辕之时，神农氏衰……于是轩辕乃习用干戈，以征不享，诸侯咸来宾从。"并"修德振兵"，"以与炎帝战于阪泉之野，三战然后得其志。蚩尤作乱……乃征师诸侯，与蚩尤战于涿鹿之野，遂禽杀蚩尤"。

〔3〕相仍：相继、连续不断。

〔4〕天王：天子。此特指春秋时周天子。顾炎武《日知录·天王》："《尚书》之文，但称王，《春秋》则曰天王，以当时楚、吴、徐、越皆僭称王，故加天以别之也。"

〔5〕凭陵：侵犯。

〔6〕"北塞"句：谓北部边塞征战激烈。金笳，胡笳的美称。

〔7〕"中原"句：谓中原征求紧急。

〔8〕材官：此指供差遣的低级武官。

冬夜集张兵部茂参宅[1]

秉烛坐深更，严城乱柝声。寒云双阙迥[2]，夜雪万家明。世事清樽尽，边愁白发生。匡时须计远[3]，和虏竟功成[4]。

自有张衡赋[5]，谁怜李广情[6]？剑尘时一拂，莫遣暗龙精[7]。

[1] 此诗嘉靖三十年作于京师。蒋仲舒评曰："工炼，气亦悲壮。"（李攀龙、陈子龙《明诗选》卷四）张茂参，即张才，陕西西安人。嘉靖甲辰（1544）进士，历官按察佥事。

[2] 双阙：宫门两侧的楼观。

[3] 匡时：匡正时世，挽救时局。

[4] "和虏"句：谓仇鸾与严嵩勾结，允许俺答"求贡"并开大同"马市"。

[5] 张衡赋：东汉张衡今存《温泉赋》、《南都赋》、《二京赋》等八篇，其内容主要是反对统治阶级荒淫奢侈，揭露和批判日趋没落的朝政。

[6] 李广情：西汉名将李广，为北平太守，匈奴畏之，号飞将军。与匈奴作战七十馀次，未得封侯。后随卫青出击匈奴，以失道后期，自刭死，一军皆哭，百姓闻之，无不垂涕。

[7] 龙精：指丰城剑。详见《赠卢次楩三首（选一）》注释[2]。

寄塞上王侍御子梁[1]

君王重简命[2]，尔志在澄清[3]。节钺分西顾[4]，风云护北征。羽旗荒外合[5]，骢马雪中行[6]。直渡桑干水[7]，还临骠骑营[8]。九关多猛士[9]，百战有长城。夜半仍传檄，天寒未解兵。黑山横宝剑[10]，青海动金钲[11]。独杖防边策，兼收抗疏名[12]。虚心当国事，高议见儒生[13]。壮岁思铭鼎[14],空言陋请缨[15]。乘秋摧虏气,计日答皇情[16]。应遣龙庭使[17],驰书到玉京[18]。

〔1〕此诗蒋仲舒评曰:"炼格炼语,俱属老手。"(李攀龙、陈子龙《明诗选》卷九)陈允衡评曰:"可谓气韵沉雄。"(《诗慰初集·谢茂秦诗选》)塞上,边境之地,又称长城内外之地。王子梁,即王楠,字子梁,山东德州人。嘉靖二十三年(1544)进士,由行人选四川道御史,巡按宣大、河南,升平阳知府,于陕西副使任上致仕。

〔2〕简命:选派任命。

〔3〕澄清:使混浊变为清明。《世说新语·德行》:"陈仲举言为士则,行为世范,登车揽辔,有澄清天下之志。"

〔4〕节钺:符节与斧钺,古代授予将帅,作为加重权力的标志。

〔5〕羽旗:翠羽装饰的旌旗。

〔6〕骢马:此指御史所骑的马。

〔7〕桑干水:今永定河上游。

〔8〕骠骑营:泛指军营。

〔9〕九关:即九边。指明代北方的辽东、宣府、大同、延绥、宁夏、甘肃、蓟州、偏头、固原九处要镇。

〔10〕黑山:有诸处:一在今内蒙古包头西北;一为今内蒙古巴林右旗北罕山;一在今陕西榆林西北,有黑水流其下。此泛指塞外诸山。

〔11〕金钲(zhēng 争):古乐器。军中常用。

〔12〕抗疏:谓臣子对君命或廷议有所抵制,上疏极谏。

〔13〕高议:高明的议论。儒生:通儒家经书的人。

〔14〕铭鼎:在钟鼎等器物上刻铸文辞。引申为建功立业,以传后世。

〔15〕空言:此为壮语豪言。请缨:汉武帝时,济南人终军为谏议大

夫,遣其说南越王入朝,军自请:"愿受长缨,必羁南越王而致之阙下。"

〔16〕皇情:皇帝的情意。

〔17〕龙庭使:指匈奴的使者。

〔18〕玉京:指帝都。

送朱驾部伯邻使塞上〔1〕

早发佩龙泉〔2〕,人看紫气缠。河梁怀落落〔3〕,旌节去翩翩〔4〕。岭暗飞狐雪〔5〕,关开白马天〔6〕。寒云抱亭障,枯柳散乌鸢。路转长城下,山横返照边。胡笳凄复断,海戍莽相连〔7〕。满眼农桑地,惊心战伐年。风尘诸将老,勋业几人全?北使明星动,南归新月悬。应思窦车骑,何事勒燕然〔8〕?

〔1〕此诗蒋仲舒评曰:"气格浑厚,语调工炼,令人爽然。"(李攀龙、陈子龙《明诗选》卷九)朱伯邻,即朱家相。明归德府(治所在今河南商丘)人。嘉靖戊戌(1538)进士,曾为兵部车驾司郎中。

〔2〕龙泉:即龙泉,详见《赠卢次楩三首(选一)》注释〔2〕。此泛指宝剑。

〔3〕河梁:送别之地的代称。旧题李陵《与苏武》之三:"携手上河梁,游子暮何之?"落落:磊落。

〔4〕旌节:古代使者所持之节,用为信物。

〔5〕飞狐岭:关隘名。在今河北涞县、蔚县界。

〔6〕白马关:在北京密云西北,临潴沱河,旁有白马岗,因名。

〔7〕海戍:指边防之地的营垒、城堡。

〔8〕"应思"二句:窦宪(?—92),字伯度,东汉扶风平陵(今陕西咸阳西北)人。官居侍中,后获罪惧诛,自请击匈奴赎死,领兵大破匈奴,登燕然山,刻石记功而还,拜车骑将军。总揽大权,后被迫自杀。

登遵化城楼[1]

地道通辽海[2],山岚隐蓟门[3]。登城秋草遍,拂剑早霜繁。清切闻芦管[4],苍茫见塞垣[5]。健儿屯北戍,战马出中原。羽檄黄尘动,牙旗白日翻[6]。穷边思李牧[7],异代感刘琨[8]。旅况聊成赋,戎机未易论[9]。从兹谢游好,归卧旧山樊[10]。

〔1〕此诗嘉靖二十九年秋作,感慨边塞形势紧张,战云密布,期盼良将御敌安邦。

〔2〕辽海:此指辽东滨海之地。

〔3〕山岚:山中雾气。

〔4〕芦管:即芦笳。古代一种管乐器。曾慥《类说·集韵》:"胡人卷芦叶而吹,谓之芦笳。"

〔5〕塞垣:此指长城。

〔6〕牙旗:旗杆上饰有象牙的大旗。多为主将、主帅所建。

〔7〕穷边:荒僻的边远地区。李牧(?—前229),战国赵将,守北疆,匈奴不敢犯,详见《青龙桥上有感二首》注释〔7〕。

〔8〕刘琨(271—318):字越石,中山魏昌(今河北无极)人。西晋将

领、诗人。与祖逖互勉,闻鸡起舞。忠于晋朝,长期坚守并州,与刘聪、石勒对抗。后投奔鲜卑段匹䃅,被害。

〔9〕戎机:战争、军事。

〔10〕山樊:山中茂林。

岁暮寄卢次楩[1]

客邸多朋好[2],栖栖劳此生[3]。长存排难意,遂有泛交情。管鲍心无改[4],妻孥计转轻[5]。单衣沾朔雪,衰鬓滞燕城。偃蹇逢黄祖,疏狂自祢衡[6]。家贫公议定,岁久怨怀平。共拟三江钓,还期五岳行。采芝从绮季[7],回首谢浮名。

〔1〕此诗嘉靖三十年作于京师。《诗家直说》三一七则曰:"浚人卢浮丘,豪俊士也,负才傲物,人多忌之。曾以诗忤蒋令,令枉以疑狱,几十五年不决。余爱其才,且悯其非罪,遂之都下,历于公卿间,暴白而出之。因感怀诗云:'长存排难意,遂有泛交情。'以示比部李沧溟。沧溟曰:'数年常闻高论,皆古人所未发,余每心服,可谓知己;而亦以为泛交之流耶?'指其诗而颔之者再。大司徒张龙冈过南都,谓诸缙绅曰:'四溟子以我辈为泛交,可讶也。'余闻二公之言,心甚歉然。夫卢生得免,予愿少遂,作诗自况,偶得之耳。二公讥之,其亦孟子所谓'固哉'者欤?"

〔2〕客邸(dǐ抵):旅舍。

〔3〕栖栖:忙碌不安貌。

〔4〕管鲍:即春秋齐国管仲与鲍叔牙。二人相友甚戚,管仲尝曰:"生我者父母,知我者鲍子也。"(《列子·力命》)后因称知交友情深厚者

为管鲍。

〔5〕妻孥:妻子和儿女的统称。

〔6〕"偃蹇(jiǎn 简)"二句:参见《张令肖甫郊饯闻笛,兼慰卢次楩》注释〔6〕。偃蹇,困顿。

〔7〕绮季:即绮里季,秦末汉初"商山四皓"之一。

送万比部章甫使湖南〔1〕

望极仙帆色,西南得胜游。省郎行郡邑〔2〕,候吏集沙洲。白日悬汤网〔3〕,春风释楚囚〔4〕。心澄大江水,身倚半天楼。明月闻黄鹤,清湘见铁牛〔5〕。云开衡岳晓〔6〕,叶下洞庭秋〔7〕。不倦湖山意,长怀骚雅流。蒹葭正霜露,千里思悠悠〔8〕。

〔1〕此诗蒋仲舒评曰:"自湖南生想头,遂得句。着比部处,语意更佳。"(李攀龙、陈子龙《明诗选》卷四)万章甫,即万衣(1518—1598),字章甫,号浅源,德化(今江西九江)人。嘉靖辛丑(1541)进士,授南刑部主事,补北刑部,累官至河南左布政使。著有《万子迂谈》等。

〔2〕省郎:此指中枢诸省的官吏。

〔3〕汤网:典出《吕氏春秋·异用》,喻刑政宽大。刘禹锡《上杜司徒启》:"汤网虽疏,久而犹挂。"

〔4〕楚囚:典出《左传·成公九年》。本指被俘的楚国人,后指处境窘迫无计可施者。

〔5〕湘:指湘江。铁牛:铁铸的牛。古人治河或建桥,往往铸为铁牛

状,置于堤下或桥堍,用以镇水。

〔6〕衡岳:南岳衡山。

〔7〕"叶下"句:借用骆宾王《久客临海有怀》一诗中的原句:"草湿姑苏夕,叶下洞庭秋。"洞庭,即洞庭湖,又名云梦泽。在湖南北部、长江南岸。中国第二大淡水湖。

〔8〕"蒹葭"二句:《诗经·秦风·蒹葭》:"蒹葭苍苍,白露为霜。所谓伊人,在水一方。"此借指思念友人。

九月七日游佛山,同薛子乔、阎达夫、许克之赋得黄字〔1〕

登高待重九,风雨恐相妨。预约来金地〔2〕,迟留坐石床。一樽乘野兴,同赋揽秋光。天迥云全白,山空树半黄。风声寒飒沓,日色晚苍茫。老病偏多感,跻攀且自强。片言干气象,千载见文章。海右诸名士〔3〕,深知谢客狂。

〔1〕此诗嘉靖四十年(1561)作于山东济南。顾文玉评曰:"格调直逼钱刘,郊岛元白不足道也。"(李攀龙、陈子龙《明诗选》卷四)佛山,即千佛山,在山东济南南面。薛子乔,即薛樟。《兰台法鉴录》卷十七:"薛樟,字子乔,山东历城县人。嘉靖二十三年(1544)进士,二十八年由山阳知县选广东道御史,疏请致仕。"阎达夫,济南人。徐未详。许克之,即许邦才,字殿卿,号克之,济南人。嘉靖癸卯(1543)解元,官永宁知州,迁德、周二府长史。著有《海右倡和集》、《梁园集》。赋得,见《赋得胡无人送李侍御化甫巡边》注释〔1〕。

〔2〕金地：佛教圣地。佛教谓菩萨所居，以黄金铺地，故称。

〔3〕海右：指黄海、东海以西地区。此指济南。

登天宁寺塔〔1〕

舍利藏千古〔2〕，灵光夜夜开。檐高色界尽〔3〕，天近法云来〔4〕。鸽自虚空转，龙将风雨回。地形标叠巘，河势见三台〔5〕。徒向人间老，深惭邺下才。今从远公社〔6〕，登眺思悠哉。

〔1〕此诗蒋仲舒评曰："思畅语工，气格庄厚。"（李攀龙、陈子龙《明诗选》卷九）天宁寺，在河南安阳西北，北周广顺（951—953）初建。

〔2〕舍利：佛骨。《魏书·释老志》："佛既谢世，香木焚尸，灵骨分碎，大小如粒，击之不坏，焚亦不焦，或有光明神验，胡言谓之舍利。弟子收奉，置之宝瓶，竭香花，致敬慕，建宫宇，谓为塔。"

〔3〕色界：佛教三界之一。在欲界之上，无色界之下。有精美的物质而无男女贪欲。

〔4〕法云：佛家语。谓佛法如云涵盖一切。

〔5〕三台：即河北临漳西南邺镇西曹操所建铜雀、金虎（又名金凤）、冰井三台。

〔6〕远公社：指东晋高僧慧远于庐山东林寺与十八高贤所结莲社。

登代州城楼望老营堡有感〔1〕

寒色浮城上，遐荒尽目前〔2〕。南云接汾晋〔3〕，东路转幽燕^{〔4〕}。烽举兵威振,冬来杀气连。烈风胡马乱,斜照汉旌悬。诸将宁无术,三边更可怜^{〔5〕}。黄昏出鬼火,白日断人烟。实赖中朝盛,还期众垒全。死生多为国,赏罚本由天。摛赋吾聊尔^{〔6〕},凭高此怅然。感怀空伫立,枯木下乌鸢^{〔7〕}。

〔1〕此诗嘉靖四十三年(1564)冬作于山西代县。陈允衡评曰:"忠爱郁结,读之可风。"(《诗慰初集·谢茂秦诗选》)老营堡,在山西偏关东北。明嘉靖十七年(1538)置千户所。

〔2〕遐(xiá 匣)荒:边远荒僻之地。

〔3〕汾晋:此指山西太原地区。

〔4〕幽燕:河北北部及辽宁一带。

〔5〕三边:汉代指幽、并、凉三州,后泛指边疆。

〔6〕摛(chī 吃)赋:铺陈辞藻。

〔7〕乌鸢:乌鸦和鹞鹰。

寄孔方伯汝锡^{〔1〕}

每忆汾阳约,何为代北游^{〔2〕}?神交太行迥,调合建安流^{〔3〕}。高步云随杖,穷边雪照楼。虏骄轻出入,吾老重淹留。厚禄谁思报?严兵只御秋。材官几人在^{〔4〕}?国士百年忧。上古元无战,中丞自有谋^{〔5〕}。冰清闲鹤渚,潭冷闭龙湫^{〔6〕}。旧社独来去,春醪那唱酬^{〔7〕}。相逢话时事,感慨望神州。

〔1〕此诗嘉靖四十三年冬作于山西代县,向友人倾诉深入代北的

感慨,忧患边防,反对战伐,企望和平。冯惟讷评曰:"情似少陵,况经战伐,连篇尔尔。"又评倒数第七、八句曰:"开合。"(《适晋稿》卷四)

〔2〕代北:唐方镇名。治所在今山西代县。

〔3〕建安流:指曹操父子和"建安七子"等。建安,汉献帝年号(196—220)。

〔4〕材官:供差遣的低级武官。

〔5〕中丞:泛指朝廷官员。

〔6〕龙湫:上有悬瀑下有深潭谓之龙湫。

〔7〕春醪:春酒。冬酿春熟之酒,亦称春酿秋冬始熟之酒。

有客谈沈参军事,感而赋此〔1〕

宝剑作龙吼,我心胡不平。独存燕赵气〔2〕,长啸古今情〔3〕。
道丧由天地〔4〕,才高系死生。行藏云共灭〔5〕,凄惨月孤明。
旧事嗟黄祖,多狂惜祢衡〔6〕。文章归土苴〔7〕,踪迹断边城。
自失眼前策,何求身后名? 越东返骸骨〔8〕,风雨咽江声。

〔1〕此诗嘉靖四十三年冬作于代县,感叹世道沦丧,奸邪当道,陷害贤良。冯惟讷评曰:"苦思侠烈。"又评第五句曰:"太重。"孔天胤评曰:"悲歌古调。"(引文俱见《适晋稿》卷四)沈参军,指沈炼(1507—1557),字纯甫、子刚、号青霞山人,浙江绍兴人。嘉靖戊戌(1538)进士,历任溧阳、茌平、清丰知县,入为锦衣卫经历。因劾严嵩廷杖谪佃保安州,不久为嵩党所陷,弃市。有《青霞集》。

〔2〕燕赵气:指刚强不屈的气概。

288

〔3〕长啸:撮口发出悠长清越的声音。古人常以此述志。

〔4〕道丧:世道沦丧。

〔5〕行藏:出处和行止。

〔6〕"旧事"二句:见《张令肖甫郊饯闻笛,兼慰卢次楩》注释〔6〕。

〔7〕土苴(jū居):泥土和杂草。

〔8〕越东:此指绍兴一带。

度岭〔1〕

青杨尽枯槁,松老独依然。触目多兴感,劳生自惜年。马前冰雪径,客里岁寒天。馀兴归时遣,中心险处悬。转崖经乱石,出岭瞰浮烟。矗矗龙荒断〔2〕,苍苍雁塞连〔3〕。壮游无少息,胜事岂能全? 回首圭峰寺〔4〕,何由结静缘?

〔1〕此诗嘉靖四十三年冬作于山西五台,写度岭所见所感,非亲践实历者不能道。冯惟讷评第七、八句曰:"登顿后语,历者知之。"又评第九、十、十一、十二句曰:"出山物色可想。"(《适晋稿》卷四)

〔2〕矗矗(chù触):山岭高峻貌。龙荒:泛指我国北部荒漠地区。

〔3〕雁塞:泛指北方的边塞。

〔4〕圭峰寺:在山西五台县峨谷,隋建。

八月二十二日恭闻奉天殿视朝〔1〕

上国凉飙起〔2〕,西山瑞霭浓〔3〕。玉珂天汉路〔4〕,金阙午时钟〔5〕。剑佩炉香近〔6〕，旌旗日影重。宫墙落杨柳，水槛出芙蓉。万舞趋丹凤，千官识衮龙〔7〕。遥传北伐诏，光耀紫泥封〔8〕。（见王本卷上；李本卷三十一；百本；穆光胤编《明诗正声》卷十四，以下简称"穆本"；卢本卷四十四；列本丁集上；张豫章等《御选明诗》卷九十三）

〔1〕此诗嘉靖二十九年作于京师。世宗荒于朝政，八月"癸未，上以虏骑薄城，出御奉天殿，百官公服行拜叩礼"（《明世宗实录》卷三六四）。闻此，诗人无比振奋，这既表现了他对国难民瘼的关心，也说明他对封建帝王的期待。蒋仲舒评曰："庄重有体，结亦雄。"（李攀龙、陈子龙《明诗选》卷九）李舒章评曰："秀笔。"（陈子龙等《皇明诗选》卷九）
〔2〕上国：京师。凉飙：秋风。
〔3〕西山：指北京西郊诸山，为太行山支脉。瑞霭：吉祥的云气。
〔4〕玉珂（kē科）：马勒上的装饰物，以玉或贝制，色白，振动则有声。
〔5〕金阙：指天子所居的宫殿。
〔6〕剑佩：指宝剑和垂佩。
〔7〕衮龙：衮龙袍。此代指皇帝。
〔8〕紫泥封：即紫泥书。古人书信用泥封，泥上盖印。皇帝诏书则用紫泥。《后汉书·光武帝纪上》李贤注引汉蔡邕《独断》："皇帝六玺……皆以武都紫泥封之。"

弟松来，闻从弟恩病，因忆从弟惠久客江淮，杳无消息，怆然有赋〔1〕

入门挥涕泪，寒雨正纷纷。衣食吾将老，兵戈汝自闻。新愁

逢岁暮,旧事起宵分。月冷沧洲梦[2],天空白雁群。艰虞仍远道,生死各浮云。坐久移残烛,相看酒未醺[3]。(见王本卷下)

〔1〕此诗抒写手足之谊,句句动情。江淮,泛指安徽、江苏、河南,以及湖北东北部长江以北、淮河以南地区。

〔2〕沧洲梦:隐居的梦想。沧洲,此指隐士的居处。

〔3〕醺(xūn 勋):酒醉。

暮投宋村宿农家[1]

荒垒数椽屋,黄昏冲雨来。乱云迷树鸟,积水没庭苔。田父迎车出,村童乞火回。旋烹诸葛菜[2],空忆伯伦杯[3]。力尽耕耘苦,忧深赋役催。贫家无节序[4],野菊为谁开?(见《适晋稿》卷一)

〔1〕此诗嘉靖四十二年秋作,抒写农家热情好客及其贫苦。冯惟讷评曰:"景事都尽。"(《适晋稿》卷一)宋村,在今山西长子。

〔2〕诸葛菜:即蔓菁。相传诸葛亮行军所驻处即令士兵种蔓菁,以为军食,故称。

〔3〕伯伦:即刘伶,字伯伦,西晋沛国(今安徽濉溪西北)人。"竹林七贤"之一。仕为建威将军。因对策盛言无为之化而报罢。放情肆志,性尤好酒。尝携酒乘车,使人荷锸随之,曰:"死便埋我!"著有《酒德颂》。

〔4〕节序:节令、节气。

同裕轩、节轩昆季论诗[1]

诗在杳冥处[2],从来不易寻。极天才是远,入海更求深。字字排山力,篇篇造物心。光涵青玉案[3],声寄紫琼琴[4]。阮籍怀能写[5],陶潜醉复吟[6]。野云随短杖,萝月照幽襟。自守清时拙,相看白发侵。与君话风雅,剪烛夜沉沉。(见《适晋稿》卷二)

〔1〕此诗嘉靖四十三年春作于山西长治,体现了谢榛的诗学主张。孔天胤评前八句曰:"此以文为诗,却是拈花。"(《适晋稿》卷二)裕轩、节轩,山西清源宗人。

〔2〕杳冥处:指极高远幽深之处。

〔3〕青玉案:青玉所制的短脚盘子,名贵的食具。

〔4〕紫琼琴:即紫色琼玉装饰之琴。李白《拟古十二首》之十:"遗我绿玉杯,兼之紫琼琴。"

〔5〕"阮籍"句:参见《秋夜》(不见同怀侣)注释〔3〕。

〔6〕"陶潜"句:陶潜即陶渊明,他不满现实,辞官归隐,寄情诗酒,有《饮酒》诗二十首,其序曰:"余闲居寡欢,兼比夜已长,偶有名酒,无夕不饮。顾影独尽,忽焉复醉。既醉之后,辄题数句自娱;纸墨遂多,辞无诠次。"

同程子仁守岁有感[1]

岁尽边庭虏骑回,孤城秉烛旅颜开。乱离已过三关静[2],生死相违几处哀。渐觉寒威今夜减,可怜春色异乡来。老年结伴青藜杖,圣代逃名浊酒杯[3]。淮浦南通吴客棹[4],漳河东绕魏王台[5]。身缘留滞常同感,书寄平安各自裁。忆昔京华更愁思,笛声吹落汉宫梅[6]。

〔1〕此诗嘉靖四十三年冬作于代县。冯惟讷评曰:"谢老除夕夜诗最多,此更悲感。"又评第一句曰:"史笔。"孔天胤评曰:"旅邸残年,复更悲壮。"(引文俱见《适晋稿》卷四)陈允衡评曰:"旅邸残年,情事毕露,无意不曲,无语不灵,若概置此等于度外,恐一蟹不如一蟹矣。"(《诗慰初集·谢茂秦诗选》)

〔2〕三关:三个重要的关口。此指外三关,即山西的雁门关、宁武关、偏头关。

〔3〕逃名:逃避声名而不居。

〔4〕淮浦:淮河。

〔5〕魏王台:指河北临漳西南邺镇西曹操所建铜雀、金虎(又名金凤)、冰井三台。

〔6〕"笛声"句:化用笛曲《梅花落》。

李节推中虚见过,因谈边事,感而赋此[1]

偶因客过问边情,离乱那堪共此生。处士草衣忧思远[2],将军肉食壮心惊。石州鸥鸟群悲巷[3]，沙漠胡儿始破城。扰扰万魂随月影，悠悠千恨杂河声。即今战守非周策[4]，自古纵横有汉兵。火却人家迷鼠穴，灾馀山郡减农耕。大臣岂惜存亡定，仁主应知赏罚平。天付君才待青琐[5]，不辞草疏奏承明[6]。

〔1〕此诗隆庆元年（1567）冬作于河南安阳，忧虑边患造成的严重灾难，慨叹朝廷无策，期盼明主。李中虚，未详。节推，此指推官。明代各府置一名，专管刑狱。

〔2〕处士：古称有才德而隐居者。

〔3〕石州：治所即今山西离石。隆庆元年九月，俺答数万众陷石州。

〔4〕周策：周朝的策略、计策。《汉书·匈奴传》："周得中策，汉得下策，秦无策。"

〔5〕青琐：借指宫廷。

〔6〕承明：三国魏文帝以建始殿朝群臣，门曰承明。其朝臣止息之所称承明庐。

金堤同张明府肖甫赋[1]

金堤重到感西风，瓠子犹思汉武功[2]。雉堞遥连千树暝，龙珠不见二潭空。芰荷老尽飞霜后，箫管寒催落照中[3]。白发沧洲幽事在，黄花绿酒故人同。谢安此日游山剧[4]，潘岳当年作赋工[5]。无数峰峦秋色里，高歌相对欲争雄。（见李本卷三十二、穆本卷十五、彭本卷六、《国朝名公诗选》卷七、卢本卷四

十六、华淑编选《明诗选》卷九、《山东通志》卷三十五、《古今图书集成·方舆汇编·山川典·瓠子河部》、《泰安府志》卷二十二）

〔1〕此诗嘉靖三十一年秋作于河北魏县。蒋仲舒评曰："排律忌板,此篇清融圆活。"陈古白评曰："此诗即景成文,睹瓠子而思汉功,不过起兴之调。'黄花绿酒'相对高歌,乃是正意。"（李攀龙、陈子龙《明诗选》卷十）李、陈《明诗选》卷十眉批："谢安自谓,潘岳说张明府,上句较切。"（同上）陈元素评曰："此诗即目前所见景色赋就成文,睹瓠子之险而思汉功,亦不过起兴之辞云尔,'黄花绿酒'相对高歌,'箫管声催'留连落照,乃是此篇正意。"（陈继儒纂辑、陈元素笺释《国朝名公诗选》卷七）金堤,指西汉东郡、魏郡、平原郡界内黄河两岸的石堤。张肖甫,即张佳胤,详见《张令肖甫郊钱闻笛,兼慰卢次楩》注释〔1〕。

〔2〕"瓠（hù户）子"句:《史记·河渠书》:汉武帝元光三年（前132）,河决于瓠子口,东南注钜野,通于淮泗,漂害民居。元封二年（前109）,使汲仁、郭昌发卒数万人,塞瓠子决河。汉武帝自万里沙还临决河,沉白马玉璧,令群臣将军以下,皆负薪填决河,并作《瓠子歌》。瓠子,堤名。又名金堤宣房堰。在今河南濮阳南。

〔3〕"雉堞"四句:状秋景萧索空旷。雉堞,泛指城墙。城墙长三丈高一丈为雉。堞,女墙,即城墙上端凸凹状的矮墙。芰荷,荷叶或荷花。汉昭帝《淋池歌》:"秋素景兮泛洪波,挥纤手兮折芰荷。"

〔4〕谢安（320—385）:东晋政治家、文学家。曾寓居会稽,放情山水丘壑。此谢榛自比。

〔5〕潘岳（247—300）:西晋文学家。字安仁,荥阳中牟（今属河南）人。曾任河阳令、著作郎、给事黄门侍郎等。长于诗赋,辞藻华丽。此指张佳胤。

江南曲二首（选一）^[1]

其一

夹岸多垂杨，妾家临野塘。手拈青杏子，不忍打鸳鸯。

〔1〕江南曲：乐府相和曲名。《乐府解题》："江南古辞，盖美芳晨良景，嬉游得时……按，梁武帝作《江南弄》以代西曲，有《采莲》、《采菱》，盖出于此。"

怀邹子序^[1]

渺渺太湖水，湖中多鲤鱼。故人时把钓，应有北来书。

〔1〕此诗陈允衡评曰："意远。"（《诗慰初集·谢茂秦诗选》）邹子序，即邹伦。字子序。江苏太湖洞庭山人。布衣。

雁四首(选二)

其一

朝辞委羽山[1],夕渡湘江水。欲落更回翔,虞罗在深苇[2]。

其三

冥冥见远心,向夕汀洲歇[3]。苇花风露清,梦绕龙沙月[4]。

〔1〕委羽山:在山西雁门北。《淮南子·地形》:"北方曰积水,曰委羽……烛龙在雁门北,蔽于委羽之山,不见日。"

〔2〕虞罗:原指掌山泽之虞人所张设的网罗。此泛指渔猎者设置的网罗。

〔3〕汀洲:水中的小洲。

〔4〕龙沙:荒漠。泛指塞外漠北的荒凉地区。

都下别张志虞[1]

十年今一见,话旧却成悲。共醉新丰酒[2],天涯又别离。

〔1〕此诗陈卧子评曰:"成章。"(陈子龙等《皇明诗选》卷十三)陈允衡评曰:"觉不止二十字,真是一句一截。"(《诗慰初集·谢茂秦诗选》)《诗慰初集》民国董氏刻本眉批:"情深便佳,此说王、李不知,钟、谭知之而入魔道。"(同上)汪端评曰:"语不须多,自有弦外之音。"(《明三十家诗选》初集卷五)张志虞,未详。

〔2〕新丰酒:参见《送郭山人次甫游秦中》注释〔4〕。

杂画六首(选一)

其三

山木秋风高,黄叶扫复堕。落日照柴荆[1],烹茶敲石火。

〔1〕柴荆:指用柴荆做的简陋门户。

宫词四首(选一)[1]

其三

纨扇已凉秋[2],红颜欲消歇。夜深下玉阶[3],独拜梧桐月。

〔1〕宫词:以宫廷生活为题材的诗。唐大历中王建著《宫词》百首,始以宫词为题。

〔2〕"纨扇"句:化用班婕妤《怨歌行》"常恐秋节至,凉风夺炎热。弃捐箧笥中,恩情中道绝"之意。

〔3〕玉阶:台阶的美称。

行 路 难〔1〕

荀卿将入楚〔2〕,范叔未归秦〔3〕。花鸟非乡国,悠悠行路人。

〔1〕此诗沈德潜评曰:"平淡语,而行路之难自见。"(《明诗别裁集》卷八)

〔2〕荀卿:即荀况。战国末年哲学家、教育家、文学家。年五十游学于齐,三次被推为学宫祭酒。后因被谗去齐至楚,春申君用为兰陵令,并在兰陵(今山东苍山)定居下来。

〔3〕范叔:即范雎。详见《赠卢次楩三首(选一)》注释〔4〕。

大 梁 怀 古〔1〕

策马夷门道〔2〕,高城带暮云。至今豪侠士,犹说信陵君〔3〕。

〔1〕此诗嘉靖二十三年(1544)冬作于河南开封(大梁)。谭元春评曰:"词意俱入盛唐。"(《明诗归》卷三)朱琰评曰:"壮直,得古法。"(《明

人诗钞》正集卷十）宋辕文评曰："古法。"（陈子龙等《皇明诗选》卷十三）

〔2〕夷门：古大梁城东门。

〔3〕信陵君：名无忌。战国魏安厘王异母弟。有食客三千人。秦围赵，曾使如姬窃虎符夺兵权救赵。后为上将军，率五国兵，大破秦军。守大梁夷门小吏侯嬴，曾被信陵君迎为上客，为其出谋划策。

春暮

极浦晴云澹[1]，空林夕照低。菜花飞蛱蝶，春在石桥西。

〔1〕极浦：遥远的水边。语出《楚辞·九歌·湘君》："望涔阳兮极浦，横大江兮扬灵。"王逸注："极，远也；浦，水边。"

白龙潭[1]

浩歌秋水边，惊破白龙梦。明月落深潭，疑是龙珠动。

〔1〕白龙潭：在今河北大名北。

弹琴峡[1]

石峡迸流泉，琴声自万古。坐赏夜无人，空山月正午。

〔1〕此诗嘉靖二十六年(1547)秋作于昌平。弹琴峡,在北京昌平之居庸关内,水流石罅中,声若弹琴。

塞下曲四首(选二)[1]

其一

飘蓬燕赵间,行李风霜下[2]。芦管送边声,空林一驻马。

其四

塞上黄须儿,饮马黑山涧[3]。弯弧向朔云,莫射南飞雁。

〔1〕陈允衡评"飘蓬燕赵间"一首曰:"钱舜举、赵子昂庶几,非仇英可拟。"又评"塞上黄须儿"一首曰:"更深,又似胜于空同之咏李广。"(《诗慰初集·谢茂秦诗选》)塞下曲,新乐府杂题辞。由汉横吹曲辞演化而来。

〔2〕行李:行旅,亦指行旅之人。蔡琰《胡笳十八拍》:"追思往日兮行李难,六拍悲来兮欲罢弹。"

〔3〕黑山:有诸处:一在今内蒙古包头西北;一为今内蒙古巴林右旗北罕山;一在今陕西榆林西北,有黑水流其下。此泛指塞外诸山。

潞阳晓访冯员外汝言二首[1]

海日上孤帆，山云交杂树。美人方晓眠，更在林深处。

野阔早霜明，林空凉吹动。一犬吠人来，松窗破秋梦。

　　[1] 此二诗陈允衡评曰："晓访佳。"(《诗慰初集·谢茂秦诗选》)汪端评"野阔早霜明"一首曰："右丞。"(《明三十家诗选》初集卷五)潞阳，潞水(今北京通州区白河)之阳。冯员外，即冯惟讷。详见《中秋寄南都冯户部汝言，去岁此夕会汝言潞阳，时警虏变，感旧赋此》注释[1]。

雪后同王希元登代州城楼，时虏犯岢岚五首[1]

登城眺夕阳，惨澹群山色。何许最关心，愁云在西北。

雪拥边庭路，胡儿跃马来。一功何重赏，万死更堪哀。

睥睨胡天近[2]，登临边树迷。汉兵不到处，寒鸟向谁啼？

霁色分诸垒[3]，寒空下一雕。幕南白草尽[4]，胡马亦何骄。

都门飞羽书[5]，冰雪走胡骑。祇见塞云愁，那知塞垣事[6]？

302

〔1〕此五首诗嘉靖四十三年(1564)冬作于山西代县,表现了诗人对俺答骄横、边防不力、人民备受其苦的关心和忧虑,流露了对当政者的不满。孔天胤评曰:"边亭感慨曲尽,读之可讽。"冯惟讷评第三首曰:"怨而不怒。"(引文俱见《适晋稿》卷四)王希元,江苏扬州人。布衣。岢岚,今属山西。

〔2〕睥睨:城上锯齿形的矮墙、女墙。《水经注·谷水》:"城上西面列观,五十步一睥睨。"

〔3〕霁色:晴朗的天色。

〔4〕幕南:即漠南,指蒙古高原大沙漠以南的地区。

〔5〕都门:京都城门。此代指京师。

〔6〕塞垣:此泛指边塞。

古意四首(选一)〔1〕

其一

无日不秋声,新故愁相接。何当一夕风,尽凋千树叶!

〔1〕此诗嘉靖四十三年作于山西代北。孔天胤谓评曰:"只欲叶尽无声,不复愁了。"(《适晋稿》卷四)

东园秋怀四首〔1〕

花竹可消愁,秋来独上楼。自古天涯客,谁禁老去秋?

地僻有长松，鹤闲非短翮〔2〕。落落丈夫心〔3〕，白头几人识？

一日几登攀，小台足遣兴。独鸟入浮云，云飞两无定。

天寒闻落木，叶叶是乡愁。敲窗作风雨，不减去年秋。

〔1〕此组诗嘉靖四十二年(1563)作于山西长治。孔天胤评曰："短歌微吟，深心更别。"(《适晋稿》卷一，又见于陈允衡《诗慰初集·谢茂秦诗选》)

〔2〕翮(hé 河)：鸟的翅膀。

〔3〕落落：犹磊落。常用以形容人的气质、襟怀。

东园春感四首(选二)〔1〕

其一

西郭复东园，寻芳结伴少。何处不感怀？春风几黄鸟。

其四

春草青犹短，牵愁尔许长。天涯白首客，独立几斜阳。

〔1〕此诗嘉靖四十三年春作于长治。冯惟讷评曰:"四诗雅有情致。"(《适晋稿》卷二)陈允衡评曰:"断续处深于摩诘。"(《诗慰初集·谢茂秦诗选》)

登楼〔1〕

朝亦登此楼,暮亦登此楼。白云千里色,不是故山秋〔2〕。

〔1〕此诗嘉靖四十三年秋作于山西太原。孔天胤评曰:"此并《闻雁》、《秋闺》,皆是乐府绝出。"(《适晋稿》卷三)
〔2〕故山:故乡。

闻雁〔1〕

少年闻雁声,老年闻雁声。乡心无老少,何处最关情?

〔1〕此诗与《登楼》作于同时。

秋闺六首(选二)[1]

其一

目极江天远,秋霜下白蘋[2]。可怜南去雁,不为倚楼人。

其六

无风落叶迟,有风落叶疾。秋声时有无,宁同郎在日?

〔1〕此诗嘉靖四十三年作于太原。陈允衡评曰:"自惜意深。"(《诗慰初集·谢茂秦诗选》)钟惺评第一首曰:"撩拨无端而关情特甚。"(《明诗归》卷三)谭元春评第一首曰:"'不为'二字,伤尽倚楼之心。"(同上)秋闺,秋日的闺房。指易引起秋思之所。

〔2〕白蘋:水中的浮草。

登辉县城见卫水思归[1]

城外河流白练长[2],城中万户共秋光。秋来偏作还家梦,河水东流到故乡。

〔1〕此诗江晴绿评曰:"求真诗于七子中,则谢茂秦者,所谓人弃我取者也。"蒋仲舒评曰:"二'城'、二'河'、二'秋'得趣,笔思亦远。"(以上引文俱见李攀龙、陈子龙《明诗选》卷十二)陈允衡评曰:"接得妙。"(《诗慰初集·谢茂秦诗选》)朱琰评曰:"结一句,含吐极妙,风调亦绝佳。"(《明人诗钞》正集卷十)辉县,今属河南。卫水,即卫河。源出辉县苏门山,合淇漳二水,东北经谢榛故乡临清至天津入白河入海。

〔2〕白练:形容河水如白绢一般。

塞上曲四首〔1〕

秋生关塞晓霜飞,日上辕门探骑归〔2〕。百战将军惊白发,不知凋敝几征衣?

旌旗荡野塞云开,金鼓连天朔雁回。落日半山追黠虏〔3〕,弯弓直过李陵台〔4〕。

飞将龙沙逐虏还〔5〕,夜驱驼马入燕关〔6〕。城头残月谁横笛?吹落梅花雪满山。

暮云黯澹压边楼,雪满黄河冻不流。野烧连山胡马绝,何人月下唱凉州〔7〕?

〔1〕此组诗与《胡笳曲四首》皆为嘉靖二十九年前作于京师。陈允

衡评第一、二、三首曰："三首自佳，被优人念坏了。若王龙标，必有馀韵，欲读者，细求之。"(《诗慰初集·谢茂秦诗选》)塞上曲，新乐府杂题辞。由汉横吹曲辞演化而来。

〔2〕辕门：领兵将帅的营门。

〔3〕黠(xiá狭)虏：狡猾的敌人。

〔4〕李陵台：在今内蒙古正蓝旗南之黑城。《唐书·地理志》："云中都护府燕然山有李陵台。"

〔5〕飞将：西汉李广。此泛指将军。龙沙：荒漠。泛指塞外漠北的荒凉地区。

〔6〕驼马：即骆驼和马。燕关：山海关。

〔7〕凉州：此为乐曲名。唐天宝乐曲常以边地命名，若凉州、伊州、甘州之类。

胡笳曲四首(选三)〔1〕

其一

沙碛茫茫黑水流〔2〕，胡儿六月换羊裘。骆驼背上吹芦管〔3〕，风散龙荒作冷秋〔4〕。

其二

碧眼胡王貂鼠衣，天寒走马猎金微〔5〕。弯弧仰射双雕下，日晚穹庐带雪归〔6〕。

其三

毡城住傍黑山坡〔7〕,白草高于黄骆驼〔8〕。闲杀单于听番曲〔9〕,醒时殊少醉时多。

〔1〕汪端评此组诗第一首曰:"不落唐人窠臼。"(《明三十家诗选》初集卷五)胡笳曲,乐府琴曲歌词。胡笳,我国古代北方民族的管乐器。传说由汉张骞从西域传入,汉魏鼓吹乐中常用之。

〔2〕沙碛:沙漠。黑水:即今大黑河。源出内蒙古察哈尔右翼中旗西北,西南流经呼和浩特南,至托克托南入黄河。

〔3〕芦管:即芦笳,古代一种管乐器。曾慥《类说·集韵》:"胡人卷芦叶而吹,谓之芦笳。"

〔4〕龙荒:泛指我国北部荒漠地区。

〔5〕金微:山名。即我国新疆北部及内蒙古境内的阿尔泰山。以唐贞观年间铁勒卜骨部置金微督府而得名。

〔6〕穹庐:古代游牧民族居住的毡帐。

〔7〕毡城:围毡所成的城。西北少数民族居住时所用。黑山:有诸处:一在今内蒙古包头西北;一为今内蒙古巴林右旗北罕山;一在今陕西榆林西北,有黑水流其下。此泛指塞外诸山。

〔8〕白草:一种牧草,似莠而细,无芒,干熟时呈正白色,牛羊喜食。

〔9〕闲杀:闲极。杀,副词,用在谓语后表示程度之深。番曲:此指匈奴的乐曲。

309

郭寿卿园亭同申伯宪、牛国祯醉赋[1]

郭家亭榭倚松篁[2]，把酒临池幽兴长。人在千山秋色里，晚来云气满衣裳。

〔1〕此诗卢楠评曰："苍翠欲滴。"（李攀龙、陈子龙《明诗选》卷十二）李、陈《明诗选》卷十二眉批："婉缓。"郭寿卿、申伯宪、牛国祯，疑均为河南沁阳人。

〔2〕亭榭（xiè 谢）：亭阁台榭。榭，建在台上的房屋。松篁：松与竹。

冬夜闻笛[1]

雪后寒云散御堤[2]，笛声何处重凄凄。北风吹折边城柳，人倚层楼月正西。

〔1〕此诗陈允衡评曰："宛然旧人乐府。"（《诗慰初集·谢茂秦诗选》）

〔2〕御堤：禁苑中的堤。

少年行

灯下呼卢几夜残^{〔1〕}，今秋召募到长安。相期白刃清狐塞^{〔2〕}，要使黄金饰马鞍。

〔1〕呼卢：古时的一种赌博。削木为子，共五个，一子两面，一面涂黑画牛犊，一面涂白画雉。五子都黑，叫卢，得头彩。掷子时，高声大喊，希望得全黑，故谓呼卢。李白《少年行》："呼卢百万终不惜，报仇千里如咫尺。"

〔2〕狐塞：即飞狐塞。在今河北涞源北跨蔚县界。

寄吴峻伯二首(选一)^{〔1〕}

其二

天目霜飞万壑空^{〔2〕}，兴来孤唱倚丹枫。不知人对关山月，梦落西湖秋色中^{〔3〕}。

〔1〕此诗嘉靖三十年(1551)秋作于京师。其时吴峻伯正归省居祖父及父母之丧。吴峻伯，即吴维岳。详见《端午集吴郎中峻伯宅，得山字》注释〔1〕。

311

〔2〕天目:山名。在今浙江临安西北,亘浙江安吉及安徽宁国、绩溪界。

〔3〕西湖:此指杭州西湖。

寄武当山张隐君二首^[1]

辞官身寄楚天涯,石屋烧丹别是家^[2]。七十二峰春雪里,杖藜随意看梅花^[3]。

云岩深处独逍遥,海鹤传书昨见招。月下定逢王子晋^[4],玉笙吹下摘星桥^[5]。

〔1〕武当山:古称太和山。在湖北西北部。有七十二峰、三十六岩、二十四洞等胜景。相传真武帝君由此修炼得道升天,东汉阴长生、晋谢允、唐吕洞宾、五代陈抟、明张三丰曾修炼于此。张隐君,未详。

〔2〕烧丹:犹炼丹。道教徒烧丹砂炼药。

〔3〕杖藜:执持藜杖。杖,通仗。藜,一年生草本植物,茎直立,老可为杖。

〔4〕王子晋:即王子乔,神话中的人物,相传为周灵王太子。喜吹笙作凤凰鸣声,游伊洛间,被浮丘公接上嵩高山,修炼成仙而去。

〔5〕摘星桥:一名会仙桥。在武当山一天门上,当两山缺处,上望天柱峰,下临绝谷,仰见人行,如在天上。

屈平^[1]

初著离骚去国年,独醒怀抱转凄然。汨罗不作西流水,终古
愁云在楚天。

〔1〕屈平(约前340—前278):字原,战国时楚国人。我国古代第一
位大诗人。曾任楚怀王左徒。明于治乱,力主联齐抗秦,遭靳尚等人谗
陷,先被楚王放逐于汉北;后再次被放逐于江南地区。面对国破家亡,屈
原悲愤不已,最后自沉于湖南东北部的汨罗江。著有《离骚》等。

别调曲代赠所知四首^[1]

家驻邺城门向西,青楼上与邺城齐^[2]。郎行好记门前柳,春
梦南来路不迷。

离筵易醉夜将分,赵舞灯前犹向君^[3]。从此腰肢瘦无力,床
头闲杀藕丝裙^[4]。

木落天寒郎欲行,樽前离怨一鸣筝。燕姬纤手调新曲,不是
西楼今夜声。

白马乘春游帝都,百花门巷映罗襦〔5〕。君心肯照妾颜色,还
寄海南明月珠〔6〕。

〔1〕关于此诗,《诗家直说》三二九则曰:"作诗有专用学问而堆垛
者,或不用学问而匀净者,二者悟不悟之间耳。惟神会以定取舍,自趋乎
大道,不涉于岐路矣……予因六祖惠能不识一字,参禅入道成佛,遂在难
处用工,定想头,炼心机,乃得无米粥之法。诗中难者,莫过于情诗,然乐
府尤盛于元,千万人口中咀嚼,外无遗景,内无遗情,虽有作者,罕得新
意。姑借六祖之悟,以示后学,诚以六祖之心为心,而入悟也弗难矣。因
拟《别调曲》三首……《怨歌行》二首……《远别曲》一首……《捣衣曲》
一首……"陈允衡评第三首曰:"此夜定非燕姬妒其前途也,须解。"(《诗
慰初集·谢茂秦诗选》)别调,另一种曲调、格调。
〔2〕青楼:青漆涂饰的豪华精致的楼房。
〔3〕赵舞:相传古代赵国女子善舞,后因以指美妙的舞蹈。
〔4〕藕丝裙:藕丝色的衣裙。藕丝,彩色名,纯白色。
〔5〕罗襦:丝织的短衣。卢照邻《长安古意》:"罗襦宝带为君解,飞
歌赵舞为君开。"
〔6〕明月珠:即夜光珠。因珠光晶莹似月光,故名。

远 别 曲〔1〕

阿郎几载客三秦〔2〕,好忆侬家汉水滨〔3〕。门外两株乌桕
树〔4〕,叮咛说向寄书人。

〔1〕此诗沈德潜评曰:"写情极真,方之《茨姑叶烂》一篇,可云新声古意。"(《明诗别裁集》卷八)

〔2〕三秦:指陕西关中一带。项羽三分关中,封章邯为雍王,司马欣为塞王,董翳为翟王,合称三秦。

〔3〕汉水:即汉江。源于陕西宁强,东南流经陕西南部、湖北西北部和中部,在武汉入长江。

〔4〕乌桕树:落叶乔木,实如胡麻子,以乌喜食其实而名。

捣衣曲〔1〕

秦关昨寄一书归〔2〕,百战郎从刘武威〔3〕。见说平安收涕泪,梧桐树下捣征衣。

〔1〕此诗卢楠评曰:"可追唐人闺怨。"(李攀龙、陈子龙《明诗选》卷十二)李、陈《明诗选》卷十二眉批:"一语只七字,写尽万千情思。"(同上)陈允衡评曰:"起作别想,结句仍露题,是高处。"(《诗慰初集·谢茂秦诗选》)沈德潜评曰:"'可怜无定河边骨,犹是深闺梦里人',几于哀感顽艳矣。此诗可以嗣音。"(《明诗别裁集》卷八)朱琰评曰:"写情真挚,读之凄恻。"(《明人诗钞》正集卷十)

〔2〕秦关:秦地关塞。

〔3〕刘武威:杜光庭《神山感遇传》谓:汉武威太守刘子献,封冠军将军,传说他得了仙人萤火丸,在战争中佩之能隐形蔽矢,不受伤害,故能打胜仗。

绣球花[1]

高枝带雨压雕阑,一蒂千花白玉团。怪杀芳心春历乱[2],卷帘谁向月中看?

〔1〕绣球花:又作绣毬花。落叶灌木。夏季开花,簇聚呈球形,色白或淡红。

〔2〕历乱:烂漫。

水仙花[1]

月为精魄水为神,素质先迎雪里春。罗袜凌波断行迹[2],谁能唤起弄珠人[3]?

〔1〕此诗卢楠评曰:"极妍尽态,恍乎洛妃汉女,翩翩扬袂而来。"(李攀龙、陈子龙《明诗选》卷十二)水仙花,多年生草本,具有卵圆形鳞茎。冬季抽花葶,近顶端开花数朵,成伞形花序,白色,有芳香。多于冬季在室内以水培法栽培,供观赏。

〔2〕罗袜凌波:语出曹植《洛神赋》:"凌波微步,罗袜生尘。"

〔3〕弄珠人:指汉皋二女。李善注《文选》之张衡《南都赋》引《韩诗外传》:"郑交甫将南适楚,遵彼汉皋台下,乃遇二女,佩两珠,大如荆鸡之卵。"王适《江滨梅》:"不知春色早,疑是弄珠人。"

酬贾子修见寄[1]

客子孤吟逼岁残，停云缥缈正西看[2]。赵襄城郭千山外[3]，一骑书来雨雪寒。

〔1〕贾子修：山西太原人。

〔2〕停云：陶潜《停云》诗四首自序："停云，思亲友也。"

〔3〕赵襄城郭：即晋阳（今山西太原）。春秋智伯攻赵襄子，赵襄子走晋阳，并在此灭智伯，分晋为韩、赵、魏。

访葛征君[1]

西城闲访葛洪家[2]，离落秋馀白豆花。高枕自知无俗梦，数椽茅屋在烟霞。

〔1〕此诗蒋仲舒评曰："闲语称情。"（李攀龙、陈子龙《明诗选》卷十二）葛征君，河南安阳人。布衣。征君，征士的敬称，即不就朝廷征聘之士。

〔2〕葛洪（约284—364）：字稚川，自号抱朴子。丹阳句容（今属江苏）人。少以儒术知名，后崇信道教，尤好神仙导引之法。东晋赐爵关内侯。晚年至广东罗浮山炼丹。著有《抱朴子》。此喻指葛征君。

寄文五峰逸人二绝句[1]

江南形胜数金陵[2]，写不藏真有爱憎。昨梦蒋侯来说尔[3]，满天风雨半楼灯。

半醉吴歌何处游[4]？白云寄意不胜秋。乘风欲落秦淮水[5]，遮莫寻君傍酒楼[6]。

〔1〕文五峰：即文伯仁（1502—1575）。字德承，号五峰、葆生、摄山老农。长洲（今江苏苏州）人。庠生。善画山水、人物，笔力清劲，岩峦郁茂。

〔2〕金陵：今南京。

〔3〕蒋侯：即蒋子文。东汉广陵人。常自言骨青，死当为神。汉末为秣陵尉，逐贼至锺山，伤额而死。吴孙权为立庙，封为中都侯，并改锺山为蒋山。

〔4〕吴歌：吴地之歌。亦指江南民歌。《晋书·乐志下》："吴歌杂曲，并出江南。东晋以来，稍有增广。"

〔5〕秦淮水：即秦淮河。长江下游支流。在江苏西南部，经南京市区西入长江。其经流之南京夫子庙一带，六朝时十分繁华。

〔6〕遮莫：尽管，任凭。

晚登沁州城有感二首[1]

苍茫野色几沙滩，漳水东流倚堞看。烟火满城天向夕，一雕飞过不知寒。

客子登临望野田,铜鞮城上月初悬[2]。清光偏照农家妇,织得春衣办税钱。

〔1〕此诗作于隆庆六年(1572)。沁州,今山西沁县。

〔2〕铜鞮(dī 低)城:即今山西沁县古城。春秋晋平公筑离宫于此。

送徐进士子绳谪建阳少尹五首(选一)[1]

其四

望浙峰头秋叶凋[2],望京楼上断鸿遥[3]。应思旧日看花处,走马芦沟第一桥[4]。

〔1〕此诗约于嘉靖二十七年(1548)作于京师。徐子绳,即徐文泗。字子绳,又作于绳。浙江开化人。嘉靖丁未(1547)进士。官至吏部郎中。建阳,县名,今属福建。少尹,指州县的副职。

〔2〕望浙峰:在福建崇安西南武夷山。

〔3〕望京楼:许浑《泊松江渡》:"去乡今已远,更上望京楼。"

〔4〕芦沟第一桥:即卢沟桥。在北京西南,跨永定河上。金建。长二百徐步,由十一孔石拱组成,桥旁石柱上刻石狮四百八十五头。

送王梦白归吴, 次韵四首(选一)[1]

其三

击楫高歌气不群, 秋风吹落大江云。黄金台上初归客[2], 白鹤桥西旧隐君[3]。

〔1〕此诗嘉靖二十八年(1549)秋作于京师。卢楠评曰:"异想, 孤韵。"(李攀龙、陈子龙《明诗选》卷十二)王梦白, 江苏苏州人。次韵, 亦称步韵。即依照所和诗中的韵及用韵的先后次序写诗。

〔2〕黄金台:燕昭王为郭隗所筑。故址在今河北易县东南。

〔3〕白鹤桥:又名鹤舞桥。在苏州城东北白鹤观西。

送皇甫水部之荆州五首(选三)[1]

其一

闻道美人荆楚行, 片帆风色度江城。夕阳欲下复何处? 九十九洲芳杜情[2]。

其二

襄阳小泊访山公[3]，樽酒心期异代同。江上楚声听不尽，铜鞮争唱月明中[4]。

其三

郢都南去渺烟涛[5]，遥忆风流何水曹[6]。日暮乱山秋色里，采兰应傍楚江皋[7]。

[1] 此诗约于嘉靖二十八年作于京师。皇甫水部，即皇甫濂（1508—1564）。字子约、道隆，号理山。江苏长洲（今苏州）人。嘉靖二十三年（1544）进士，授工部都水主事，谪河南布政司理问，迁兴化府同知。嘉靖三十五年（1556）入觐，便道归，遂不复出。有《逸民传》。荆州，今湖北江陵。

[2] 九十九洲：洲名，在江陵西南。《南史·梁元帝纪》：“又江陵先有九十九洲，古老相承云：‘洲满百，当出天子。’桓玄之为荆州刺史，内怀篡逆之心，乃遣凿破一洲，以应百数，随而崩散。竟无所成。宋文帝为宜都王，在藩，一洲自立，俄而文帝篡统。后遇元凶之祸，此洲还没。太清末，枝江杨之阁浦复生一洲，群公上疏称庆，明年而帝即位。承圣末，其洲与大岸相通，唯九十九云。”

[3] 襄阳：今湖北襄樊。山公：即山简（253—312）。字季伦。山涛幼子。晋河内怀（今河南武陟西）人。永嘉三年（309）出任征南将军，镇守襄阳。好酒，常出游于习家池，每醉而归。

〔4〕铜鞮:曲名。李白《襄阳歌》:"襄阳小儿齐拍手,拦街争唱白铜鞮。傍人借问笑何事,笑杀山公醉似泥。"

〔5〕郢都:今湖北江陵北之纪南城。春秋楚文王定都于此。

〔6〕何水曹:即何逊(? —518)。字仲言。山东郯城人。曾任梁建安王萧伟水曹参军、掌书记,深受信任,日与萧伟游宴。此比皇甫濂。

〔7〕楚江:即湖北境内及其以东的长江。皋:岸、水边。

五岳吟五首〔1〕

海东黄鸟送书来〔2〕,欲上天门把玉杯〔3〕。万壑风云随杖履〔4〕,狂歌醉舞汉王台〔5〕。

南岳夫人寄紫芳〔6〕,清秋约我过衡阳〔7〕。祝融峰上踏歌去〔8〕,二十五溪烟水长〔9〕。

漠漠秦云望欲迷,好乘鸿鹄过关西〔10〕。盘空铁索三千丈,玉女峰头日月低〔11〕。

恒岳孤高天外看〔12〕,悬崖如削路盘盘。夜来梦落通玄谷〔13〕,白石苍藤月色寒。

汗漫中原逸兴浓,洛阳南去访仙踪。杖藜长揖浮丘伯〔14〕,五色云垂太室峰〔15〕。

322

〔1〕五岳:即东岳泰山、南岳衡山、西岳华山、北岳恒山、中岳嵩山。

〔2〕黄鸟送书:杭世俊《三国志补注》卷一引《元和郡国志》曰:"许州丹书台,魏文帝受禅,有黄鸟衔丹书集此。"

〔3〕天门:此指泰山南天门。

〔4〕杖履:拄杖漫步。

〔5〕汉王台:即汉明堂故址。在山东泰安东北,为一圆形高台。

〔6〕南岳夫人:道家所称仙女名。姓魏,名华存。任城人。一意修道,至晋成帝咸和九年(334)病死,年八十三岁。位为紫虚元君。

〔7〕衡阳:属湖南。靠近衡山。

〔8〕祝融峰:即衡山主峰。韩愈《游祝融峰》:"祝融万丈拔地起,欲见不见青烟里。"

〔9〕二十五溪:《广舆记·衡州府》、《初学记》载徐灵期《南岳记》等皆谓衡山有二十五溪。

〔10〕关西:此指函谷关以西。

〔11〕玉女峰:又称中峰,华山五峰之一。传说秦穆公女儿弄玉及萧史来此隐居,故名。

〔12〕恒岳:即北岳恒山。主峰在山西浑源城南。

〔13〕通玄谷:在恒山琴棋台的东岩下。

〔14〕杖藜:执持藜杖。浮丘伯:即浮丘公。传说中的仙人,或谓黄帝时人,或谓列子所称之壶丘公。《神仙传》谓王子乔曾被浮丘公接上嵩山仙去。

〔15〕太室峰:嵩山七十二峰之一,海拔一千四百四十米。

塞下曲十首(选九)^[1]

其一

北狩君王竟复还,天阴万鬼哭狼山[2]。而今燕赵多豪侠,驱马横戈出九关[3]。

其二

都护防边旦夕劳[4],秋来天子赐征袍。何当净扫黄龙塞[5],白日飞霜上宝刀。

其四

青海城边秋草稀,黄沙碛里夜云飞。将军不寐听刁斗[6],月上辕门探马归[7]。

其五

月黑沙场鬼火青,隔河觱篥响龙庭[8]。嫖姚歇马风霜里,遥望燕然欲勒铭[9]。

其六

山西老将本英雄，不数当年卫霍功[10]。多少黄金分壮士，三秋烽火照云中[11]。

其七

秋高沙漠断鸿哀，大将旗翻风色来。落日半天追虏骑，弯弓直过李陵台[12]。

其八

穷边寒日惨无光，沙草连天走白狼。百战健儿争射猎，秋风跃马黑山阳[13]。

其九

风吹榆柳作寒声，直北龙沙一望平[14]。云压旌旗飞暮雪，将军坐啸受降城[15]。

其十

朔云黯淡古今愁，十月交河冻不流[16]。胡马无声关塞静，征夫月下唱梁州〔17〕。

〔1〕 此组边塞诗,格高气畅,当是诗人1548年之前客游京师时的作品。宋辕文评第八首曰:"健儿故态。"(陈子龙等《皇明诗选》卷十三)塞下曲,新乐府辞。由汉横吹曲辞演化而来。

〔2〕 "北狩(shòu 受)"二句:谓"土木之变"。明英宗正统十四年(1449),蒙古瓦剌部首领也先入犯,"大同兵失利,塞外城堡,所至陷没",宦官王振乃挟持英宗仓促应战。抵大同,闻前线败退,急忙还军,"至狼山(在今河北怀来沙城东南),追骑且及⋯⋯遣朱勇等率三万骑御之。勇无谋,进军鹞儿岭,敌于山两翼邀阻夹攻,杀掠殆尽"。退驻土木(在今怀来沙城东南),被困,移营"南行未三四里,敌复四面攻围,兵士争先奔逸,势不能止。铁骑蹂阵而入,奋长刀以砍大军,大呼解甲投刀者不杀。众裸袒相蹈藉死,蔽野塞川,宦侍、虎贲矢被体如蝟",英宗被俘。(见谷应泰《明史纪事本末》卷三十二)次年,英宗被放回京。

〔3〕 九关:此即九边。指辽东、宣府、大同、延绥、宁夏、甘肃、蓟州、偏头、固原九处要镇。

〔4〕 都护:官名。汉始置。此指守边将帅。

〔5〕 黄龙塞:即黄龙府。在今吉林农安。

〔6〕 刁斗:古代行军用具。斗形有柄,铜质,白天用作炊具,晚上击以巡更。

〔7〕 辕门:领兵将帅的营门。

〔8〕 觱篥:古乐器名。本出龟兹,后传入中原。以竹为管,以芦为首,状似胡笳。龙庭:匈奴单于祭天地鬼神之所。

〔9〕 "嫖姚"二句:用东汉窦宪击败匈奴直追至燕然山(今蒙古国杭爱山)刻石记功而还之典。嫖姚,将尉名。西汉霍去病曾为嫖姚校尉。此泛指将军。

326

〔10〕卫霍:指西汉名将卫青和霍去病。二人讨伐匈奴,屡建功勋。

〔11〕云中:今山西大同。

〔12〕李陵台:在今内蒙古正蓝旗南黑城。

〔13〕黑山:有诸处:一在今内蒙古包头西北;一为今内蒙古巴林右旗北罕山;一在今陕西榆林西北,有黑水流其下。此泛指塞外诸山。

〔14〕龙沙:荒漠。泛指塞外漠北的荒凉地区。

〔15〕受降城:一为汉武帝派公孙敖所筑,在今内蒙古乌拉特旗北;一为唐中宗时张仁愿所筑,有三城,中城在朔州,西城在灵州,东城在胜州。

〔16〕交河:在今新疆吐鲁番西北。

〔17〕梁州:即梁州令。词曲名。本唐教坊曲凉州令,宋以后称梁州令。

漠北词六首〔1〕

大漠萧萧黑水流〔2〕,胡儿七月换羊裘。骆驼背上吹芦管〔3〕,日暮长风动地秋。

委羽山横塞北天〔4〕,学飞鸧雁夕阳边。匈奴岁岁无争战,白马黄驼傍草眠。

石头敲火炙黄羊,胡女低歌劝酪浆。醉杀群胡不知夜,鹢儿岭下月如霜〔5〕。

晓开毡帐拥秋云，虏将挥鞭部落分。牧马阴山莫南向〔6〕，雁门今有李将军〔7〕。

碧眼胡王出打围，角鹰欲下兔如飞〔8〕。一瓢芦酒驱寒色〔9〕，雪满西山夜不归。

虏使燕京纳贡回，春风相送过榆台〔10〕。单于无事耽歌舞，夜敞穹庐海月来〔11〕。

〔1〕此组边塞诗当作于1548年之前，写边境平和安宁，只是诗人的一种理想。陈卧子评曰："俱壮浑有色。"（陈子龙等《皇明诗选》卷十三）漠北，指蒙古高原大沙漠以北地区。

〔2〕黑水：即今陕西横山西北长城外无定河北岸的支流淖泥河。《水经注·河水》："奢延水又东，黑水入焉。水出奢延县黑涧。"

〔3〕芦管：即芦笳。古代一种管乐器。曾慥《类说·集韵》："胡人卷芦叶而吹，谓之芦笳。"

〔4〕委羽山：《淮南子·地形》："北方曰积冰，曰委羽……烛龙在雁门北，蔽于委羽之山，不见日。"

〔5〕鹞儿岭：《大清一统志》卷二十四："鹞儿岭在宣化县东二十里，古名药儿岭。"

〔6〕阴山：即今内蒙古境内的阴山山脉。

〔7〕李将军：指西汉名将李广。

〔8〕角鹰：鹰的头顶有毛角，故又名角鹰。

〔9〕芦酒：杨慎《艺林伐山·芦酒》："芦酒，以芦为筒，吸而饮之。今之咂酒也。"

〔10〕榆台:即榆关。此指河北抚宁东榆关镇,又名临榆关、临闾关。

〔11〕穹庐:古代游牧民族居住的毡帐。

大梁杂兴五首〔1〕

梁孝池台迹已陈〔2〕,邹枚去后复何人〔3〕?黄鹂百啭日西下,柳外长烟依旧春。

独登高塔俯中州〔4〕,一线黄河天外流。坐倚半空成浩啸,白云南去见嵩丘〔5〕。

三老遗踪在吹台〔6〕,好风华月为谁来?骚人意会千年上,半醉掀髯坐石苔〔7〕。

飞楼缥缈暮云间,上有红妆竟日闲。遥望玉骢驰九陌〔8〕,魏家公子射雕还〔9〕。

梁国河山草树空,英雄异代气相同。侯生慷慨无馀恨〔10〕,独立夷门啸晚风。

〔1〕此组诗嘉靖二十三年(1544)冬作于河南开封(大梁),怀古之情悠悠。

〔2〕梁孝:即梁孝王。汉文帝第二子,名武。立为代王,徙淮阳,又

徙大梁,作曜华宫及兔园,招延四方豪杰,山东游士多归之。

〔3〕邹枚:即西汉文学家邹阳和枚乘。《水经注》卷二十四《睢水》:"(梁孝王)大治宫室,为复道,自宫连属于平台……与邹枚司马相如之徒,极游于其上。"

〔4〕中州:古豫州(今河南一带),因地处九州之中,故谓。此指中土、中原。

〔5〕嵩丘:即嵩山。

〔6〕三老:此指李白、杜甫、高适。吹台:又名繁台、讲武台。在开封东南禹王台公园,相传为春秋时师旷吹乐之台。谢臻有《吹台吊三贤李白、杜甫、高适曾会于此》一诗(已选入本书)。

〔7〕掀髯(rán 然):启口张须激动貌。

〔8〕玉骢:即玉花骢。泛指骏马。九陌:汉长安城中的九条大道。后泛指都城大道和繁华的闹市。

〔9〕魏家公子:即信陵君无忌。

〔10〕侯生:即侯嬴,战国魏隐士。详见《公子行》注释〔4〕。

游金灯寺二首〔1〕

长林巨壑断人踪,驻马移时抚碧松。日夕禅关不知处〔2〕,一声犬吠隔云峰。

策杖穿林知几重,禅家清磬隔云峰。再来洞壑难寻处,好记悬崖一古松。

〔1〕此诗境界深邃悠妙。蒋仲舒评曰:"眼前言外尽佳。"(李攀龙、陈子龙《明诗选》卷十二)金灯寺,山西五台之南台东北麓、河北阜城东等处皆有金灯寺,所指未详。

〔2〕禅关:此指佛教寺院。

屈原〔1〕

放逐孤臣泪满缨,离骚当日寄深情。汨罗江上愁云起,万古蛟龙气不平。

〔1〕屈原:见《屈平》注释〔1〕。

昭君〔1〕

龙荒夜半起悲风〔2〕,坐悔容颜傲画工〔3〕。一曲琵琶残月落,愁看孤雁入秦中〔4〕。

〔1〕昭君:名嫱,字昭君,又称明君、明妃。湖北秭归人。汉元帝宫人。竟宁元年(前33)嫁于匈奴呼韩邪单于,称宁胡阏氏。卒葬于匈奴。

〔2〕龙荒:泛指我国北部荒漠地区。

〔3〕"坐悔"句:旧题刘歆《西京杂记》卷二:"元帝后宫既多,不得常见,乃使画工图形,案图召幸之。诸宫人皆赂画工……独王嫱不肯,遂不得见。后匈奴入朝,求美人为阏氏……以昭君行。及去,召见,貌为后宫

第一……帝悔之……乃穷案其事,画工皆弃市,籍其家。"

〔4〕"一曲"二句:《古今事文类聚续集》卷二十二引《图经》曰:"王昭君初适匈奴,在路愁怨,遂于马上弹琵琶以寄其恨,至今传之,谓之《昭君怨》。"

重九雨中怀弟[1]

天空朔雁不成行,秋色年年似故乡。门掩菊花人独卧,冷风疏雨过重阳。

〔1〕此诗作于河南安阳,写手足之情,情真意浓。谢榛父母早逝,移居安阳后,仅有一弟谢松留居故乡临清。

渔翁

青竹竿头一钓丝,高风应与子陵期[1]。夜深醉卧秋江上,梦绕芦花明月知。

〔1〕子陵:即严光。字子陵。东汉初会稽余姚(今属浙江)人。曾与刘秀同学,有高名。刘秀即位后,他改名隐居。后被征召到京师洛阳,授谏议大夫,不受,归隐于富春山。

岁 暮〔1〕

云物阴阴岁暮时,江河冰冻白鸥饥。三边将士冲风雪,天子
应歌黄竹诗〔2〕。

〔1〕此诗充满忧患意识。岁暮,诗人最关心的是守边将士和人民
的疾苦。

〔2〕黄竹诗:《穆天子传》卷五:"丙辰,天子游黄台之丘……日中大
寒,北风雨雪,有冻人。天子作诗三章以哀民。"诗为四言,每章七句,以
首句为"我徂黄竹",故名。

宿 香 山〔1〕

深夜无眠风露清,天移北斗坐间横。幽人不作红尘梦,月照
空山鹤一声。

〔1〕香山:在今北京西北。

闻 箫〔1〕

谁弄玉箫当晚风?凄凄袅袅入高空。苍梧月出凤凰叫〔2〕,

千山万山秋气中。

〔1〕此诗感兴由箫声而发,境界凄怆。是悲秋? 是伤世? 是怀人? 隐忧颇具多义性。

〔2〕苍梧:山名,又名九疑山。在今湖南宁远南。古谓舜"南巡,崩于苍梧之野,葬于江南九疑"(《史记》卷一)。凤凰叫:李贺《李凭箜篌引》:"昆山玉碎凤凰叫,芙蓉泣露香兰笑。"

溪上杂兴二首

日暮孤村买浊醪〔1〕,沧浪歌罢兴逾豪〔2〕。芦花如雪点秋水,白鹭背人飞不高。

有客逍遥水石间,西风不动钓丝闲。渭川老子终多事〔3〕,空外孤云自往还。

〔1〕浊醪:浊酒。

〔2〕沧浪:指《孟子·离娄上》所载《孺子歌》:"沧浪之水清兮,可以濯我缨;沧浪之水浊兮,可以濯我足。"

〔3〕渭川老子:指吕尚,俗称姜太公。姜姓,吕氏,名望,字尚父,一说字子牙。西周初人。曾垂钓于渭水之滨,后辅佐周武王灭商,封于齐。

春日野兴

芳草平原独杖藜〔1〕,闲看春色过桥西。一樽酤酒杏花坞[2],黄鸟声中山月低。

〔1〕杖藜:执持藜杖。杖,通仗。藜,一年生草本植物,茎直立,老可为杖。

〔2〕酣酒:畅饮。杏花坞(wù误):即杏花村。坞,村落。

本公房二首(选一)[1]

其二

满山寒色万株松,天外遥传日暮钟。但见檐前起云雾,不知钵底卧蛟龙[2]。

〔1〕此诗蒋仲舒评曰:"方外雄语。"(李攀龙、陈子龙《明诗选》卷十二)本海,未详。

〔2〕"不知"句:事本崔鸿《十六国春秋·前秦·僧涉公》:"僧涉公者,西域人……有秘咒,能下神龙。时天大旱,坚命咒龙请雨。龙便下钵中,其雨霈然。"

塞上曲寄怀少司马苏允吉六首[1]

海日高临塞上城[2],汉家诸将久屯兵。断云飞去胡天阔,北望燕然万古情[3]。

白登城上早霜凄[4]，黑水河边暮雁低[5]。还忆去秋明月
下，胡笳吹过七陵西[6]。

边柳萧条带落晖，长城北去是金微[7]。健儿跃马西山下，射
得双狼雪里归。

孤月高高照朔荒，戍楼吹笛满天霜。三秋杨柳飘零尽，此夜
征夫总断肠。

牧马深山白草中[8]，不闻鼙鼓动西风[9]。老兵闲坐斜阳
里，尽说今秋魏绛功[10]。

鸦啼初日塞门开[11]，昨夜阴山探骑回[12]。秋尽漠南风雪
遍，单于不敢射雕来。

〔1〕此诗嘉靖三十年（1551）秋作于京师。塞上曲，新乐府杂题
辞。由汉横吹曲辞演化而来。苏允吉，即苏祐（1492—1571）。字允
吉，初号舜泽，更号谷原。濮州（今河南濮阳）人。嘉靖丙戌（1526）进
士，历官吴县和束鹿知县、山东道御史，迁兵部侍郎兼都御史，以兵部尚
书致仕归。有《谷原集》。
〔2〕塞上：边境之地，又称长城内外之地。
〔3〕燕然：山名。即今蒙古国境内的杭爱山脉。

336

〔4〕白登城:在今山西阳高南,城为永乐间筑,因白登台而名。

〔5〕黑水河:即今陕西横山西北长城外无定河北岸的支流淖泥河。《水经注·河水》:"奢延水又东,黑水入焉。水出奢延县黑涧。"

〔6〕"还忆"二句:指嘉靖二十九年秋俺答侵掠京师。七陵,指明代自成祖至武宗七个皇帝的陵墓,即长陵、献陵、景陵、裕陵、茂陵、泰陵、康陵。在北京昌平天寿山南麓。

〔7〕金微:古山名,即我国新疆北部及内蒙古境内的阿尔泰山。

〔8〕白草:白草,似莠而细,无芒,干熟时呈正白色,牛羊喜食。

〔9〕鼙鼓:即鞞鼓。古代军用的小鼓和大鼓。

〔10〕魏绛:即魏庄子。春秋时晋国大夫。悼公时,山戎无终子请和,绛因言和戎五利,晋侯乃使其与诸戎盟。晋因而无戎患,国势日强,复兴了霸业。此比苏祐。于慎行《谷原苏公祐行状》:"辛亥,虏乞贡市,公请外示羁縻,内修战守。朝议许之。虏执献妖贼。"

〔11〕塞门:边关。

〔12〕阴山:即今内蒙古境内的阴山山脉。

相逢行二首(选一)〔1〕

其二

杯酒相招话五陵〔2〕,边庭羽檄待秋征〔3〕。相期射猎天山下,白草平原一放鹰。

〔1〕相逢行:乐府《清调曲》名。《乐府诗集》卷三十《相和歌辞·清

337

调曲·相逢行》解题:"《乐府解题》曰:古题文意与《鸡鸣曲》同。"

〔2〕五陵:此指西汉高帝长陵、惠帝安陵、景帝阳陵、武帝茂陵、昭帝平陵五个陵县。因都在渭水北岸今咸阳附近,合称五陵。西汉元帝以前,每筑一皇帝陵墓即在陵侧置一县,令县民供奉园陵,称为陵县。《汉书·游侠传》:"郡国诸豪及长安五陵为气节者,皆归慕之。"

〔3〕羽檄:古代军事文书,插羽毛以示紧急,必须迅速传递。

得儿元灿书,感怀四首^{〔1〕}

儿书寄来灯下看,为言行路古来难。几行泪堕痕犹积,肠断关山暮雪寒。

向平多累到吾儿^{〔2〕},世故难言汝未知。策马太行归路远^{〔3〕},夕阳白发倚门时。

岁晚东归汝弟留,弟兄无那各离愁。夜寒不得同姜被^{〔4〕},汾上孤灯雪满楼^{〔5〕}。

西北烟尘旧业违,汝儿忆汝泪沾衣。到家应说边城苦,日暮乌啼望我归。

〔1〕此组诗嘉靖四十三年(1564)冬作于山西代县,抒写亲子之情,发自肺腑,情真意浓。

〔2〕向平:即向长。字子平。东汉朝歌人。光武帝建武中,子女婚

嫁已毕,遂出游名山大川,不知所终。

〔3〕太行:太行山,绵亘于山西、河南、河北边界。

〔4〕姜被:汉姜肱同弟相友善,常同被而眠。后借以称兄弟友爱。

〔5〕汾上:此指山西太原。因汾河流经太原,故称。

柬李之茂〔1〕

梦回仿佛瓮头香〔2〕,犹忆君家醉玉觞〔3〕。起向花庭吸清
露,不知残月笑人狂。

〔1〕此诗嘉靖四十二年秋作于山西长治。孔天胤评曰:“逸思可
掬。”(《适晋稿》卷一)李之茂,字汝培,号七泉。山西屯留人。嘉靖庚子
(1540)举人,历官山东滋阳知县、南京监察御史、陕西、河南和四川按察
司佥事。以妻丧归。

〔2〕瓮头:指好酒。高文秀《遇上皇》第一折:“教我断消愁解闷瓮
头香。”

〔3〕玉觞:玉杯。此借指酒。

过西岩君书斋醉赋六首(选三)〔1〕

其一

庭畔幽花秋不多,云边翠柏老如何? 卷帘忽尔成佳句,日暮

宫墙一鸟过。

其五

烛花频剪夜将残,对酒裁诗忆建安[2]。谈到混茫能顿悟[3],海涛风色坐中寒。

其六

几度相期过远公[4],夜深移榻坐松风。欲将衣钵传诗妙[5],一法归心万法同。

〔1〕此组诗嘉靖四十二年秋作于长治。孔天胤评曰:"首首俱好,好尤绝出。"(《适晋稿》卷一)西岩,即朱恬焯(?—1580)。自号西岩道人,嘉壬子(1552)封镇康王,卒谥恭裕。工诗,有《西岩漫稿》。

〔2〕建安:东汉刘协(献帝)年号(196—220)。此指曹操、曹丕、曹植父子和"建安七子"。

〔3〕顿悟:佛家语。即顿然破除杂念、觉悟真理之意。

〔4〕远公:慧远。此泛指高僧。过:拜访。

〔5〕衣钵:佛教僧尼的袈裟和饭盂。佛家以衣钵为师徒传授之法器,因引申为师传的思想、学问、技能等。此指诗学思想和方法。

次南岑丈雨中见怀韵四首[1]

山妻常惜老年游[2],身滞他乡感暮秋。晓起自怜霜满镜,一茎华发一分愁。

燕赵长歌调自悲[3]，山城摇落叹归迟。夜深孤剑龙光动[4]，风雨鸣窗不寐时。

万木当秋叶自稀，王门礼遇暂忘归。莫言旅馆生寒色，多少征人霜满衣。

客居自遣一樽开，门有疏杨地有苔。醉卧不知乡国远，雁声忽入梦中来。

〔1〕此诗嘉靖四十二年秋作于长治。孔天胤评第三首曰："旅馆而及征人，可以风矣。"（《适晋稿》卷一）南岑，即朱胤橙（？—1582）。自号南岑道人。嘉靖戊午（1558）封德平王，卒谥荣顺。有《集书楼稿》。次韵，亦称步韵。即依照所和诗中的韵及用韵的先后次序写诗。

〔2〕山妻：自称其妻的谦词。

〔3〕燕赵：指河北和山西西部一带。

〔4〕孤剑：一把剑。龙光：指宝剑的光芒。王勃《滕王阁序》："物华天宝，龙光射牛斗之墟。"

即席醉笔一韵十六首

春夜同德平、镇康、安庆三王游昭觉寺禅院，偶成一绝，有"王者从来无戏言"之句，因次其韵以表杂感[1]

341

梁王授简昔多贤，无限春光醉菟园〔2〕。词客千年能振藻，至今传世几名言？

吟诗为拟杜陵贤〔3〕，罚酒宁辞金谷园〔4〕。大役心神不如醉，从来静者自忘言〔5〕。

寄兴聊凭酒圣贤〔6〕，春风几醉百花园。巢由上古无文字〔7〕，今日山林好立言。

放达因思晋七贤〔8〕，青青修竹但林园。嗣宗岂是耽怀酒，长咏幽怀不尽言〔9〕。

幽栖谁识汉阴贤？抱瓮终朝只灌园〔10〕。天地于今总机事〔11〕，中庭倚杖独无言。

阅世宁论愚与贤，且随幽事给孤园〔12〕。老僧手把竹如意〔13〕，笑指浮云无一言。

终南深处有高贤〔14〕，几欲相从别故园。紫气横关见老子，还期授我五千言〔15〕。

才力谁为鸣世贤，岁寒冰雪卧闲园。梅花吟到清新处，独有扬州何仲言[16]。

衔杯焦遂世称贤[17]，月下神交花竹园。莫讶疏狂时复醉，老夫欲辩已忘言。

自古诸侯多下贤，几人知遇宴名园。楚襄不见青山在，宋玉何须赋大言[18]。

东阁曾招海内贤[19]，何如狗监荐文园[20]。沉沦多少相如辈，赋有凌云秖自言。

鹦鹉羁留见主贤[21]，花间雨露擅芳园。月明忽作陇山梦[22]，为阅人情不肯言。

被褐曾交当代贤[23]，西游却忆薜萝园[24]。春风黄鸟鸣何处？桃李向人殊不言。

八斗高才更礼贤，建安诗咏自西园[25]。陈王飞盖云俱灭[26]，王粲伤心不忍言[27]。

陶令真成栗里贤[28]，远公结社又祇园[29]。青山对酒多吟啸，只有中怀不可言[30]。

楚元曾重穆生贤,谢病翻栖半亩园[31]。醴酒一杯成故事,笑看明月复何言?

〔1〕此诗嘉靖四十三年(1564)作于长治。孔天胤评曰:"一韵十六篇,如层城叠阁,含景各尽。"孔天胤又评第四首曰:"所谓百代之下,难以情测。"又评第十一首曰:"一唱三叹。"冯惟讷评第十六首曰:"末句似有意。"(引文俱见《适晋稿》卷二)德平,即朱胤榙。见《次南岑丈雨中见怀韵四首》注释〔1〕。镇康,即朱恬悼。见《过西岩君书斋醉赋六首(选三)》注释〔1〕。安庆,即朱恬烧。自号西池道人。沈宪王第七子,嘉靖三十一年(1552)封安庆王。有《嘉庆集》。

〔2〕"梁王"二句:参见《大梁杂兴五首》注释〔2〕。梁王,即梁孝王刘武。授简,给予简札。谓嘱人写作。谢惠连《雪赋》:"岁将暮……梁王不悦,游于兔园,乃置旨酒,命宾友,召邹生,延枚叟,相如末至,居客之右。俄而微霰零,密雪下……授简于司马大夫,曰:'……为寡人赋之。'"

〔3〕杜陵:即杜甫。

〔4〕"罚酒"句:石崇《金谷诗序》:"遂各赋诗,以叙中怀,或不能者,罚酒三斗。"金谷园,晋石崇建。在河南洛阳西北。

〔5〕忘言:谓心中领会其意,不须用语言来说明。语出《庄子·外物》:"言者所以在意,得意而忘言。"

〔6〕酒圣:《三国志·魏志·徐邈传》:"平日醉客,谓酒清者为圣人,浊者为贤人。"后以清酒为酒圣。

〔7〕巢由:巢父和许由的并称。相传皆为尧时隐士,尧让位于二人,皆不受。诗文多用为隐居不仕的典故。

〔8〕晋七贤:即"竹林七贤"。三国魏末,阮籍、嵇康、山涛、向秀、阮咸、王戎、刘伶相与友善,常宴集于竹林之下,时人号为"竹林七贤"。

〔9〕"嗣宗"二句:晋诗人阮籍(字嗣宗),能长啸,善弹琴,好老庄。不满现实,因纵酒谈玄,不问时事,以求自全。有《咏怀》诗五言八十二首、四言十三首,或嗟生,或忧时,或愤世,或嫉俗,内涵丰富,寄慨遥深。但限于当时政局险恶,其笔法曲折隐晦,有时依托草木鸟兽,有时假借典故史实,来表达深沉的意蕴。

〔10〕"幽栖"二句:《庄子·天地》:"子贡南游于楚,反于晋,过汉阴,见一丈人方将为圃畦,凿隧而入井,抱瓮而出灌,搰搰然用力甚多而见功寡。"此指无机心之贤者。

〔11〕机事:机巧之事。《庄子·天地》:"有机械者,必有机事;有机事者,必有机心。机心存于胸中,则纯白不备;纯白不备,则神生不定;神生不定者,道之所不载也。"

〔12〕给孤园:即祇树给孤独园,亦称祇园精舍。为释迦牟尼成道后去舍卫国说法时与僧徒停居之处。此泛指佛寺。

〔13〕竹如意:器物名。用竹制成,头作灵芝或云叶形,柄微曲。供搔背或赏玩等。

〔14〕终南:山名。又名中南山。即今陕西秦岭山脉。常为人隐居之地。

〔15〕"紫气"二句:《史记·老子韩非列传》司马贞索隐引汉刘向《列仙传》:"老子西游,关令尹喜望见有紫气浮关,而老子果乘青牛而过也。"五千言,指老子《道德经》。

〔16〕"梅花"二句:谓何逊于天监六年(507)迁扬州刺史、建安王萧伟水曹行参军,兼记室,深得萧伟信任,日与游宴,写有《扬州法曹梅花盛开》一诗。何逊(?—518),详见《送何进士振卿谪乐平少尹》注释〔5〕。

〔17〕焦遂:唐人。醒时口吃不利于言,醉后则应答如流。为"饮中八仙"之一。

〔18〕"楚襄"二句:宋玉《大言赋序》:"楚襄王与唐勒、景差、宋玉游

345

于阳云之台,王曰:'能为寡人大言者上座。'"

〔19〕"东阁"句:《汉书·公孙弘传》:"时上方兴功业,娄举贤良。弘自见为举首,起徒步,数年至宰相封侯,于是起客馆,开东阁以延贤人,与参谋议。"东阁,古代称宰相招致、款待宾客的地方。

〔20〕"何如"句:《史记》卷一百十七《司马相如列传》:"蜀人杨得意为狗监,侍上,上读《子虚赋》而善之,曰:'朕独不得与此人同时哉!'得意曰:'臣邑人司马相如自言为此赋。'"司马相如因狗监荐引而名显。狗监,汉代内官名。主管皇帝的猎犬。

〔21〕鹦鹉:此为诗人自比。

〔22〕陇山:六盘山南段的别称。在今陕西陇县至甘肃平凉一带。鹦鹉多产于此。

〔23〕被褐:穿着粗布衣。谓处境贫困。

〔24〕薜萝园:借指隐者住所。

〔25〕"八斗"二句:谓建安(汉献帝年号)时,曹植才高礼贤,与诸诗友赋诗酬答。八斗高才,喻高才。宋无名氏《锦绣万花谷》前集卷二十三引《魏志》曰:"灵运云:'天下才共一石,曹子建独得八斗,我得一斗,自古及今共用一斗。'"此借指德平、镇康、安庆三王。西园,在河北临漳西,魏武帝所建。曹植《公燕诗》:"清夜游西园,飞盖相追随。"

〔26〕陈王:即曹植。曾被封为陈王。

〔27〕王粲(177—217):字仲宣。山阳高平(今山东邹平)人。"建安七子"之一。初依刘表,后归曹操,任丞相椽、中郎将。有诗、赋等六十篇。《文选》载王粲《登楼赋》,刘良注:"时董卓作乱,仲宣避难荆州,依刘表,遂登江陵城楼,因怀归而有此作,述其进退危惧之情也。"

〔28〕陶令:即陶潜。曾为彭泽县令,故称。栗里,在今江西九江南陶村西,陶潜曾居此。

〔29〕"远公"句:谓东晋高僧慧远在庐山东林寺与十八高贤结莲

社。远公,此泛指高僧。祇园,即祇树给孤独园,亦称祇园精舍。此泛指
佛寺。

〔30〕中怀:内心。

〔31〕"楚元"二句:谓楚元王(汉高祖同父少弟,名交,字游,立为楚
王,谥元)少时与穆生(西汉鲁人)受诗于浮丘伯,被立为楚王后,以穆生
为大夫,穆生不嗜酒,元王常为设醴酒(甜酒)。及王戎继位,始亦常设,
渐淡忘,穆生遂去。

暮雨登圆通阁望邺城有感二首〔1〕

杰阁移时傍赤阑〔2〕,野云东望转迷漫。太行不隔中天
雨〔3〕,遥忆柴荆共暮寒〔4〕。

云压山城雨不休,阁中遥起故园愁。漳河东去苍茫色〔5〕,犹
似三台醉里秋〔6〕。

〔1〕此诗嘉靖四十三年夏作于长治,写羁旅乡愁,颇为动情。圆通
阁,在长治昭觉寺内。五代唐明宗天成元年(926)建。

〔2〕杰阁:高阁。

〔3〕太行:山名。绵亘于山西、河南、河北三省边界。

〔4〕柴荆:指用柴荆做的简陋门户。

〔5〕漳河:即漳水。有清漳、浊漳二河,皆源于山西,在河北临漳汇
合为一。此指浊漳河。

〔6〕三台:指河北临漳西南邺镇西曹操所建铜雀、金虎(又名金

凤）、冰井三台。

自上党抵晋阳旅馆柬冯大参汝言[1]

中途老倦夕阳催，薇省传书门正开[2]。一骑走迎三十里，晋
人知有布衣来。

〔1〕此诗嘉靖四十三年秋作于山西太原（晋阳）。孔天胤评曰："古
意。"（《适晋稿》卷三）上党，今山西长治。冯汝言，即冯惟讷。当时任山
西布政司右参政。

〔2〕薇省：紫微省的略称。此指承宣布政司。

客中两经虏患，感而有赋[1]

昔游京国虏尘中，今客三关忧思同[2]。李牧祠前独怀
古[3]，疏林萧飒起悲风。

〔1〕此诗嘉靖四十三年冬作于山西雁门关。冯惟讷评曰："怀古伤
今，切而不迫。"（《适晋稿》卷四）客中两经虏患，指嘉靖二十九年八月在
京师经俺答侵掠京畿及此次俺答入犯山西岢岚一带。

〔2〕三关：古代三个重要关隘的合称。此指外三关，即雁门关、宁武
关、偏头关。

〔3〕李牧祠：在山西代县北雁门关下。祀战国赵将李牧。

寄曹中丞[1]

一自西河别孔融[2]，楚天诗兴复谁同？青荷渐长黄梅熟，人
在江楼细雨中。

〔1〕此诗嘉靖四十四年（1565）夏作于山西汾阳。孔天胤评曰："可
被管弦。"（《适晋稿》卷五）曹中丞，未详。

〔2〕西河：此指今山西汾阳。唐上元元年（760）至明初曾为西河
县。孔融：字文举，东汉末鲁人。"建安七子"之一。有《孔北海集》。此
指孔天胤。

聂 政 墓[1]

轵里空馀鸟雀愁[2]，依然落日对荒丘。丈夫一诺轻生死，浩
叹风前万木秋。

〔1〕此诗隆庆二年（1568）秋作于河南济源。聂政墓，《大清一统
志·怀庆府》："《慎蒙名胜志》：'战国聂政墓，在济源轵城里，俗呼为刺
客墓。'"聂政，战国时韩国轵人。严仲子与韩相侠累有隙，求政刺侠累。
政因母在不许。母死，乃独行仗剑刺杀侠累，然后毁形自杀。

〔2〕轵（zhǐ 纸）里：即轵城里。轵，古县名。治所在今济源南。

阮籍墓[1]

凉秋白露满芳荪[2]，无限穷途旧泪痕。千古狂歌谁会意，西风原上吊诗魂。

〔1〕此诗嘉靖二十三年(1544)秋作于河南开封。阮籍墓，《大清一统志·开封府》："晋阮籍墓，在尉氏县东南三十里，有碑。《通志》：'河南府新安县亦有墓。'"阮籍，详见《秋风歌呈孔方伯汝锡》注释〔10〕。

〔2〕芳荪：香草名。

宫词二首[1]

自入长门空绣帷，玉颜非复镜中时[2]。梨花夜雨灯相对，燕子春寒君不知。

晓起慵妆眉黛残[3]，玉阶芳草卷帘看。花间漫扑双蝴蝶，宿露偏沾翠袖寒。

〔1〕此二诗嘉靖四十四年夏作于汾阳。孔天胤评曰："二作怨而不怒。"冯惟讷评曰："四诗(按，另二诗指《青楼曲二首》，未选)情致尽在言外。"(以上引文俱见《适晋稿》卷五)陈允衡评曰："风情都在言外。"(《诗慰初集·谢茂秦诗选》)宫词，以宫廷生活为题材的诗。唐大历中

350

王建著《宫词》百首,始以宫词为题。

〔2〕"自入"二句:谓汉武帝时陈皇后擅宠妒甚,被废谪后,退居长门宫,愁闷悲思,容颜憔悴。长门,汉宫名。

〔3〕慵(yōng 雍)妆:即慵妆髻。偏垂一边的蓬松的发髻。

采莲曲二首〔1〕

湖上西风吹绮罗,靓妆越女照清波〔2〕。折将莲叶伴遮面,棹过前滩笑语多。

秋水萍开画艇移,采莲薄暮意何迟。阿郎不道侬心苦,苦在莲心郎却知。

〔1〕此二诗嘉靖四十四年夏作于汾阳。冯惟讷评第一首曰:"善状采莲者。"又评曰:"二作风致宛然。"孔天胤评曰:"绮丽。"又评曰:"清新。"(以上引文俱见《适晋稿》卷五)陈允衡评第一首曰:"如画。"(《诗慰初集·谢茂秦诗选》)

〔2〕靓(jìng 竟)妆:浓妆艳抹。

新乡城西,昔送李学宪于鳞至此,感怀六首〔1〕

望望崆峒倚赤霄〔2〕,广成何日一相邀〔3〕。凤台月出谁同醉? 独爱秦声听玉箫〔4〕。

薄暮登攀诗兴孤，奚囊多少大秦珠[5]。探奇不尽仍呼酒，自信精华绝代无。

西行直欲赋三秦[6]，函谷鸡鸣坐待晨[7]。齐客独高狐白手[8]，文章到尔信如神。

文旌西去感秋风，汉代豪华秖废宫。静夜搜奇心自远[9]，千年宝气有无中。

大道相携五岳游，老夫共尔赋高秋。剩将石髓换仙骨[10]，西指昆仑天尽头[11]。

相期走马驻孤城[12]，促膝论交中夜情。不见澄江映秋月[13]，故人心迹两分明。

〔1〕此组诗嘉靖三十七年(1558)夏作于河南新乡。嘉靖三十五年(1556)李攀龙(字于鳞)升陕西按察司副使，谢榛曾送行至新乡。写此组诗时，谢榛虽然受到李攀龙等人的排斥，但他对李攀龙仍然情谊殷殷，并给予很高的评价。由此可见，二人虽然诗歌创作和诗学主张发生了分歧，但尚未彻底决裂。

〔2〕崆峒(kōng tóng 箜同)：山名。在河南临汝西南。

〔3〕广成：广成子，传说为黄帝时仙人，居崆峒山中。《庄子·在宥》："黄帝立为天子十九年，令行天下，闻广成子在于空同之上，故往

见之。"

〔4〕"凤台"二句:《水经注·渭水》:"(雍)有凤台、凤女祠,秦穆公时有萧史者,善吹箫,能致白鹄、孔雀,穆公女弄玉好之,公为之作凤台以居之,积数十年,一旦随风去。"凤台,在陕西宝鸡市东南。

〔5〕奚囊:诗囊。典出李商隐《李长吉小传》,谓李贺每出,令小奚奴背一古破锦囊,遇有所得,即将诗句投囊中。后因以诗囊称"奚囊"。大秦珠:《魏略》:"大秦国出明珠、夜光珠、真白珠。"此喻诗作。

〔6〕三秦:指陕西关中一带。项羽三分关中,封章邯为雍王,司马欣为塞王,董翳为翟王,合称三秦。

〔7〕函谷:函谷关,原在今河南灵宝东北,战国秦置;西汉元鼎三年(前114)徙置今河南新安东。

〔8〕狐白手:狐白,狐狸腋下的白毛皮,十分贵重。此喻高手。

〔9〕搜奇:此指寻求警句、名篇。

〔10〕石髓:即石钟乳。《仙经》谓"服之长生",《北史》谓"服之齿发更生,病人服之皆愈"。

〔11〕昆仑:山名。中国西部的山脉。西起帕米尔高原东部,横贯新疆、西藏间,东延入青海境内。长约2500公里。

〔12〕孤城:指新乡。

〔13〕"不见"句:喻心地坦诚。澄江,水色清澈的江。

田横墓〔1〕

一辞海上敢西行,壮士归心共死生。遗恨至今烹醉客,乱山风雨作悲声。

〔1〕此诗嘉靖三十七年夏作于河南偃师。田横墓,在今偃师西赫田寨。田横,战国时齐国田氏的后代。秦末为齐相国,韩信破齐,自立为齐王,率从属五百人逃往海岛。刘邦称帝,遣使者往招降,横与客二人往洛阳,未至二十里,羞为汉臣,自杀。留居海岛者闻田横死,也全部自杀。

杜甫墓[1]

洞庭昔返楚天魂,孤冢千年失子孙。蜀道悲歌今不见,暮云愁色满中原。

〔1〕此诗嘉靖三十七年夏作于河南巩县。杜甫墓,位于河南巩县西北康店村西的邙岭上。唐大历五年(770)杜甫于湖南潭州至岳阳的一条小船上病故,灵柩厝于岳阳,元和八年(813)由其孙杜嗣业迁葬巩县。一说迁葬于河南偃师首阳山下,今首阳山下亦有杜甫墓。洞庭,即湖南洞庭湖。

登封道中值雨[1]

山雨生寒接远烟,水中乱石绿苔鲜。几家茅屋疏林外,鸡犬无声薄暮天。

〔1〕此诗嘉靖三十七年夏作。登封,旧县名,今河南登封市。

暮鸦有感〔1〕

来时池草吐春芽,秋水惊心落藕花。空记三秋故乡梦,夕阳衰柳看归鸦。

〔1〕此诗嘉靖四十四年(1565)秋作于山西长治。谢榛嘉靖四十二年春至山西,至此已经历三个秋天,思乡念亲之情愈来愈浓。冯惟讷评曰:"感物怀旧,写得浓至。"孔天胤评曰:"匀净。"(以上引文俱见《适晋稿》卷六)陈允衡评曰:"不堪读。"(《诗慰初集·谢茂秦诗选》)

柬冯汝言四首(选二)〔1〕

其一

苦思劳形镜里看,每逢知己惜衰残。山城门闭多风雪,宿鸟无声共暮寒。

其四

词客多愁自古闻,山中鸟雀不离群。浮生聚散偶然事,满眼故人今独君。

〔1〕此诗嘉靖四十四年初春作于山西太原。冯汝言,即冯惟讷。当时任山西布政司右参政。

送王梦白归江东〔1〕

吴帆归去逐江云,白鹤桥西旧隐君〔2〕。门掩梧桐赋摇落〔3〕,秋风不是客边闻。(见李本卷三十四)

〔1〕此诗卢楠评曰:"异想,孤韵。"(李攀龙、陈子龙《明诗选》卷十二)王梦白,江苏苏州人。布衣。

〔2〕白鹤桥:又名鹤舞桥。在苏州城东北白鹤观西。

〔3〕摇落:凋残、零落。宋玉《九辩》:"悲哉秋之为气也,萧瑟兮草木摇落而变衰。"